ISTAM
ISTAM

BUL
BUL

Burhan Sönmez

tradução
Tânia Ganho

Tabla.

Para Kıvanç

43	44	45	46	47	48	49
42	41	40	39	38	37	36

WC

Sala do guarda

Portão de ferro

26	27	28	29	30	31	32	33	34	35

1º dia	*Contado pelo estudante Demirtay* O PORTÃO DE FERRO	11
2º dia	*Contado pelo Médico* O CÃO BRANCO	45
3º dia	*Contado pelo barbeiro Kamo* A PAREDE	73
4º dia	*Contado por Tio Küheylan* O LOBO FAMINTO	101
5º dia	*Contado pelo estudante Demirtay* AS LUZES NOTURNAS	127
6º dia	*Contado pelo Médico* O PÁSSARO DO TEMPO	157
7º dia	*Contado pelo estudante Demirtay* O RELÓGIO DE BOLSO	187
8º dia	*Contado pelo Médico* OS ARRANHA-CÉUS AGUÇADOS	219
9º dia	*Contado pelo barbeiro Kamo* O POEMA DOS POEMAS	249
10º dia	*Contado por Tio Küheylan* O RISO AMARELO	285

1º dia
Contado pelo estudante Demirtay

O PORTÃO DE FERRO

— Na verdade, esta é uma longa história, mas serei breve — eu disse. — Ninguém nunca tinha visto tanta neve em Istambul. Havia centenas de pássaros mortos debaixo dos beirais quando, na calada da noite, duas freiras saíram do Hospital de S. Jorge, em Karaköy, com destino à Igreja de Santo Antônio de Pádua para dar a má notícia. Naquele mês de abril, o gelo castigou as flores das olaias e o vento cortante aferroou os cães vadios. Alguma vez ouviu falar de neve em abril, doutor? É realmente uma longa história, mas tentarei ser breve. Uma das freiras que escorregava e tropeçava em meio à nevasca era jovem, e a outra, velha. Já quase na Torre de Gálata, no alto da colina, a jovem disse à companheira: "Um homem está nos seguindo desde lá de baixo". A freira mais velha respondeu que só podia haver um motivo para que um homem as seguisse no escuro, em plena tempestade.

Quando ouvi o barulho do portão de ferro ao longe, interrompi o relato e olhei para o Médico.

Fazia frio na nossa cela. Enquanto eu contava minha história ao Médico, o barbeiro Kamo se mantinha enrodilhado no chão de concreto. Não tínhamos cobertas e, para nos aquecermos, nos aconchegávamos como cães. Como o tempo fora suspenso havia vários dias, não tínhamos ideia se era dia ou noite. Conhecíamos a dor porque revivíamos diariamente o horror que nos comprimia o coração quando nos levavam para sermos torturados. Naquele curto intervalo em que nos preparávamos para a dor, seres humanos e animais, sãos e loucos, anjos e demônios eram todos iguais. Quando o ranger do portão de ferro ressoou no corredor, o barbeiro Kamo se sentou, ereto.

— Vieram me buscar — ele disse.

Levantei-me, fui até a porta da cela e espreitei pela pequena grade à altura dos olhos. Ao tentar discernir quem vinha da direção do portão de ferro, a lâmpada do corredor impediu minha visão. Não consegui ver ninguém; quem quer que fosse estava, provavelmente, à espera na entrada. A luz me ofuscou e pestanejei. Olhei para a cela em frente, me perguntando se a jovem que eles enfiaram lá dentro, hoje, aos empurrões, como se fosse um animal ferido, estaria viva ou morta.

Quando o ruído no corredor diminuiu, voltei a sentar e pousei os pés sobre os do Médico e os do barbeiro Kamo. Para nos aquecermos, encostávamos os pés descalços e bafejávamos o rosto uns dos outros com nosso hálito quente.

Esperar também era uma arte. Escutávamos, em silêncio, o tilintar abafado que vinha do lado de lá da parede.

Quando me atiraram na cela do Médico, ele já estava lá havia duas semanas. Eu era então um saco ensanguentado. No dia seguinte, quando recuperei os sentidos, vi que ele não se limitara a limpar meus ferimentos; também me cobrira com seu casaco. Todos os dias, diferentes inquisidores nos levavam vendados para interrogatórios e nos traziam de volta horas depois, quase inconscientes. Mas o barbeiro Kamo estava à espera havia três dias. Desde que chegara, ainda não o tinham levado para ser interrogado, nem haviam mencionado seu nome.

A princípio, a cela, que media um por dois metros, parecia pequena, mas nos habituamos a ela. O chão e as paredes eram de concreto, e a porta, de ferro cinzento. Não havia nada além disso, e nos sentávamos no chão. Quando as pernas ficavam dormentes, ficávamos de pé e andávamos em círculos. Por vezes, quando levantávamos a cabeça ao ouvir um grito ao longe, examinávamos os rostos uns dos outros sob a luz tênue que se infiltrava na cela vinda do corredor. Passávamos o tempo dormindo ou conversando. Estávamos permanentemente com frio e emagrecíamos a cada dia.

Uma vez mais ouvimos o ranger enferrujado do portão de ferro. Os interrogadores passavam sem levar ninguém. Escutávamos, ansiosos, para ter certeza. Os ruídos esmoreceram quando o portão de ferro se fechou e o corredor ficou deserto.

— Os filhos da mãe não me levaram. Saíram sem levar ninguém! — exclamou o barbeiro Kamo, inspirando fundo. Ergueu a cabeça e mirou o teto escuro; depois, encolheu-se no chão.

O Médico pediu que eu continuasse a história.

No instante em que retomava o relato, dizendo: "As duas freiras, em meio à nevasca cerrada...", o barbeiro Kamo agarrou meu braço bruscamente.

— Escuta aqui, corno, não pode mudar essa sua história e contar algo mais adequado? Neste frio de rachar, congelando no concreto, ainda temos que ouvir histórias sobre tempestades de neve?

Kamo nos via como amigos ou inimigos? Teria ficado irritado porque contamos a ele que nos últimos três dias ele falava como um louco sempre que adormecia? Seria por isso que nos fitava com um desprezo tão grande e estava sempre carrancudo? Talvez ele aprendesse a confiar em nós se o levassem vendado e lhe retalhassem a pele, se o dependurassem por horas a fio, de braços abertos. No momento, não havia alternativa senão suportar nossas palavras e nosso corpo dolorido. O Médico pousou sua mão sobre o ombro de Kamo, com um gesto suave.

— Durma bem, Kamo — disse, incitando-o a se deitar.

— Ninguém nunca tinha visto tanto calor em Istambul — recomecei. — Na verdade, esta é uma longa história, mas serei breve. Havia centenas de pássaros cantando alegremente debaixo dos beirais quando, na calada da noite, duas freiras saíram do Hospital de S. Jorge, em Karaköy, com destino à Igreja de Santo Antônio de Pádua para dar a boa notícia. Apesar de ser pleno inverno, os botões das olaias estavam prestes a florir e os cães vadios quase derretiam no calor. Alguma vez ouviu falar de temperaturas tórridas no pico do inverno, doutor? É realmente uma longa história, mas tentarei ser breve. Uma das freiras que cambaleava naquele calor intenso era jovem, e a outra, velha. Já quase na Torre de Gálata, no alto da colina, a jovem disse à companheira: "Um homem está nos seguindo desde lá de baixo". A freira mais velha respondeu que só podia haver um motivo para que um homem as seguisse no escuro numa rua deserta: estupro. Subiram a encosta em pânico. Não se via viva alma. A súbita onda de calor levara muita gente à Ponte de Gálata para tomar sol nas margens do Corno de Ouro, mas agora, na noite cerrada, as ruas estavam desertas. A jovem freira disse: "O homem está cada vez mais perto e nos alcançará antes de chegarmos lá em cima". "Então, é melhor corrermos", respondeu a mais velha. Apesar das saias compridas e dos hábitos incômodos, se puseram a correr, passando por pintores de tabuletas e vendedores de discos e livros. Todas as lojas estavam fechadas. Olhando para trás, a freira jovem disse: "O homem também decidiu correr". Já faltava fôlego às duas e o suor escorria pelas costas. A freira mais velha sugeriu: "Vamos nos separar antes que ele nos apanhe; assim, pelo menos uma de nós se salvará". Cada qual se embrenhou por uma rua diferente, sem fazer ideia do que lhes aconteceria. Enquanto se apressava rua afora, a freira jovem decidiu que era melhor parar de olhar para trás. Lembrou-se da história bíblica, fixou os olhos nas ruelas estreitas para não sofrer o destino de todos aqueles que se detinham para captar um último vislumbre da cidade ao longe. Correu na escuridão, mudando constantemente de rumo. Quem dissera que aquele era um dia amaldiçoado tinha razão. Os médiuns haviam dito na televisão que consideravam a onda de calor em pleno inverno um presságio de calamidade. Os loucos do bairro passaram o dia todo batendo latas. Pouco depois, ao perceber que o único eco que ouvia era o de seus passos, a jovem parou numa esquina. Encostou-se num muro numa rua desconhecida e se deu conta de que estava perdida. As ruas estavam desertas. Acompanhada por um cão que brincava fuçando seus pés, avançou devagar seguindo a linha dos muros. Na verdade, esta é uma longa história, mas serei breve. Quando chegou finalmente à Igreja de Santo Antônio de Pádua, a jovem descobriu que a outra freira não tivera a mesma sorte. Sem demora, contou sua desgraça e causou um alvoroço na igreja. Quando um grupo de resgate se preparava para sair em busca da freira mais velha, o portão se abriu e ela entrou correndo, ofegante e desgrenhada. Desabou num banco, inspirou fundo várias vezes e bebeu duas canecas de água. Incapaz de conter sua curiosidade, a jovem freira quis saber o que acontecera. A mais velha disse: "Corri de rua em rua, mas não conseguia me livrar do homem, até que me dei conta de que não havia escapatória". A jovem perguntou: "E então, o que aconteceu?". "Parei numa esquina", explicou ela, "e aí o homem também parou." "E depois?" "Puxei as saias para cima." "E depois?" "O homem baixou as calças." "E depois?" "Desatei a correr novamente." "E então, o que aconteceu?" "O óbvio: uma mulher com as saias levantadas corre mais do que um homem com as calças arriadas."

Sem se levantar do chão, o barbeiro Kamo desatou a rir. Foi a primeira vez que o ouvimos rir. Seu corpo oscilava suavemente, como se, num sonho, brincasse com criaturas estranhas e maravilhosas. Repeti a última frase:

— Uma mulher com as saias levantadas corre mais do que um homem com as calças arriadas.

Quando o barbeiro Kamo começou a gargalhar descontroladamente, me debrucei sobre ele para tapar sua boca. De repente, ele abriu os olhos e me fitou. Os guardas nos espancariam se ouvissem ou nos obrigariam a ficar de pé encostados na parede por horas. Não era assim que queríamos passar o tempo que nos restava antes da próxima sessão de tortura.

O barbeiro Kamo se sentou encostado na parede. Respirou fundo e seu rosto ficou sério, de volta à expressão habitual. Parecia um bêbado que, depois de tropeçar e cair numa vala na noite anterior, acordava sem fazer a mínima ideia de onde se encontrava.

— Hoje sonhei que ardia — disse ele. — Estava no último círculo do inferno e tiravam lenha das fogueiras dos outros para colocar na minha. Mas, diabos, eu continuava com frio! Os outros pecadores gritavam e meus tímpanos se arrebentaram e sararam mil vezes. O fogo era cada vez mais intenso, mas eu não conseguia arder como era de se esperar. Vocês não estavam lá, examinei todos os rostos, mas não havia sinais nem de um médico, nem de um estudante. Eu ansiava por mais fogo, chorava e implorava, como um animal a caminho do matadouro. Os ricos, os pregadores, os maus poetas e as mães sem coração, que ardiam diante de mim, me fitavam por entre as chamas. A ferida no meu coração se recusava a queimar e a se transformar em cinzas; minha memória se recusava a se fundir ao esquecimento. Apesar do fogo que derretia até metal, eu ainda me lembrava do meu maldito passado. "Arrependa-se", disseram. Mas seria suficiente? Quando se arrependeram, suas almas se salvaram? Todos vocês, moradores do inferno! Patifes! Eu não passava de um mero barbeiro que punha comida na mesa e gostava de livros, mas não tinha filhos. Quando tudo começou a correr mal na nossa vida, minha mulher não me censurou. Eu esperava que ela o fizesse, mas ela não me deu nem o gostinho das suas imprecações. Sempre que bebia, dizia a ela o que pensava quando estava sóbrio. Numa noite, me coloquei diante dela e disse: "Sou um pobre infeliz". Esperei que ela me humilhasse e gritasse comigo. Procurei um olhar de desdém, mas, quando ela desviou o rosto, vi que sua expressão era unicamente de tristeza. A pior coisa das mulheres é que são sempre melhores do que nós. Isso inclui minha mãe. Vocês me acham esquisito por dizer essas coisas, mas não me importo.

 O barbeiro Kamo cofiou a barba ao virar seu rosto na direção da luz que entrava pela grade. Embora não tivesse se lavado por três dias, era óbvio, pelo cabelo sebento, pelas unhas compridas e pelo fedor rançoso que o acompanhavam desde o primeiro dia, que fugia da água mesmo antes de ser preso. Eu até me habituara ao cheiro do Médico e me tornara bastante consciente do meu próprio odor, mas o fedor de Kamo teimava em imperar na cela, bem como os maus agouros que oprimiam sua alma. Agora, depois de três dias de silêncio, não havia quem o calasse.

— Conheci minha mulher no dia em que abri a barbearia, com o letreiro "Barbeiro Kamo" na vidraça. O irmão dela começaria a frequentar a escola e ela o levou para cortar o cabelo. Perguntei ao rapaz como se chamava e me apresentei: "Meu nome é Kamil, mas todos me chamam de Kamo". "Está bem, Kamo *Ağbi*",[1] disse o rapaz. Brinquei com ele de adivinhas e contei histórias engraçadas sobre a escola. Quando perguntei a ela, minha futura mulher, que nos fitava sentada num canto, respondeu que acabara recentemente o ensino médio e que trabalhava em casa como costureira. Desviou os olhos de mim e observou a fotografia da Torre da Donzela[2] pendurada na parede, o manjericão abaixo dela, o espelho com a moldura azul, as lâminas de barbear e as tesouras. Quando lhe dei um pouco da água-de-colônia que usei no cabelo do rapaz, ela abriu a mão e fechou os olhos ao levar a pequena palma ao nariz e inspirar fundo. Nesse instante, sonhei que era a mim que ela via

---

[1] Termo afetuoso e respeitoso, usado em referência a um homem mais velho. [Todas as notas são da tradutora.]
[2] Também conhecida como Torre de Leandro.

por dentro das pálpebras; desejei que fossem os olhos dela, e os de ninguém mais, que me tocassem até o fim dos meus dias. Enquanto ela saía da barbearia, com seu vestido florido e perfumada com água-de-colônia de limão, fiquei à porta observando. Não perguntei como se chamava. Era Mahizer, a mulher que entrou na minha vida com suas mãos pequeninas e que eu acreditei que seria para sempre.

Nessa noite, voltei ao velho poço. Era um poço que havia no quintal da casa onde eu crescera, no bairro de Menekşe. Quando sozinho, eu me debruçava na beirada e encarava a escuridão lá no fundo. Não via o dia passar, nem lembrava que existia outro mundo além daquele poço. Sua escuridão era serena, sagrada. O cheiro da umidade me inebriava e me deixava zonzo de prazer. Sempre que alguém dizia que eu era parecido com meu pai, a quem nunca conheci; ou quando minha mãe me tratava pelo nome dele, Kamil, em vez de Kamo, eu corria para o poço, ofegante. Eu enchia os pulmões de ar no escuro e me debruçava no poço, acalentando a fantasia de mergulhar nele. Eu queria me libertar da minha mãe, do meu pai e da minha infância. Filhos da mãe! O noivo da minha mãe a engravidou e, em seguida, se suicidou; mas ela decidiu me parir, embora isso significasse a rejeição da família, e me deu o nome do falecido noivo. Mesmo quando eu já tinha idade suficiente para brincar na rua, me lembro de, muitas vezes, ela me pegar no colo, meter seu seio em minha boca e chorar. Eu sentia o sabor não do leite, mas das lágrimas da minha mãe. Fechava os olhos e contava nos dedos, repetindo para mim mesmo que dali a pouco aquilo acabaria. Certa noite, quando começava a escurecer, minha mãe me encontrou debruçado no poço e me puxou para trás pelo braço com toda a força. Nesse instante, a pedra sobre a qual ela se encontrava cedeu de repente. Ainda hoje ouço o grito da minha mãe ao cair. Já passava da meia-noite quando conseguiram tirar o corpo do fundo do poço. Depois da sua morte, fui morar no orfanato de Darüşşafaka e adormecia às voltas com devaneios, em dormitórios onde todos contavam suas intermináveis histórias de vida.

Kamo nos olhou para ver se continuávamos a escutar seu relato.

— Ao longo do nosso noivado, dei a Mahizer romances e livros de poesia. Nosso professor de literatura do liceu costumava dizer que toda pessoa tinha a sua linguagem própria e que podíamos compreender algumas pessoas com flores e outras com livros. Mahizer cortava moldes em casa e costurava vestidos; por vezes, escrevia poemas em pedaços de papel e pedia ao seu irmão que os entregasse a mim. Eu costumava guardar esses poemas na minha barbearia, numa caixa na gaveta, junto dos sabonetes perfumados. O negócio corria bem, os clientes regulares só aumentavam. Um dia, um dos meus clientes, um jornalista que entrara para cortar o cabelo e saíra com um grande sorriso, foi alvejado à porta. Os dois agressores correram para o homem caído no chão e, depois de dispararem mais um tiro na cabeça, gritaram: "Se não gostou, pode continuar sua caminhada, amigo!". No dia seguinte, uma multidão se reuniu na rua ainda manchada de sangue para prestar homenagem ao jornalista. Eu me juntei a eles, em honra do corte de cabelo, e fui ao funeral. Não tinha fé na política. Hayattin *Hoca*,[3] meu professor de literatura, foi a única pessoa política com quem senti afinidade. Embora ele nunca mencionasse questões políticas, era comum encontrar jornais socialistas despontando da sua pasta. Meu ceticismo era total: como é que a política, feita por pessoas, poderia mudar o mundo? Quem quer que afirmasse que a bondade salvaria a sociedade e a tornaria feliz não entendia nada sobre o ser humano. Os filhos da mãe agiam como se o egoísmo fosse um conceito que não existisse! O individualismo, a ganância e a rivalidade eram a base da natureza humana. Quando eu dizia essas coisas, meus clientes protestavam e discutiam com fervor para tentar mudar minhas ideias. "Como pode um amante da poesia pensar essas coisas?", bradou um deles, enquanto esperava sua vez. Postou-se ao lado do espelho e leu em voz alta vários versos de *As flores do mal* colados ali. A violência não dava sinais de abrandar, ouvíamos pessoas serem alvejadas nas ruas vizinhas. Uma vez, um jovem cliente entrou correndo na barbearia, num estado deplorável, e me pediu que escondesse sua arma antes que a polícia o apanhasse. Ocasionalmente, eu ajudava uma ou outra pessoa, o que não queria dizer que eu desse bola para a política. Meu único interesse era economizar e comprar uma casa, ter filhos e passar minhas noites com

---

3 Professor.

Mahizer. Mas, não sei por que, ela não conseguia engravidar. Quando fomos ao médico, no nosso segundo ano de casamento, descobrimos que era eu quem não podia ter filhos.

Certa noite, quando fechava a barbearia, vi três pessoas atacarem um homem. Era Hayattin *Hoca*, meu professor de literatura. De navalha em punho, corri até eles e rasguei suas mãos e rosto. Os ofensores, apanhados de surpresa, fugiram, desaparecendo na escuridão. Hayattin *Hoca* me abraçou e, enquanto caminhávamos, falamos sem parar. Acabamos entrando numa taberna, em Samatya. Conversamos sobre nós mesmos. Depois de Darüşşafaka, Hayattin *Hoca* mudara duas vezes de escola e reduzira o número de horas de aulas, passando a dedicar mais tempo às suas atividades políticas. Ele se preocupava com o futuro do nosso país. Soubera que eu tinha ido para a universidade estudar língua e literatura francesas. Mas desconhecia que eu desistira no segundo ano por ter que trabalhar, e ficou triste quando contei. Quando perguntou se eu ainda me interessava por poesia, murmurei vários versos de Baudelaire que decorara nas suas aulas. Sorriu de orelha a orelha, orgulhoso, e se lembrou da vez em que ganhei o primeiro prêmio no concurso de declamação de poesia. Fizemos um brinde com nossos copos de *rakı*.[4] Hayattin *Hoca* ficou feliz em saber do meu casamento, mas ele continuava solteiro. Aparentemente, havia se apaixonado por uma das suas alunas

---

4 Bebida nacional turca, feita à base de figos e uvas destilados, aromatizada com anis.

anos antes, mas não se declarou a ela e, quando soube que a jovem se casara ao terminar os estudos, resignou-se à solidão. Bebemos até de madrugada. Recitei poemas de cor e ele leu poemas que escrevera para sua amada. Não sei como cheguei em casa. Somente depois de ficar sóbrio, no dia seguinte, foi que me lembrei de ter ouvido o nome de Mahizer nos poemas de Hayattin *Hoca*.

Não fui ao funeral dele um mês depois. Hayattin *Hoca* tomou um tiro certeiro na cabeça quando saía da escola. Na sua pasta, encontraram um poema dedicado a mim, sobre corajosos cavaleiros numa tempestade. Um amigo dele me entregou o poema. Nessa noite, me agarrei a Mahizer e supliquei que nunca me deixasse. "Por que eu deixaria você, meu marido bobo?", reagiu. Eu havia levado para casa a caixa que guardara por anos na gaveta dos sabonetes, na barbearia. Ao abri-la, tirei os pedaços de papel com os poemas que Mahizer escrevera quando estávamos noivos. Pedi que os lesse para mim. Os papéis cheiravam a rosa e alfazema. Enquanto Mahizer os lia, abri sua blusa e chupei seu seio. Queria beber leite, mas sentia o gosto das lágrimas que escorriam por seu peito. Três meses se passaram. Uma noite, Mahizer chorou outra vez enquanto me açoitava com perguntas, sua voz trêmula. Perguntou quem matara Hayattin *Hoca*. "Ele nunca tomou liberdades comigo", disse ela. Durante várias noites, enquanto dormia, eu dissera que ele merecia morrer. "De quem mais falei?", eu quis saber. "Quer dizer que há mais gente?", perguntou Mahizer. Jurei pela minha mãe. "Não tive nada a ver com a morte dele", garanti, "o que se diz em sonhos não significa nada." Vesti o casaco e saí na noite fria. Que ilusão! Minha alma estava cansada. Velho tolo. Minha alma, que costumava ter asas de fogo e levantava voo ao menor impulso. Ah, velho doente e ofegante, inútil mula de trabalho! Haverá coisa no mundo que não se acabe em cinzas? A minha alma, miserável, senil, pobre maldita. Nem o prazer da vida nem a torrente do amor conseguem te alcançar agora. O tempo acelera. Quando respiro, sinto, no meu íntimo, que me dissolvo e perco os pontos de referência. Como foi que cheguei ao topo do poço, como foi que levantei as pedras e ergui sua tampa? Não estava no meu juízo perfeito. Me debrucei sobre o poço e gritei. Mãe! Quando metia o seio à força na minha boca, por que me dava lágrimas em vez de leite? Mãe! Quando se agarrava ao meu corpo diminuto, por que repetia febrilmente o nome do meu pai morto em vez do meu? Eu sabia que você pensava no meu pai quando me chamava de Kamil em vez de Kamo. Também gritou Kamil na sua última noite. Eu sempre soube que a pedra na qual você subira estava solta. Era evidente que cairia, mãe! Você disse que nasci graças ao meu pai, que eu devia minha vida a ele. Maldição! Os mortos estavam mortos e enterrados! Você não percebia como a luz era cruel. A luz só mostrava as coisas por fora. Nos impedia de olhar para dentro.

O barbeiro Kamo murmurou essas últimas palavras como se falasse com seus botões. Inclinou a cabeça para a frente, depois a lançou para trás e bateu com ela na parede.

— Ataque epiléptico — diagnosticou o Médico, apressando-se a deitar Kamo no chão. Meteu o pedaço de pão que tínhamos guardado para o nosso novo companheiro de cela, que podia chegar a qualquer instante, entre os dentes de Kamo, para que ele não mordesse a língua. Segurei seus pés. Kamo estava completamente descontrolado em convulsões, sua boca espumava.

A porta da cela se abriu. O guarda ergueu a sobrancelha e gritou:

— O que está acontecendo aqui?

— Nosso amigo está tendo um ataque epiléptico — explicou o Médico. — Precisamos de algo com cheiro forte para acalmá-lo, como água-de-colônia ou uma cebola.

O guarda entrou na cela e disse:

— Caso o idiota do amigo de vocês morra, me avisem para que eu leve o corpo.

Mas, para se assegurar, debruçou-se sobre Kamo e examinou seu rosto. O guarda fedia a sangue, bolor e umidade. O cheiro pestilento de álcool no hálito deixava claro que andou bebendo antes do seu turno. Ele esperou um pouco, depois se endireitou e cuspiu no chão.

Enquanto o guarda fechava a porta, vi o rosto da jovem que haviam trazido naquele dia pela grade da cela em frente. Tinha o olho esquerdo fechado e um corte no lábio inferior. Era seu primeiro dia ali, mas via-se, pela cor dos ferimentos, que vinha sendo torturada por muito tempo.

Me agachei assim que a porta se fechou. Agarrei as pernas de Kamo e encostei o rosto no chão para observar os pés do guarda pela fresta debaixo da porta. O guarda voltara para junto da jovem e esperava, imóvel. Percebi isso porque os pés dele não se moviam. Por que a jovem não se afastava da grade, nem se sentava na escuridão da cela? O guarda não xingava, nem batia na porta da jovem para ameaçá-la, ou irrompia cela adentro para atirá-la contra a parede. O corpo de Kamo se relaxava e se contraía alternadamente, tentando libertar suas pernas das minhas mãos. Esticava os braços e tentava alcançar as paredes da cela. Depois de uma última convulsão, os espasmos pararam e Kamo não respirava mais como um asmático. O guarda que vigiava a cela em frente deixou a jovem sozinha e se foi; o som dos seus passos ficando cada vez mais distante. Levantei-me e espreitei. Quando vi a jovem junto à grade, acenei com a cabeça, mas ela não se moveu. Depois de um tempo, voltou para dentro, desaparecendo no escuro.

O Médico se encostou na parede e esticou as pernas. Pousou a cabeça de Kamo no seu colo.

— Nesta posição, ele vai conseguir dormir um pouco — disse.

— Ele consegue nos ouvir? — perguntei.

— Alguns doentes conseguem ouvir neste estado, outros não.

— Não é boa ideia ele nos contar tantos pormenores sobre si mesmo; é melhor avisá-lo.

— Tem razão, ele deveria parar com isso.

O Médico olhou para o barbeiro Kamo como se fosse seu filho, e não um doente. Limpou o suor da sua testa e passou a mão nos seus cabelos.

— Como está a jovem da cela em frente? — perguntou.

— Tem o rosto coberto de cicatrizes antigas. Está claro que vem sendo torturada há muito tempo — respondi.

Olhei para o rosto sereno do barbeiro Kamo. O cliente que o achara estranho tinha razão. Como é que um homem assim podia amar poesia? Dormia como uma criança exausta que havia brincado na rua o dia todo. Por trás das pálpebras, debruçava-se no poço, seus olhos fixos na escuridão. Agarrara-se tantas vezes a pedras úmidas que já não confiava nas que eram estáveis, descia com a ajuda de uma corda que lançara para o interior do poço e se deixava cair na água. Ali, Kamo era simultaneamente o norte e o sul, possuía o leste e o oeste. Sua existência exterior fora completamente aniquilada, ele havia se tornado um poço dentro do poço e água dentro da água.

— Quanto tempo estive inconsciente? — murmurou Kamo, entreabrindo os olhos.

— Meia hora — informou o Médico.

— Minha garganta está seca.

— Sente-se. Devagar.

Kamo sentou-se e se encostou na parede. Bebeu água da garrafa de plástico que o Médico lhe deu.

— Como se sente? — perguntou o Médico.

— Merda, me sinto cansado e descansado ao mesmo tempo. Devia ter contado a vocês da minha doença. Começou logo após a morte da minha mãe. Não durou muito tempo e, semanas depois, eu já estava melhor. Mas dizem que o passado sempre volta para nos assombrar. Quando Mahizer me deixou, as crises recomeçaram.

— Demirtay e eu tomaremos conta de você. Uma coisa importante, Kamo, é conversar, mas nestas celas há regras. Não sabemos quem vai ceder à tortura e confessar todos os segredos, nem quem vai dizer aos interrogadores o que ouvir aqui dentro. Podemos conversar amenidades e compartilhar nossos problemas para passar o tempo, mas temos de guardar nossos segredos para nós. Entendeu?

— Sem nunca contar a verdade uns aos outros? — perguntou Kamo. O homem duro agora desaparecera e, no seu lugar, restara um enfermo dócil.

— Guarde seus segredos para você — respondeu o Médico.

— Não sabemos por que te trouxeram para cá nem queremos saber.

— Não têm curiosidade de saber que tipo de pessoa eu sou?

— Ouça, Kamo. Se estivéssemos livres, eu não me interessaria em conhecer você, nem estar no mesmo lugar que você. Mas, aqui dentro, estamos à mercê da dor, abraçamos constantemente a morte. Não estamos em posição de julgar ninguém. Curemos as feridas uns dos outros. Sempre nos lembrando de que, aqui, somos a forma de ser humano mais pura que existe: a do ser humano que sofre.

— Vocês não me conhecem — disse Kamo. — Ainda não contei nada.

O Médico e eu nos entreolhamos e esperamos em silêncio.

Era evidente que o barbeiro Kamo escolhia e pesava cuidadosamente cada palavra antes de falar.

— Minha memória, da qual ainda agora me queixava, é como um agiota ganancioso: arrecada todas as palavras. Você, estudante de merda, sabia que foi Confúcio quem supostamente disse aquela frase da história que acabou de nos contar? Na minha barbearia, sobre o espelho, alinhado à bandeira nacional, havia o cartaz de uma mulher seminua. Essa frase ficava na parte de baixo do cartaz. A jovem vestia uma linda saia, que puxara para cima. Corria o mais depressa que suas pernas compridas lhe permitiam, com a cabeça timidamente virada para mim e para os meus clientes na fila de espera. Entre as pernas, lia-se: "Uma mulher com a saia levantada corre mais do que um homem com as calças arriadas". Por vezes, meus clientes se perdiam na beleza da jovem e pensavam que aquelas palavras não podiam ser verdade. Imaginavam que, se alguma vez tivessem a oportunidade de estar com ela, seriam tão felizes juntos que se esqueceriam do resto. Quando, certo dia, um dos meus clientes, um escritor, olhou para o cartaz e suspirou "Ah, Sonya!", todos o ouvimos e pensamos que fosse o nome da jovem. Quando chegou a sua vez de ser atendido, o escritor iniciou uma longa conversa. No fim, acabou comentando algo sobre mim. Disse que minha alma era como a dos russos. Ao ver minha surpresa, repetiu coisas que eu dissera nas suas visitas anteriores e que ele guardara na memória.

Disse que, se eu tivesse nascido na Rússia, teria sido ou um membro da família Karamázov, ou vivido como o Homem Subterrâneo, ou sido um desgraçado, como Marmeladov, pai de Sonya. Tudo o que o escritor disse acerca dessas personagens de Dostoiévski se aplicava a mim. Dostoiévski as descrevera com o mesmo transtorno mental, primeiro Marmeladov em *Crime e castigo*, depois na primeira parte de *Memórias do subterrâneo* e, por fim, na totalidade de *Os irmãos Karamázov*. Não havia uma grande diferença entre essas personagens, mas o suficiente para levá-las a jornadas muito distintas ao longo da vida. Marmeladov, o pai de Sonya, era um homem destroçado, tinha consciência de que era patético e se rebaixava constantemente. Era um pobre coitado, vítima do seu destino. E Sonya adorava seu miserável pai. Ah, Sonya, bela e pobre prostituta! Quem não cometeria homicídios brutais por ela, para ser digno do seu amor? Quanto ao Homem Subterrâneo, revelou sua própria mesquinhez, em forma de ira, para expor a mesquinhez dos outros. Sua obsessão em encontrar pessoas semelhantes, em colocar um espelho diante do seu rosto, destruiu sua alma. A jornada dos Karamázov, por outro lado, foi uma história bem diferente. Eles estavam em conflito consigo mesmos, com os outros e até com a vida em si. Não se sentiam desesperados como Marmeladov, nem encaravam a própria mesquinhez como um instrumento para expor a dos outros, como acontecia com o Homem Subterrâneo. A mesquinhez era seu destino inexorável, uma ferida supurante. Se esforçavam, não para aceitar a vida, mas para contestá-la, e, quando sofriam, derramavam seu sangue e o atiravam na cara da vida. Hoje, também para mim, a vida abriu uma página nova. Malditos sejam!

Apaguem essa expressão do seu rosto, parem de olhar para mim como se ardessem no inferno. Eu os ouvi durante três dias, escutei suas histórias e seus gemidos depois de serem torturados. Agora, é a vez de vocês me ouvirem.

Kamo nos lançou um olhar de desprezo, levou a garrafa de água aos lábios e continuou.

— Não sei o que me espera, se a liberdade ou a tortura, como aconteceu com vocês. A dor transforma o corpo em escravo, o medo faz o mesmo à alma, e as pessoas estão dispostas a vender a alma para salvar o corpo. Não tenho medo. Contarei aos carrascos os segredos que não contei a vocês. Confessarei seja o que for que queiram saber, responderei às perguntas, pondo a minha alma nas mãos deles. Da mesma maneira que um alfaiate vira um casaco do avesso para arrancar seu forro, arrancarei meu fígado e o colocarei exposto diante deles, contarei mais do que querem saber. A princípio, ficarão interessados, escreverão tudo o que eu disser, caso seja útil, mas, passado algum tempo, as coisas que direi começarão a constrangê-los. Perceberão que são coisas acerca de si próprios que jamais gostariam de saber. O que as pessoas mais temem na vida são elas mesmas. Eles também terão medo e tentarão me calar. Os homens que me torturaram para me obrigar a falar me pendurarão de braços abertos, e me darão choques elétricos e me encharcarão no meu próprio sangue para refrear minha língua. Ficarão tão horrorizados com a verdade quanto eu. Direi a eles tudo sobre mim e os obrigarei a encarar a faceta de si mesmos que não querem ver. Ficarão atônitos, incrédulos, como leprosos que se contemplam no espelho pela primeira vez, e recuarão até bater na parede. Sem poder fazer nada, pensarão que o único remédio é estilhaçar o espelho, isto é, meu rosto e meus ossos. Mas de nada servirá se arrancarem minha língua: meus gemidos ensurdecedores e sua mente ficarão presos numa só verdade. Até em casa acordarão no meio da noite suando frio, e beberão de um gole litros da bebida mais forte que tiverem. Mas não há escapatória, a verdade corre na nossa jugular. Ou a aceitam, ou cortam os pulsos. Todos eles têm mulheres dedicadas que lhes darão colo e os reconfortarão, que lhes acenderão um cigarro colocando-o entre seus dedos trêmulos. Vivem com um medo terrível de descobrir a verdade sobre si mesmos. Agora sei por que é que, nesses últimos três dias, não me levaram para ser interrogado. Têm medo de mim.

O barbeiro Kamo falava do poço mais profundo, da margem dessa profundeza, do seu recanto mais escuro. Escondera-se durante tempo demais, fora esmagado e estava profundamente ferido. Era impossível saber se se escondera por estar ferido ou se se ferira ao se esconder. A escuridão, tão cara a Kamo, me sufocava. Quando me vendavam e me conduziam para além do portão de ferro, me separavam do mundo que eu conhecia. Eu apreciava o valor da orientação, me esforçava para me agarrar ao caos das palavras em minha mente. Não era fácil pensar no escuro. A vida realmente estava ao meu lado, e eu queria regressar a ela.

Kamo espreitava com olhos entreabertos e cansados. Até o pequeno raio que projetava luz dentro da cela o incomodava, talvez por isso quisesse dormir o tempo todo.

— Houve só uma ocasião em que minha mãe não brigou comigo por eu me debruçar no poço — disse ele. — Nesse dia, ela sonhara com lenha no fogo. Era um sinal de que se libertaria de um problema que a afligia. É estranho, pois a primeira vez na vida em que sonhei com lenha ardendo foi nesta cela. De que problema eu poderia me libertar, estando o meu passado petrificado?

— Esses dias terão um fim, da mesma maneira que tiveram fim os dias já idos — comentou o Médico. — Seu sonho quer dizer que logo sairá daqui e será livre novamente.

— Livre? Nunca nada voltou a ser como antes para mim. Desde que perdi Mahizer, não há uma única pedra no meu íntimo que não esteja solta.

— Você está se autoflagelando. Todos nós passamos por situações assim, a certa altura.

O Médico fez uma pausa antes de continuar.

— É preciso pensar positivo aqui dentro, Kamo. Sonhe que estamos todos lá fora. Imagine, por exemplo, que estamos conversando na praia de Ortaköy, contemplando a costa do lado de lá.

O Médico gostava de nos tirar dali de dentro e nos transportar para fora. Ele me ensinou isso. Era melhor sonharmos com o mundo exterior do que remoer nossos problemas. O tempo, parado porque nosso corpo estava encurralado na cela, recomeçava a tiquetaquear assim que nossa mente escapava para o exterior. E nossa mente era mais forte do que nosso corpo. O Médico disse que era até possível provar isso cientificamente. Ali dentro, sonhávamos sempre com o mundo lá fora; partilhávamos, por exemplo, a felicidade de quem passeava à beira-mar. Acenávamos para as pessoas que dançavam num barco, perto da costa de Ortaköy, ao som de uma música muito alta. Passávamos por casais abraçados. Quando o sol se punha no horizonte, o Médico comprava um saco de ameixas amarelas de um vendedor ambulante. Sorrindo, me oferecia a primeira.

Na semana anterior, haviam me empurrado para dentro da cela, meio inconsciente. Meus murmúrios eram ininteligíveis porque meus lábios estavam rachados. O Médico, pensando que eu pedia água, sentou-me para me dar de beber e abriu meus olhos. "Não quero água, quero ameixas amarelas", respondi. Rimos muito disso durante dois dias.

O Médico perguntou a Kamo se também queria uma ameixa amarela.

Kamo não ficou impressionado com a história. Sua mente não funcionava como a nossa.

— O passado, doutor — disse —, o nosso passado...

O Médico baixou a mão, que estava suspensa no ar oferecendo a ameixa.

— Nosso passado é algo longínquo e inalcançável demais. Devemos nos concentrar no amanhã — retorquiu.

— Sabe o que mais, doutor? Deus também não consegue alterar o passado. Deus, todo-poderoso, domina o presente e o futuro, mas não consegue tocar no que já passou. O que nos resta, se nem sequer Ele tem poder para mudar o passado? Pela primeira vez, o Médico olhou para Kamo com piedade e depois sorriu.

— Todos os barbeiros que conheço gostam de conversar. Falam de futebol ou mulheres. Por que você fala dessas coisas? Se eu fosse seu cliente, não voltaria à sua barbearia. Talvez os barbeiros não devessem ir à universidade, senão onde é que nós, homens, iríamos para conversar sobre futebol e mulheres?

— Eu faria as mesmas perguntas, mesmo que não tivesse estudo.

— É sua opinião, Kamo. A infância com sua mãe foi infeliz, mas o fato de ter conhecido sua mulher o libertou do passado. Isso vai voltar a acontecer. Quando, no futuro, você encontrar uma nova felicidade, se esquecerá dos velhos tempos.

— Uma nova felicidade?

O Médico respirou fundo. Esfregou as mãos frias uma na outra. Olhou para o teto, como se tentasse decidir a melhor maneira de lidar com um doente difícil no seu consultório. Nesse instante, ouvimos o som pesado do portão de ferro.

Entre olhares, começamos a ouvir a conversa dos inquisidores ao entrarem no corredor. Aguçamos os ouvidos para saber o que diziam.

— Ele falou?

— Mais um dia ou dois e vai acabar falando.

— Hoje foi dia de quê?
— Choques elétricos, suspensão, jato de água.
— Conseguiram seu nome e endereço?
— Isso nós já sabemos.
— É peixe graúdo ou arraia-miúda?
— Esse velho é peixe graúdo.
— Qual é a cela?
— A quarenta.
Era a nossa.

Empilhamos os pés frios uns sobre os outros, tentando aquecê-los um pouco, uma última vez. A qualquer instante, poderíamos partir e nunca mais voltar. Ou poderíamos partir sãos de espírito e regressar loucos, passar de humanos a animais sem alma.

— Vieram me buscar — disse Kamo, virando o rosto para a grade. — Que sincronia.

Os passos se aproximaram. A porta da cela se abriu. Dois guardas escoravam com dificuldade um velho muito corpulento, pelas axilas. A cabeça do homem caíra sobre o peito, o rosto e o corpo estavam reduzidos a uma massa ensanguentada.

— Um novo amigo para vocês.

O Médico e eu nos levantamos, trouxemos o velho para dentro da cela e o pousamos delicadamente no chão. Os guardas fecharam a porta e se foram.

— Está praticamente congelado — disse o Médico.

Examinou-o, para ver se ainda sangrava ou se tinha alguma fratura. Abriu as pálpebras e verificou os olhos sob a luz tênue. Começou a friccionar um dos pés. Eu peguei no outro pé com as duas mãos, parecia um bloco de gelo.

O barbeiro Kamo disse:

— Vou me deitar no chão e vocês podem estendê-lo sobre mim; temos que protegê-lo do concreto.

O Médico e eu suspendemos o homem e o pousamos nas costas de Kamo. Depois, nos deitamos um de cada lado e o abraçamos. Antigamente, as pessoas costumavam se aconchegar nas suas vacas e nos seus cães para se aquecer; a cela nos levava de volta ao começo dos tempos. Estávamos abraçados a um perfeito desconhecido, tentando recuperar sua vida.

— Tudo bem, Kamo?

— Sim, doutor. É como se tivessem enterrado este homem na neve, nu.

— Na neve?

— Sim, no dia em que fui detido, nevou sem parar — disse o barbeiro Kamo.

— Parece que o inverno chegou mais cedo este ano. No dia em que fui preso, fazia um tempo maravilhoso.

Fiquei ouvindo o Médico e o barbeiro Kamo. Não pausavam tempo suficiente para que eu participasse do diálogo. Nos últimos três dias, Kamo só me ignorava ou repreendia. De vez em quando, se referia a mim como "estudante", mas na maior parte das vezes me chamava de "moleque". Eu tinha dezoito anos e gostaria que ele me tratasse, no mínimo, com um pouco do respeito com que se dirigia ao Médico. Quando fui preso, tinha uma ideia bastante realista das provações que me aguardavam, mas nunca imaginara que um companheiro de cela problemático seria uma delas. A dor não tem limites, ou resistimos ou somos derrotados por ela, mas eu não sabia como reagir a Kamo. Em minha detenção, um dos policiais civis não parava de me chamar de "moleque" enquanto esmagava meus dedos no carro. "É uma pena colocar a sua vida em risco, moleque, é melhor falar já", disse. Quando respondi "não sou nenhum moleque", ele levou as mãos ao meu pescoço e tentou me sufocar. Os outros policiais o detiveram, talvez aquilo fosse um dos seus joguinhos habituais. Sabiam meu nome verdadeiro e me perguntaram com quem eu ia me encontrar. Fiquei mais surpreso por saberem a hora e o local do encontro do que por me conhecerem. "Não sou nenhum moleque, sou estudante universitário. Estava indo para a aula, não sei de que encontro estão falando." "Então, por que fugiu?" Assim que percebi que me seguiam, virei na primeira rua e desatei a correr. "Estava atrasado, queria chegar a tempo para a aula."

Meia hora depois, me levaram ao local do encontro, um ponto de ônibus em frente à biblioteca da Universidade de Istambul. Mandaram que eu esperasse ali e disseram que me dariam um tiro se eu tentasse fugir. Os policiais saíram dos carros e se dispersaram. Dos seus pontos estratégicos, observavam todas as pessoas que esperavam pelo ônibus comigo. Olhei para o relógio, faltavam três minutos para as duas. As regras dos nossos encontros eram muito severas. Só podíamos chegar três minutos antes da hora marcada e, se afinal o encontro não se realizasse, não podíamos esperar mais do que outros três minutos. Enquanto eu olhava para as pessoas que desciam do ônibus diante de mim, temia ver aquela por quem esperava. Me surpreendi com a quantidade de gente naquele ponto aonde eu ia tantas vezes. Havia estudantes, turistas, homens de terno e gravata por todos os lados. O tempo seguia sua marcha, faltavam dois minutos para as duas. Perscrutei as pessoas que, do outro lado da rua, olhavam para o meu lado. Na multidão, todas pareciam iguais. A pessoa com quem me encontraria podia muito bem ser uma daquelas que abriam caminho apressadas por entre os automóveis, atravessando para o meu lado da rua. Talvez se desse conta de que era uma cilada, talvez pressentisse que eu estava sendo vigiado pela polícia. Perceberia, pelo meu ar aflito, que eu fora apanhado e imediatamente desapareceria na multidão. Consultei o relógio, faltava um minuto para as duas. Impulsivamente, saltei na frente do ônibus que se aproximava. O impacto me lançou no ar. Ouvi gritos. Várias pessoas me seguraram pelos braços e me levaram para um carro. Começaram a me espancar no banco de trás. "Quem era? Diga quem era, imbecil." Enfiaram o cano da arma na minha boca. Eu não conseguia abrir os olhos, minha cabeça rodava. "Tem cinco segundos antes que eu aperte o gatilho." Passados cinco segundos, tiraram a arma da minha boca e apertaram meus testículos. Tentei gritar, mas taparam minha boca. As lágrimas corriam pelo meu rosto.

Por mais que uma pessoa se sinta preparada para enfrentar a dor, sua efetiva presença entorpece a mente. A dor faz com que o tempo pare e nos tira toda e qualquer noção de futuro. A realidade desaparece e o universo inteiro se resume ao nosso corpo. Temos a sensação de que ficaremos petrificados para sempre naquele momento, de que nunca mais haverá outro. Era como o barbeiro Kamo, encarcerado no passado. Eu o compreendia. "Mas por que agora? Se existem tantos milhões de anos no tempo, por que é que temos de nos encontrar precisamente no momento em que sofro?", pensei, fazendo perguntas sem sentido a mim mesmo. Era como a criança que desconfia de tudo depois de ter queimado a mão num copo quente. Eu não conhecia outra definição senão a da dor, e não conseguia pensar em mais nada senão no tempo. Se achasse que o Médico responderia às minhas perguntas, eu lhe perguntaria, mas ele defendia que não pensar na dor nos tornava mais resistentes do que pensar nela. Quando o tempo sem fim invadia meu corpo, era inevitável pensar: "Se o tempo flui há tantos milhões de anos, por que é que nos encontramos precisamente no momento em que sou oprimido pela dor?".

O Médico ergueu a cabeça e me perguntou:

— Tudo bem?

— Sim, tudo.

— É melhor nos levantarmos, antes que Kamo congele.

Tiramos os casacos e os espalhamos no chão. O barbeiro Kamo não tinha casaco. Estendemos o velho em cima deles. O Médico mediu seu pulso e apalpou seu pescoço.

Molhou os dedos e os encostou nos seus lábios ressecados. Ele tossiu, o seu peito arquejou violentamente.

Nós três nos sentamos em fila, encostados à parede. Olhamos para o rosto e para os longos cabelos do velho. Seus pés quase tocavam na porta. Seu corpo volumoso ocupava a cela inteira, jazendo como um cadáver na sepultura. Nós também já tínhamos sido enterrados nessa sepultura. Cidades eram construídas sobre as ruínas de antigas cidades, enquanto os mortos eram enterrados no solo de antigos mortos. Istambul respirava em uníssono com as celas subterrâneas onde vivíamos, enquanto a nossa pele carregava o odor da morte. Os destroços de antigas cidades e de pessoas estavam gravados na mente. Nosso fardo era pesado. Era por isso que a dor atacava nossa carne com tamanha crueldade.

— Ele vai sobreviver? — perguntou o barbeiro Kamo.

— Se morrer, teremos mais espaço, como antes. Mal havia lugar para três e agora somos quatro. Assim, como é que podemos nos deitar?

O Médico não respondeu. Pousou a mão no peito do velho, sobre o coração, como se tocasse num livro sagrado. Fechou os olhos e esperou. Sua serenidade parecia capaz de ressuscitar os mortos e aliviar a dor.

— Ele vai voltar a si, vai voltar — murmurou.

Quando me trouxeram para a cela, inconsciente, teria o Médico me observado com aquela mesma expressão? Teria ele esperado calmamente que eu também voltasse a mim? Teria ficado mais atento à minha respiração do que à sua?

Levantei-me e encostei o rosto na grade. A jovem da cela em frente também estava junto à grade. Acenei com a cabeça. Procurei uma mudança no seu rosto, uma reação. Não podíamos falar. Qualquer sussurro, por mais baixo que fosse, ecoaria pelo corredor e chegaria aos ouvidos dos guardas. Apontei para ela e tentei perguntar, por meio de mímica: "Tudo bem?". Ela me fitou, depois assentiu. Parecia descansada, como se tivesse dormido. Já não tinha sangue no lábio inferior, mas seu olho continuava fechado. Ergueu a mão esquerda à altura da grade e começou a desenhar letras no ar com o indicador. Quando reparou que não entendi o que perguntava, escreveu novamente. "Como está o recém-chegado, o Tio Küheylan?" Ela sabia o nome do indivíduo, sabia quem ele era. Também desenhei letras no ar. "Vai sobreviver", respondi, e me apresentei: "Meu nome é Demirtay".

Quando a jovem começou a traçar seu nome com o dedo esguio, os gemidos do velho me fizeram virar para trás. Ele abriu os olhos. Tentou descobrir onde se encontrava. Olhou para o Médico e para Kamo, debruçados sobre ele. Observou as paredes e o teto. Roçou as mãos no concreto sobre o qual estava deitado.

— Istambul? — rouquejou. — Isto é Istambul?

Fechou os olhos e adormeceu com uma estranha expressão que se traduzia mais em felicidade do que na iminência de um desmaio.

2º dia
Contado pelo Médico

O CÃO BRANCO

— Tio Küheylan, o senhor achou que esta cela era Istambul? Neste momento, estamos debaixo da terra. Sobre nós, por toda parte, há ruas e edifícios. A cidade se estende de uma ponta à outra do horizonte, mesmo o céu tem dificuldade em cobri-la totalmente. Debaixo da terra não há diferença entre leste e oeste, mas, na superfície, o vento encontra as águas do Bósforo e, do alto de uma colina, é possível contemplar as ondas cor de safira. Se a sua primeira imagem de Istambul, de que o seu pai tanto falava, tivesse sido captada do convés de um navio, e não do interior desta cela, o senhor compreenderia, Tio Küheylan, que esta cidade não consiste em três paredes e uma porta de ferro. Quando as pessoas chegam de navio, vindas de lugares distantes, a primeira coisa que veem são as Ilhas dos Príncipes, à direita, envoltas numa nuvem de neblina. O senhor pensa que essas silhuetas são bandos de aves que ali pousaram para descansar. As muralhas da cidade, à esquerda, que serpenteiam a costa ao longo de toda a sua extensão, acabam cruzando com um farol. Quando a neblina se dissipa, as cores se multiplicam. O senhor contempla as cúpulas e os elegantes minaretes como se admirasse as tapeçarias da sua aldeia. Quando se concentra no desenho de um tapete, imagina que uma vida sobre a qual nada sabe tece seu curso, sem o senhor, em outro mundo; agora, um navio o transporta para o coração dessa vida. Uma pessoa consiste no ar que respira durante um suspiro. "A vida não basta", diz para si mesmo. O senhor pensa que a cidade em expansão, com as suas muralhas no horizonte, as suas torres e cúpulas, é um novo céu.

No convés, o vento rouba o xale vermelho de uma mulher e o leva para a terra, à frente do navio. O senhor se funde à multidão e vaga pelas ruas, tal qual esse xale. Quando chega à Praça de Gálata, por entre os pregões dos vendedores ambulantes, tira um pacote de tabaco do bolso e enrola um cigarro. Observa uma mulher idosa avançando lentamente pela rua, com uma ovelha na coleira. Um menino a chama: "Ei, senhora, aonde vai com essa coleira no pescoço do cachorro?". A mulher se volta, olha para a ovelha e, depois, para o menino. "Está cego se acha que esta ovelha é um cachorro", responde. O senhor caminha atrás da mulher. Vem um jovem em sentido contrário e diz a mesma coisa: "Está passeando com seu cão, senhora?". A mulher se volta e olha novamente para a ovelha, resmungando: "Não é um cão, é uma ovelha; ainda é tão cedo e já bebeu?". Um pouco mais à frente, alguém grita: "Para que usar uma coleira no pescoço desse cão sarnento?". A rua fica deserta e as vozes desaparecem. Quando a velha corcunda repara no senhor, pergunta: "Endoideci, senhor? Confundi um cão com uma ovelha? Assim que a minha mente se desanuviou, o mundo inteiro desanuviou-se também, as únicas coisas que restaram foram o senhor, eu e este pobre animal". Enquanto a velha fala, o senhor olha para o animal na ponta da coleira. Vê uma ovelha ou um cão? O senhor tem medo de que o seu dia em Istambul, que começou com uma dúvida, o condene a uma vida inteira de dúvidas.

A velha se afasta lentamente, puxando a coleira. O senhor não olha para ela, mas sim para as coisas à sua volta, as coisas criadas pela humanidade. Os seres humanos construíram torres, estátuas, praças, muros que nunca poderiam ter brotado da terra por iniciativa própria. O mar e a terra já existiam antes da humanidade, enquanto o mundo urbano foi criado por ela. Compreende que a cidade nasceu dos seres humanos e depende deles, como as flores dependem da água. A beleza das cidades, tal como a da natureza, reside na sua mera existência. Pedras irregulares se transformaram na porta de um templo, e o mármore, numa estátua solene. E é por isso que o senhor pensa que não deve se surpreender com o fato de, na cidade, as ovelhas serem cães.

    O senhor passeia até o sol mergulhar por trás dos telhados. Bebe água fresca de uma antiga fonte de rua.

Quando ouve um cão latir, ergue a cabeça e olha para o ponto de onde partiu o som. Vê o xale vermelho esvoaçar numa brisa que sopra de Gálata em direção ao mar. A vida é uma aventura tão estranha. O xale que veio do mar regressa ao mar e o senhor se pergunta para onde uma pessoa da cidade regressará. Dirige-se decidido para a rua de onde veio o latido do cão, como se o sinal que procura estivesse lá. É guiado, primeiro, por um cheiro e, depois, por uma leve fumaça, até um pátio decrépito. Aproxima-se e espreita por cima do muro. Os três jovens estão sentados no chão, assando carne numa fogueira, rindo e brincando, enquanto bebem vinho. Um deles cantarola uma canção baixinho. Quando vê a pele de ovelha e a coleira ao lado deles, o senhor percebe que aquela é a ovelha da senhora. E são os mesmos jovens que passaram o dia seguindo a velha e zombando dela. A velha acabou caindo na conversa deles e soltou a ovelha, finalmente convencida de que era um cão. Os três rapazes agarraram a ovelha, correram para aquele pátio e prepararam seu banquete.

Tio Küheylan, que não tirara os olhos de mim enquanto eu contava a história, riu. Repeti a última frase, como fazia o estudante Demirtay:

— Os três rapazes agarraram a ovelha e correram para preparar seu banquete.

Tio Küheylan riu ainda mais.

— Você fala bem, doutor — comentou ele —, mas uma voz dentro de mim continua a me dizer que esta cela é Istambul. Meu pai falava tanto desta cidade que eu, às vezes, já nem sabia distinguir a verdade do faz de conta. Quando era criança, nunca consegui perceber se as histórias sobre a cidade subterrânea, com seus muros que se estendiam de uma ponta à outra, ou sobre as pessoas desaparecidas, que viviam no cemitério e só saíam à noite, eram coisas reais que ele vira ou se faziam parte de *As mil e uma noites*. Como você disse, doutor, viver é uma aventura estranhíssima. Há duas semanas, fui vendado na delegacia da polícia militar, numa aldeia distante, depois atravessei um corredor escuro e, quando abri os olhos, estava na Istambul do meu pai.

Enquanto Tio Küheylan falava, movia as mãos, apalpava o ar e colocava dois dedos diante da boca, como tivesse um cigarro entre eles.

— À noite, meu pai costumava projetar sombras na parede com as mãos, à luz do lampião. Com seus dedos habilidosos, construía cidades. Ele as usava para descrever Istambul. Inventava sombras compridas para as balsas e umas mais longas ainda para os trens, depois criava a sombra de um rapaz à espera junto de uma árvore. Quando nos perguntava por quem o rapaz esperava, respondíamos todos em coro: pela sua amada. Mas ele teimava em dificultar a vida do moço. Ele o trancava em masmorras ou o atirava em covis de ladrões, e era preciso que nós nos desesperássemos para que ele finalmente reunisse o rapaz e sua amada. Istambul é vasta, afirmava, existe uma vida diferente atrás de cada muro, um muro diferente atrás de cada vida. Tal como um poço, Istambul é funda e estreita. Algumas pessoas se sentem inebriadas pela sua profundidade, outras, oprimidas pela sua estreiteza. Então, meu pai dizia: "Vou contar a vocês uma história verdadeira sobre Istambul, uma que vi com meus próprios olhos". Enquanto ele contava essa história, desenhava sombras nas paredes, nos transportando da nossa casinha para essa cidade desconhecida que nascia à luz do candeeiro e envolvia nossas noites com sua vastidão. Cresci com as histórias do meu pai, doutor. Conheço bem esta porta, estas paredes e este teto escuro, pois este é o lugar que ele descrevia.

— É apenas o seu primeiro dia, Tio Küheylan. Não se precipite, espere mais uns dias antes de tirar conclusões.

— Enquanto contava a sua história, doutor, tive a sensação de que já estou aqui há muito tempo. Neste momento, é dia ou noite?

— Não sei. Só sabemos que amanheceu quando nos trazem a comida.

Geralmente, os inquisidores saíam em busca de novas presas à noite. Os momentos em que capturavam novas vítimas eram os únicos em que podíamos dormir e respirar à vontade. Porém, não era uma regra; eles tinham um método diferente para cada pessoa. Havia vezes, como nos primeiros cinco dias depois de me trazerem para cá, em que torturavam prisioneiros ininterruptamente, dia e noite, sem nunca os levarem para a cela.

— Qual será o café da manhã de hoje? — eu disse.

— Por quê? A comida varia?

— Claro que sim, o pão e o queijo nunca são iguais. Umas vezes o pão está duro e outras, muito duro. E nuns dias o queijo tem bolor, enquanto em outros está podre. O cozinheiro nos dá uma alimentação variada.

Tio Küheylan sorriu. Havia duas horas que estava encostado na parede, com as pernas dobradas. Os ferimentos no rosto estavam inchados e seu corpo, coberto de equimoses. Somente os olhos brilhavam. Inclinou-se para a frente e ajeitou seu casaco nos ombros.

— Não vem ninguém? — perguntou a Demirtay, que estava encostado na grade.

Demirtay voltou para junto de nós e agachou-se. Abanou a cabeça, desanimado.

— Ouviríamos o portão de ferro, se alguém viesse — respondeu.

— A jovem não disse nada quando a levaram?

— Nem uma palavra.

Enquanto Tio Küheylan dormia, os carrascos vieram buscar a jovem da cela em frente. Ele estava preocupado com ela e não parava de interrogar Demirtay.

Tio Küheylan fora torturado durante duas semanas numa base militar, e depois fizera a longa viagem até ali. A jovem, também algemada, fizera a viagem com ele e mais quatro guardas armados. Pelas conversas sussurradas que ouvira entre os guardas, percebeu que já viajavam havia algum tempo e que a jovem viera de um lugar ainda mais distante do que ele. A jovem não dissera uma palavra durante todo o percurso, não movera uma única vez seus lábios cobertos de crostas de sangue. Não comera sequer o pão que lhe deram quando pararam para descansar, limitara-se a beber água. Tio Küheylan contou a ela sobre sua vida e sua aldeia, e dissera ainda à jovem que o escutava sem palavras: "Confio no seu silêncio". A jovem respondera com uma expressão e concordou com a cabeça. Aquelas duas pessoas que acabavam de se conhecer viajavam de um buraco escuro para outro. Como o tempo flui de maneira diferente nas margens da dor, haviam confiado um no outro.

— Ela não disse como se chamava? — perguntou Tio Küheylan.

— Disse — respondeu Demirtay. — Ou melhor, escreveu.

— E o que é que escreveu?

— Zinê Sevda.

— Zinê Sevda — repetiu Tio Küheylan. Seu rosto se animou. — Será que é muda? Talvez consiga falar, mas prefira se calar, por ser prisioneira. Escreveu mensagens no ar com os dedos para você. Por que é que não me respondeu da mesma maneira na nossa viagem? Seria porque os guardas estavam lá?

Tio Küheylan voltou a levar os dedos aos lábios, como se segurasse um cigarro, e puxou uma longa tragada. Depois, expirando como se soltasse uma baforada, encostou a cabeça na parede. Fixou o vazio durante muito tempo. Perscrutou a escuridão do teto, de parede a parede. Levou novamente os dedos à boca e inalou. Seus gestos pareciam aqueles que as pessoas imaginam fazer quando estão sozinhas. Usava as mãos e os lábios para fingir que fumava. Enquanto tragava seu cigarro imaginário, virou a cabeça para mim e nossos olhares se cruzaram.

Com uma expressão impassível, fingiu que tirava a cigarreira do bolso. Ofereceu a Demirtay e a mim. Por um instante, fiquei desconcertado, mas não rejeitei a oferta. Fiz de conta que tirava uma seda da cigarreira que ele me estendia com sua mão vazia e coloquei uns farrapos de tabaco no papel. Eu fumava, mas não sabia enrolar cigarros. Observei Tio Küheylan e o imitei. Ele levou outra vez a mão ao bolso, fingiu que puxava uma caixa de fósforos e acendeu nosso cigarro imaginário. O barbeiro Kamo estava completamente alheio a nossa pantomina. Havia várias horas que dormia, encostado na parede com os joelhos dobrados e a cabeça caída sobre o peito.

— O meu maior problema é arranjar um cinzeiro para apagar as guimbas — disse Tio Küheylan. — Quase sempre procuro um buraco na parede e enfio lá as pontas de cigarro. Se não houver nenhum, sou obrigado a jogá-las no chão. Uma vez, acordei numa cela escura como breu. Não conseguia sequer ver onde estava a porta, tive de apalpar às cegas. Encostei-me na parede e enrolei um cigarro. Mas, assim que acendi um fósforo e a cela se iluminou, vi dentes humanos, mandíbulas e dedos amputados incrustados no estuque. Naquela prisão, rebocavam os muros com as vítimas. Toquei nas paredes, surpreso, e decidi inspecionar toda a cela. Acabei por me esquecer de que o fósforo ainda queimava em minha mão. Quando senti o dedo quente, soltei um ganido de dor e atirei o fósforo no chão. O dedo queimado doeu por dois dias.

Percebi então que Tio Küheylan não fantasiava; na cabeça dele, aqueles acontecimentos tinham realmente ocorrido. Era evidente, por todos os seus gestos, que estava convencido de que o cigarro entre seus dedos era real; pela maneira como sacudia os fiapos de tabaco que lhe caíam no colo enquanto enrolava o cigarro, pela forma como soprou as pontas dos dedos quando o fósforo as chamuscou. Eu também gostava de brincar com a verdade; no entanto, embora me imaginasse passeando por Istambul com Demirtay, continuava ancorado na cela e sabia que aqueles eram meus limites. Nunca minha mente deixou de segurar as rédeas das fantasias que me assolavam. E nunca me passou pela cabeça jogar esse jogo sozinho. Mas para Tio Küheylan não se tratava de ilusão, tudo era real. Ele conseguia jogar até quando estava só, dotando as paredes e a escuridão de uma vida diferente. E também falava a sério quando dizia que a cela era Istambul. Para ele, não havia nada tão real. Como não sentia necessidade de sair dali, carregava o mundo dentro de si, transcendendo o espaço e o tempo. Assim, nossa cela era Istambul e havia fumaça de cigarro por toda parte.

O cheiro de tabaco ficou mais intenso, impregnando toda a cela. Abanei as mãos para tentar desanuviar o ar. Queria acreditar nos meus próprios gestos. Como quando não queremos acordar de um sonho maravilhoso. Tínhamos regressado à infância.

Enquanto eu olhava em volta, à procura de um lugar para apagar meu cigarro, Demirtay estendeu a mão.

— Tome um cinzeiro — disse. A sua mão vazia permaneceu suspensa no ar durante uns momentos, depois pousou o cinzeiro invisível no chão entre as minhas pernas. Apaguei o cigarro, e Demirtay fez o mesmo.

— Demirtay — disse Tio Küheylan, com ar de espanto —, você acabou de me ensinar uma ilusão ao me apresentar este cinzeiro. Há dias que me esforço para encontrar um lugar para pôr as guimbas. Meu problema foi resolvido.

Tio Küheylan tinha uma expressão pensativa no rosto. Alisou a barba. Virou-se para mim.

— Doutor — disse. — Numa cidade, como é que uma pessoa sabe que um cão é um cão? Aqui, as pessoas arrasam colinas e, no seu lugar, erguem edifícios gigantescos. Os postes fazem o trabalho da lua e das estrelas. Até que ponto um cão é um cão, quando as pessoas conseguem mudar tudo o que há na natureza?

— Aqui, a existência depende das pessoas. Se conhecer as pessoas, então reconhecerá todos os seres vivos, incluindo cães — respondi, duvidando da veracidade das minhas palavras. Eu também andava às voltas com perguntas semelhantes e me interrogava qual seria a resposta mais correta.

— Até que ponto se consegue conhecer as pessoas, doutor? Acha que realmente conheceu os doentes cujo corpo abriu e cujo coração e fígado examinou? Quando eu era criança e meu pai descrevia Istambul, projetando sombras na parede com as mãos à luz do lampião, ele dizia que as pessoas em Istambul eram como sombras. Dizia também que as pessoas tinham deixado uma das suas configurações para trás e levado outra para a cidade. Ele não via nada de mal nisso, achava até empolgante. A atração das sombras era irresistível, era impossível não sucumbir a elas. Certas noites, na nossa humilde casa, meu pai falava sobre frutos exóticos e nos pedia para imaginá-los. Uma vez, descreveu uma laranja e mostrou sua cor num pedaço de tecido. Depois, falou dos gomos, fingindo que a descascava. Todos nós nos entregávamos a grandes banquetes de faz de conta. Os moradores da cidade construíam ilusões, enquanto nós nos construíamos dentro da ilusão. Podíamos fumar quando não tínhamos cigarros e até desfrutar do seu aroma. E isso acontecia por sermos pobres ou por termos uma percepção diferente da existência? Meu pai nunca nos disse.

Fui testemunha do interesse dos pobres por sonhar acordados quando estavam doentes. Esperavam, desanimados, nos corredores de hospitais com cheiro de desinfetante. Adoeciam gravemente e morriam muito depressa. Quando exalavam o seu derradeiro sopro, lançavam um meio olhar para o mundo. Não havia crítica na sua expressão, havia curiosidade. Eu via esse desejo deles de viver no Tio Küheylan.

— Os seres humanos são as únicas criaturas que não se contentam em ser eles mesmos, doutor. Um pássaro é apenas um pássaro, que se reproduz e voa. Uma árvore limita-se a verdejar e a dar frutos. Mas os seres humanos são diferentes, aprenderam a sonhar. Não conseguem se satisfazer com o que já existe. Com o cobre querem fazer brincos, com a pedra, erguer palácios, têm os olhos constantemente voltados para o invisível. A cidade é a terra dos sonhos, dizia meu pai, oferece um sem-fim de possibilidades, e lá as pessoas não fazem parte da natureza, são seus escultores. Constroem, montam, criam. E assim se moldam; enquanto fazem ferramentas, também dão forma a si mesmas. Começaram como um humilde bloco de mármore, mas, na cidade, transformaram sua existência numa magnífica estátua. É por isso que zombam do seu eu original, tão pouco sofisticado. Na cidade, ridicularizar os outros é sagrado, as pessoas se sentem superiores a quem não seja como elas. Esforçam-se por transformar o solo em concreto, a água em sangue, a lua num destino, modificam tudo. E, enquanto o fazem, o tempo acelera e, à medida que acelera, o desejo humano se torna irreprimível. No que toca às pessoas, o passado está morto e enterrado, e o presente é uma incerteza. Os cães, o amor e a morte são incertos. As pessoas nos encaram, a todos, com desconfiança e entusiasmo. E meu pai, que estava habituado a tudo isso, era uma pessoa diferente na cidade, parecia um desconhecido sempre que regressava à aldeia. Relutava em nos abraçar e só o fazia depois de ter voltado à sua antiga maneira de ser.

    Meu pai costumava comparar essa tendência à embriaguez que afeta os mergulhadores de águas profundas. Chamava isso de embriaguez urbana. Estas foram as únicas ocasiões em que ele bebeu vinho. Parece que os consumidores de vinho mais dedicados e os sonhadores mais incuráveis são marinheiros. Uma vez, meu pai ficou preso numa cela com um velho marinheiro e testemunhou seus pesadelos. O marinheiro idoso sonhou que seu navio afundava e acordou encharcado de suor. Segundo ele, uma baleia branca rondava os mares escuros, arrastando, na sua esteira, os navios para as tempestades. O sonho de qualquer marinheiro era avistar a baleia branca, persegui-la por entre as ondas e arpoá-la até a morte. Um capitão que navegava em mares distantes foi o único que conseguiu encontrar a baleia branca. Era um capitão que acalentava um ódio veemente por aquele monstro marinho que, muitos anos antes, arrancara uma das suas pernas. Quando seus caminhos voltaram a se cruzar, a fúria da baleia branca colidiu com a do capitão. A baleia acabou por destruir o grande navio, mandando o capitão e toda a tripulação para o fundo do mar. Apenas um marujo sobreviveu para contar a história da longa perseguição no mar e do último combate em meio às ondas. Desde aquele dia, todos os marinheiros sonham avistar a baleia branca, muito mais do que sonham avistar uma sereia. Quando meu pai projetava a sombra da baleia na parede do nosso quarto, fazia com que nadasse para cima e para baixo com os dedos, dizia que os marinheiros de Istambul haviam se arruinado nesse mesmo caminho. Aqueles que vagavam de norte a sul e de leste a oeste regressavam, meses depois, ao porto enevoado, abatidos, de mãos abanando e completamente derrotados. Muitos foram os marinheiros que enlouqueceram em razão das fantasias que alimentaram sobre a baleia branca, marinheiros que enterraram punhais na própria carne e viram seu sono assombrado por pesadelos. O velho marujo na cela do meu pai era um deles. Era verdade, doutor, que, tal como todas as histórias do meu pai, essa também ocultava segredos e muito poucas pessoas já a tinham ouvido.

Tio Küheylan respirou fundo. Sentou-se com as costas eretas, como se se preparasse para fazer uma declaração importante. Virou o rosto para mim e disse:

— Eu já conhecia a história da velha que você acabou de nos contar. Ouvi da boca do meu pai. Ele riu quando nos falou da velha que confundiu a ovelha com um cão e dos rapazes que a roubaram para fazer um banquete.

— Seu pai ainda é vivo? — perguntei.

— Pareço assim tão jovem? Meu pai morreu há muito tempo — respondeu.

Ergueu a mão e tocou a parede com os dedos, como que para confirmar que a cela existia. Provavelmente pensava que o próprio pai também se vira naquela cela, muitos anos antes. Examinou as paredes em busca de provas da sua presença. Embora não houvesse sinais do progenitor, não faltavam vestígios dos nossos antecessores. Toquei na parede, explorando-a detidamente com os dedos.

— Tio Küheylan — comecei —, o senhor diz que conhece a história da velha, mas eu também conheço a da baleia branca. Eu poderia contar muitas aventuras, desde o comandante que durante quarenta anos navegou os mares tentando arpoar a baleia, até o naufrágio e à vida do único marujo sobrevivente.

— Já conhecia essa aventura de marinheiros?

Ao ver a surpresa de Tio Küheylan, Demirtay juntou-se à conversa.

— Eu também a conhecia — disse.

Ouvimos um ligeiro ruído vindo do corredor. Demirtay agachou-se e fez sinal para nos calarmos. Espreitou pela fresta debaixo da porta. De vez em quando, os guardas que se sentavam na sala ao fundo do corredor faziam a ronda pelas celas, para ver se apanhavam prisioneiros conversando. Cada guarda tinha suas regras: uns se colocavam silenciosamente à escuta e recolhiam segredos, enquanto outros irrompiam pelas celas e castigavam quem estivesse falando. Demirtay sentou-se ereto:

— Está tudo bem, ele foi embora — disse.

— Quer dizer que conhecia a história da baleia — insistiu Tio Küheylan.

— Nesta cela, contamos histórias que conhecemos, Tio Küheylan. No início, estávamos somente eu e Demirtay aqui, e houve momentos em que contamos a mesma história duas vezes. Podemos contá-las uma terceira vez, se quiser.

O estudante Demirtay, sentado junto à porta, novamente sinalizou para nos calarmos. Ouvimos o som tênue de passos. A sombra do guarda foi projetada nas barras da grade, depois se afastou lentamente. Os passos avançaram bem pouco antes de se deterem novamente. O guarda parava e perscrutava cada cela. Nos entreolhamos.

Demirtay e eu já estávamos habituados àquelas inspeções e, por vezes, ficávamos sentados durante longos momentos, em silêncio. Quando as rondas dos guardas demoravam muito tempo, tentávamos dormir em vez de esperar, depois, ouvíamos a porta de uma cela se abrir. Escutávamos o som de uma surra. Alguns prisioneiros suplicavam, outros protestavam. Assim que os guardas voltavam para sua sala, Demirtay e eu sonhávamos que tínhamos escapado da cela e fugido para longe. Embarcávamos num cargueiro com bandeira do Panamá, que passava pelo Bósforo rumo ao Mar Negro. Uma brisa fresca soprava no convés, enquanto navegávamos na companhia das ondas revoltas e das gaivotas. Quando caía a noite, nos recolhíamos à nossa cabine. Assistíamos à televisão com um marujo cujas mãos estavam negras de óleo. Falávamos uns com os outros sobre o filme na tela. Se o filme durasse duas horas, fazíamos com que a história durasse duas horas. A cabine era do tamanho da cela; quando estávamos cansados, nos enroscávamos e dormíamos. Lá também fazia frio.

Se o barbeiro Kamo tivesse acordado enquanto escutávamos os passos dos guardas e nos visse sentados em silêncio, absortos em pensamentos longínquos, como os velhos nos cafés, o que teria feito? Em vez de se perguntar se acontecera alguma coisa enquanto dormia, pensaria que todos, exceto ele, eram insuportáveis e se perguntaria por qual motivo o obrigavam a nos aturar. Não falaria nem sentiria necessidade de fazer perguntas. Cansado, deixaria a cabeça cair novamente e adormeceria. Antes de fechar os olhos, inventaria um motivo para repreender Demirtay. Estava permanentemente dentro de um poço, enquanto nós nos encontrávamos do lado de fora. Kamo conhecia a si próprio, afirmava ele, enquanto nos havíamos tornado demasiadamente arrogantes e agora tínhamos que nos confrontar, na apertada cela, com quem éramos de verdade. Estivéramos muito tempo expostos à luz. Era por isso que vivíamos num estado permanente de confusão e tolices. Éramos casos perdidos. Kamo não tinha alternativa senão praguejar e nos deixar em paz.

No dia em que Kamo chegou, eu estava sozinho na cela. Ele estava com os nervos em frangalhos, como um gato trancado com um cão numa cabana. Perguntei se estava ferido, não respondeu. Me apresentei, mas ele me metralhou com perguntas, como se não tivesse entendido: "Quem é você? Há quanto tempo está nesta cela? Por que me puseram aqui com você?". Estava faminto, imundo e fedia. Hesitou em aceitar o pão que ofereci, me olhava fixamente enquanto estendia a mão para recebê-lo. Nosso encontro havia se dado no lugar errado. Eu chegara primeiro, ele era novo. Kamo estava preparado para se sentar e esperar em silêncio durante horas, mas também para se levantar de um salto e me asfixiar. Seria isto o porão de um navio à deriva, ou o fundo de um precipício de onde ele não fazia ideia de como sair? Havia apenas três paredes, uma porta e um homem encharcado de sangue. Ele pensou que, se fechasse os olhos, acordaria num lugar diferente, porque o espaço se transformaria num instante.

Olhava com curiosidade, tentava compreender sua própria existência desde o princípio. Quando ouvíamos um grito lá fora, ele levantava a cabeça. À qual voz pertencia aquele eco? Seria à sua? A que distância ficava a parede de onde vinha a voz? A linha que separava o acreditar em si próprio do perder-se era muito fina; teria ele medo de que sua cabeça rolasse sobre essa linha?

Saber teoricamente que não se podia partilhar a dor era uma coisa, mas sentir isso com o próprio corpo era completamente diferente. Sempre que recuperávamos os sentidos depois de sofrer dores insuportáveis, pensávamos que haviam se passado meses ou anos. "Foi um momento breve, passageiro?" Essa pergunta nos atormentava e tínhamos pavor de que o momento viesse a ser o mais longo de todos. Em relação à dor, o tempo tornava-se mais profundo em vez de mais lento. Era como se o barbeiro Kamo já soubesse disso por experiência própria. Quando entrou na cela, seu rosto estava disforme e sua mente, uma confusão. Digladiara-se contra a parede da vida demasiadas vezes e caíra repetidamente. Se a desconfiança era um mecanismo de defesa, eu compreendia a atitude gélida de Kamo. Ofereci pão e água, e falei com ele. Eu não era um estranho. Tal como ele, estava no limiar da morte. O barbeiro Kamo examinou as manchas de sangue nas paredes, inalou o cheiro da morte que pairava no ar e disse: "A única ilha que uma pessoa possui é ela própria". Seria indiferença? Desespero? Nesses casos, eu conseguia sempre encontrar as palavras certas para mitigar qualquer problema. "A esperança é melhor do que aquilo que temos", eu disse a ele, apontando para a luz que entrava pela grade, "a esperança é melhor do que aquilo que temos." Ele me fitou, inexpressivo. Também eu contemplara as paredes daquela mesma maneira no dia em que me trancaram. Nossas fronteiras, ali, eram as paredes e as pessoas.

O mal-estar e a frieza do barbeiro Kamo não se atenuaram com o passar dos dias. Antes de chegar à cela, já havia esgotado todos os mares que o chamariam, todos os abismos que transporia. Seu mau humor mascarava uma ferida muito antiga.

"Então é esse o aspecto das profundezas de Istambul?", disse ele, olhando para o teto. "Exatamente como eu imaginei."

O que ele imaginou? Por que seria tão apegado a esta cidade, se tinha a possibilidade de partir? São necessários três dias para uma pessoa se familiarizar com a cidade, mas três gerações para realmente conhecê-la. Era preciso tempo para demolir as paredes maciças que separavam o conhecimento superficial do mais profundo, não era algo que se pudesse conquistar num abrir e fechar de olhos. Essas mesmas paredes existiam tanto nas cidades como nas pessoas. Se as profundezas da cidade eram obscuras, obscuras eram também as profundezas das pessoas. Úmidas e frias. Ninguém queria mergulhar na escuridão que havia dentro de si e confrontar a si mesmo. Ninguém, exceto o barbeiro Kamo. Ele olhava para dentro. Examinando a própria alma, conhecera as profundezas da cidade. "Exatamente como eu imaginei." Para algumas pessoas, o sofrimento era o único professor de que precisavam. Kamo não precisara de três dias, nem de três gerações, para conhecer a cidade intimamente; três feridas profundas bastaram. Tio Küheylan, por outro lado, viera para uma cidade com a qual sonhara. Aqui, descobriu uma natureza nova, completamente diferente daquela da aldeia onde crescera, um novo homem. Falava no tom dos poetas delirantes, exploradores desnorteados e amantes enlouquecidos, dando mais importância a uma realidade que nunca vira do que à sua. Por isso, o subterrâneo era bom para ele; se tivesse visto Istambul da superfície, possivelmente teria se desiludido. A cidade tornara-se um cenário para as pessoas verem, provarem e se deleitarem; e, embora a desgraça já não andasse à espreita em todos os cantos, Istambul também já não era o mundo encantado dos contos de outrora. A cidade na qual as primeiras gerações haviam investido toda a sua energia e criatividade fora substituída pela luxúria. As pessoas, a arte e os cães eram agora movidos pela luxúria. Como crianças que correm para o interior da floresta, se perdem e comem tudo aquilo que encontram, mas ainda continuam com fome. Eu não podia dizer essas coisas para Tio Küheylan. Numa cela, uma pessoa tinha que saber quando devia ficar calada. Não podia lhe dizer que a beleza presente num lugar se perde imediatamente em outro, ou que tantos jovens procuram em vão a cidade dos seus sonhos.

Quando eu era criança, o sangue vital de Istambul pulsava nas ruas; essas, e depois as praças, rapidamente se encheram de automóveis e edifícios imponentes, cada vez mais numerosos, e desapareceram da nossa vida. Talvez tenham começado a desaparecer antes, e eu simplesmente não reparei. Quando deixei a infância para trás, ficando mais alto ano após ano, também a arquitetura se tornou mais alta; a cada esquina brotavam prédios cada vez maiores. E agora as ruas estavam imundas? Era nossa vida — que, antes de existirem prédios de apartamentos, acontecia nas ruas — suja? Antigamente, quando a cidade se estendia em todas as direções, as casas jamais teriam a presunção de crescer na vertical, em pisos sobrepostos, e de tapar o céu. Os edifícios estavam confinados ao limiar de onde se via o céu. Ainda criança eu tinha noção disso. Conseguia ver o céu de qualquer rua onde levantasse a cabeça. Nessa época, a linha do horizonte da cidade era vasta e ondulante, como uma fila de colinas interligadas. Havia grandes praças junto a mesquitas e minaretes. E nenhuma praça era esmagada por sombras gigantescas.

Numa visita à biblioteca Ragıp Paşa, duas semanas antes, reparei que já não era o mesmo marco arquitetônico chamativo que fora em minha infância. A biblioteca, que costumava reinar sobre a colina de Laleli como um diamante solitário, tornara-se menor e agora aninhava-se em meio às multidões, aos *outdoors* e aos automóveis. O pavimento cada vez mais alto deixara sua entrada principal dois metros abaixo do nível da rua. Os transeuntes não se viravam para contemplá-la nem se perguntavam o que haveria atrás daquela porta. No instante em que pus o pé no pátio da biblioteca, reparei na ausência de ruídos vindos da rua. Tive a sensação de que me encontrava numa cidade muito antiga. O mármore pousado ali há séculos, a pedra esculpida e as inscrições em bronze faziam parte de uma era esquecida. Os pássaros batiam as asas suavemente, as roseiras se libertavam das suas folhas, preparando-se para o inverno. Enquanto olhava ao redor, espantado, percebi que as pessoas tinham o direito de viver sem estresse, e que o espaço onde se encontravam tornava isso possível. Naquela biblioteca fresca, o tempo fluía de maneira diferente do tempo na cidade. Ali, não avançava nem para frente nem para trás; descrevia, em vez disso, círculos sobre si mesmo, como se estivesse sujeito a uma gravidade diferente. Ponderei questões que nunca antes haviam passado pela minha cabeça. Como podia o mundo naquele pátio ser tão diferente do mundo que se estendia no exterior? Como podia uma porta nos transportar de um tempo para outro, como se nos movêssemos do fogo para a água? Sobretudo esses dois mundos estavam um dentro do outro, e podia-se ver um pela janela do outro, e aguçar os ouvidos num deles para escutar o outro...

Atravessei o pátio de uma ponta à outra para procurar a pessoa com quem marcara o encontro na biblioteca. Subi as escadas e entrei na sala de leitura. Eu me lembrava da pequena cúpula entre quatro colunas. As paredes eram decoradas com azulejos azuis e brancos. Olhei para os livros e os manuscritos nos armários de madeira. Quando estudava ali, ainda criança, levantava a cabeça dos livros e deixava meu olhar vagar pelo interior do espaço; não faço ideia de quanto tempo ficava refletindo. Um ar fresco soprava no meu rosto. Subitamente me lembrei do motivo de estar ali e lancei um olhar para as mesas da sala de leitura. Todas elas, exceto uma, estavam ocupadas por estudantes que trabalhavam concentrados. Não sabia quem era a jovem com quem me encontraria. Segundo o dossiê, ela deveria estar lendo um livro de anatomia. Várias pessoas olharam em minha direção e então desviaram o rosto. Caminhei devagar, observando as mesas, mas a jovem que eu procurava não estava ali. Consultei o relógio de madeira na parede. Estava dez minutos adiantado em relação ao meu. Estaria aquele relógio enganado, ou eu estava atrasado para o encontro? O receio durou apenas um instante, pois logo me lembrei do passado. O relógio já era assim na minha infância, sempre estivera dez minutos adiantado.

Voltei para o pátio.

Enquanto contemplava a área externa que separava a biblioteca da rua e se estendia adiante, pensei no mar que fluía no Bósforo. Istambul se assemelhava às águas do Bósforo, que corriam do norte para o sul na superfície, mas, no seu leito, rumavam em sentido inverso. Mostrava vidas que coexistiam no mesmo lugar, mas funcionavam de maneiras diferentes; vidas vividas lado a lado, mas em épocas distintas; mostrava que o espaço podia dominar o tempo e, como um vórtice, o tempo poderia ser transportado para diferentes espaços. Os arquitetos aperfeiçoaram, antes dos físicos, a arte de brincar com o tempo. Os arquitetos, que construíam lugares em forma de túnel, conseguiam fazer com que o tempo passasse por esse túnel e transportasse as pessoas de uma era à outra. E o tempo, naquela bibliotecazinha aberta às multidões, fluía numa direção diferente, como um vórtice invisível nas profundezas do Bósforo, vivendo a sua existência calma e tranquila na corrente subterrânea da cidade.

Os cabelos e as roupas das jovens à minha volta pareciam todos iguais. Sempre achei que os jovens se assemelhavam, mas isso era ainda mais verdadeiro hoje. Seria por que eu estava envelhecendo? Sem dúvida que sim, dado o número crescente de cabelos grisalhos que ornavam minha cabeça. Me posicionei no pórtico e olhei para o pátio. Não vi ninguém com um atlas de anatomia. Talvez ela estivesse lá dentro, com os outros jovens, e eu não a tivesse visto. Mas, se assim fosse, ela poderia ter me visto e me reconheceria. Tirei *O lobo do mar*, de Jack London, do bolso do casaco, garantindo que a capa ficasse à mostra, de modo que ela pudesse ver o título. Várias pessoas me fitaram. Deviam estar se perguntando o que fazia ali aquele homem com idade para ser pai delas? Voltei para a sala de leitura. Andei de um lado para o outro, exibindo o livro, e olhei diretamente para as jovens. Elas retribuíram o olhar. De repente, todos se levantaram, puxaram armas e começaram a gritar: "Quieto, senão atiro!". Várias pessoas entraram correndo na sala, vindas do pátio, e colocaram uma arma na minha cabeça. "Você é o Médico? É o Médico?" Como não respondi, me golpearam na nuca. Caí. *O lobo do mar* escorregou da minha mão e o afastaram com um pontapé. Meus ouvidos zumbiam. Minha cabeça rodava.

Tive a sensação de que o tempo ali dentro parara subitamente, como um relógio quebrado, mas quando saí do pátio e ouvi o clamor de Istambul recuperei a noção da realidade. A polícia, que armara aquela cilada, cercava toda a área. Uma multidão, grande e curiosa, reuniu-se na calçada para assistir. Seria eu assassino, ladrão, estuprador? As pessoas se acotovelavam para me ver melhor. Enquanto a polícia à paisana me escoltava até um automóvel, olhei para aquela multidão. Eu vivia no mesmo tempo que ela?

Tio Küheylan tinha razão ao dizer que, quando as pessoas construíam cidades, ao mesmo tempo esculpiam a si próprias, como se feitas de mármore; mas, se ele tivesse visto a cara daqueles que me olhavam na rua, teria pensado que o tempo, na cidade, as transformara em alguma outra coisa.

Ouvimos o som do portão de ferro. Abandonei meus devaneios e regressei à cela.

— Acha que trouxeram Zinê Sevda de volta? — perguntou Tio Küheylan.

Quando o portão de ferro rangeu lentamente, nos perguntamos qual das celas os inquisidores escolheriam agora, quem levariam. Eram tantas, as celas. Nenhum soldado na guerra pensa que vai morrer, e nós também não. Pensávamos todos o mesmo: dali a pouco, um dos presos passaria pelo portão de ferro, mas quem seria? A melhor maneira de fugir à pergunta era pensar em coisas melhores. Talvez fosse de manhã, talvez nos trouxessem pão com queijo.

O barbeiro Kamo levantou a cabeça e olhou para a grade.

— Bem que podiam sumir — disse.

— Devem ter trazido comida. Está com muita fome? — perguntei.

Kamo não respondeu, nem reparou no sorriso em minha cara. Fixou-se na luz que entrava pela grade.

— Conseguiu dormir? — perguntei. — Conversamos durante muito tempo.

— A conversa não me incomodou, mas estive acordado por causa do cão que latia.

— Um cão?

— Não ouviram?

— Não — respondi —, por que haveria um cachorro aqui dentro?

— Estavam tão distraídos conversando que nem perceberam. O som vinha de longe, para lá dos muros.

— Foi um sonho.

— Eu sei a diferença entre sonho e realidade, doutor. Sempre que ouvia o cão latir, abria os olhos para ter certeza de que estava aqui. Era um latido tão real quanto esta cela.

Tio Küheylan pousou a mão sobre o ombro de Kamo.

— Tem razão — disse —, o latido deve ter vindo de longe e nós não ouvimos.

Kamo olhou primeiro para a mão sobre seu ombro e, depois, para o rosto do Tio Küheylan.

— Parecia o latido do cão branco. Aquele latido tão característico do cão branco.

Tio Küheylan recolheu sua mão.

Ouvimos vozes lá fora e todos nos viramos para a porta.

— São estes que vou levar — disse um dos que falavam. Como não mencionou nomes, devia mostrar um pedaço de papel ao guarda.

— Estão todos na mesma cela — respondeu o guarda.

— Qual delas?

— A quarenta.

Olhamos uns para os outros. Enfiamos as mãos debaixo dos braços, para um último resquício de calor. Esperamos em silêncio.

Os passos caíam como blocos sobre o concreto. Impossível saber de quantos indivíduos se tratava, mas eram mais do que o habitual. O corredor se estendia para o infinito, as palavras dos inquisidores ecoavam pelas paredes e nos nossos ouvidos. Esperávamos que eles passassem reto, mas se prostraram diante da nossa porta. Correram a tranca de ferro e abriram a porta cinzenta. A luz inundou a cela.

O barbeiro Kamo se levantou antes de qualquer um de nós. Empurrando-o, o guarda disse:

— Você fica quieto aí, imbecil. Os outros, para fora.

3º dia
Contado pelo barbeiro Kamo

A PAREDE

— Quando o sol se preparava para desaparecer no horizonte, um viajante, vestido com um manto negro e portando um longo cajado, chegou a uma aldeia aninhada em meio às montanhas e envolta em nuvens, que, a distância, com suas casas de pedra e seus jardins sem árvores, parecia uma terra erma e rochosa. Primeiro cumprimentou os muros, depois, os cães e, a seguir, os velhos sentados à sombra de uma parede. Quando perguntaram como ele se chamava, respondeu: "Sou um profeta". Recusou educadamente os convites dos aldeões para ir às suas casas. Vendo a pele ferida dos pés descalços do viajante, que viera de longe, e o rastro de sangue que ele deixara, insistiram para que aceitasse e lhe ofereceram comida. Ele bebeu apenas água e anunciou, num tom delicado: "Aceitarei cama e comida de quem acreditar que sou um profeta". As crianças o observaram com curiosidade, e os anciãos riram. O viajante passou a noite ao relento. De manhã, reafirmou que era um profeta e gritou com veemência aos aldeões que lhe pediram para fazer um milagre: "Não há maior milagre do que as palavras que refletem o coração! Não procurem mais nenhum milagre, acreditem na palavra!". Ninguém lhe deu crédito, e o viajante voltou a passar a noite ao relento. Bebeu água e dormiu lado a lado com os cães, resguardado pela parede. Quando voltou a falar, no dia seguinte, as crianças fizeram coro com o riso dos anciãos. O viajante se manteve sereno. "Se aquela parede falasse, vocês, que se recusam a acreditar em mim, acreditariam na parede?", perguntou. "Sim, acreditaríamos", responderam todos em uníssono. O viajante usava um manto negro, calças remendadas e tinha os pés descalços. Não possuía bens materiais, a não ser seu cajado e a trouxa pendurada ao ombro. Virou-se e interpelou a parede: "Ei, parede! Diga aos velhos e às crianças que sou um profeta!". Embora céticos, os aldeões esperaram em silêncio. A parede começou a falar: "Ele mente! Este homem não é um profeta!".

 Há quanto tempo estou sozinho nesta cela? Levaram o Médico, Demirtay e Tio Küheylan, e me deixaram aqui. Estando só, falei com a parede. Me sentei com os olhos fixos na parede oposta e contei histórias, rindo para mim mesmo. O tempo passava de maneira muito agradável quando não havia mais ninguém. Assim, não tinha que lidar com o sofrimento dos outros, nem que aturar suas discussões. Conheciam as almas humanas. Queriam a verdade, mas não a compreendiam. Em que acreditavam, depois de tanto suor, tantos bens materiais e tanta veneração: no milagre da parede falante, ou nas palavras que a parede dizia? "Ele mente! Este homem não é um profeta!" Não eram as pessoas, elas próprias, mentiras?

Se o Médico e Demirtay me ouvissem, diriam: "Também conhecemos essa história, afinal, contamos uns aos outros histórias que já conhecemos, partilhamos o que já existe". Haverá alternativa? Existirá no mundo alguma história ainda por contar, alguma palavra nunca proferida? Foi o que perguntei aos meus clientes sentados na barbearia, num dia de primavera, quando chovia havia horas e ninguém queria sair. Depois, contei a eles a história do viajante. De todos os meus clientes, foi o arquiteto Adaza quem mais riu do desconcerto dos aldeões, derramando até chá na gravata. Quando Adaza se olhou no espelho e riu também de si próprio, mal sonhava que naquela noite ficaria deitado na cama sem pregar o olho. Foi embora todo feliz e regressou no dia seguinte, de manhã cedo, com os olhos raiados de sangue.

"Kamo, me diga a verdade. Passei a noite inteira pensando nisso. Me diga se o viajante era um profeta."

Eu o acalmei e pedi que se sentasse na cadeira diante do espelho com moldura azul. Da cafeteria ao lado, mandei vir dois copos de chá.

"Adaza", eu disse, "você pede que eu explique, mas acreditará nas minhas palavras?"

"Sim."

Os chás foram entregues. Bebi um gole, ele se manteve imóvel.

"Se eu dissesse a você que sou um profeta, acreditaria em mim, Adaza?" Ele não respondeu. Ofereci então um cigarro e acendi primeiro o dele e depois o meu.

"Não acreditaria que eu sou um profeta", continuei. "Muito bem. E se aquela parede falasse, acreditaria?" Adaza olhou para a parede. Analisou a imagem da Torre da Donzela, o barco, as gaivotas. Examinou demoradamente o manjericão embaixo do quadro e o radinho. Seu olhar pousou na bandeira e no cartaz sobre o espelho. Perdeu-se no sorriso engenhoso da jovem do cartaz, cujo rosto, e não as pernas, era a única coisa em que os clientes fixavam. Concentrou-se na imagem, como se tivesse perdido o contato com a jovem por ter faltado ao último encontro marcado, mas ainda acalentava por ela recordações inesquecíveis. Se tivesse comparecido ao encontro, teriam sido felizes juntos, em algum lugar longe dali? O arquiteto Adaza despregou o olhar do cartaz e encontrou o próprio rosto no espelho de moldura azul. "Mentiras!", exclamou, olhando para o seu reflexo. Calou-se. Puxou uma longa tragada do cigarro e soltou uma baforada na direção do espelho. Quando seu rosto se turvou em meio à fumaça, repetiu: "Mentiras!". Uma lágrima correu por sua face. Sem dizer nem mais uma palavra, saiu pela porta aberta.

Depois desse dia, nunca mais voltou à barbearia. Pensei que tivesse arranjado um novo barbeiro. Minha mulher e a dele eram amigas próximas. Um dia, ela veio à nossa casa e nos contou que Adaza partira e que ninguém sabia onde estava. Depois que ele se foi, as duas filhas haviam adoecido.

Sua mulher me pediu ajuda para encontrar o marido e o levar para casa. Quando minha mulher, Mahizer, também me pediu que fosse atrás dele, saí à sua procura. Fui a clubes de arquitetos, corri os bares de Beyoğlu, esquadrinhei as notícias dos jornais e descobri, finalmente, que Adaza morava com os sem-teto à sombra das muralhas da cidade. Depois de vasculhar os túneis que serpenteavam de Sarayburnu a Kumkapi, como tocas de toupeira, de inspecionar meticulosamente todas as passagens secretas, de interrogar crianças que cheiravam cola e prostitutas baratas, finalmente o encontrei, uma noite, em Cankurtaran, junto de uma fogueira perto da linha de trem da muralha urbana. Uma dúzia de sem-teto, desterrados, sem um tostão, desprezados pelo destino, estavam sentados em volta da fogueira. Passavam uma garrafa de vinho de mão em mão e ouviam a canção de inspiração árabe que um deles gorjeava. "Ah, como é triste o meu destino." Fiquei observando o grupo, a distância, ao lado de uma árvore, por um tempo. Enquanto a música prosseguia — "O mundo mergulhou nas trevas, onde está a bondade humana?" —, passou um trem. O chão debaixo dos meus pés tremeu. Um clarão amarelo varreu as copas das árvores e depois se extinguiu. Quando o ruído do trem se distanciou, a canção já tinha acabado. Alguém disse: "Ó viajante, fale conosco como fez ontem à noite, conte as novidades para nós".

O viajante era nada mais, nada menos do que o arquiteto Adaza. Apoiado no seu comprido cajado, ele se colocou de pé. Vestia um manto negro. Tal como o viajante da história, estava descalço. Parecia um orador dirigindo-se a um público venerável. Examinou a todos com muita atenção e, em seguida, começou a falar.

"Mentiram para nós. Este fogo que vemos diante de nós não foi nomeado pela primeira pessoa que o usou. Foram as gerações posteriores que lhe deram um nome, apregoando que a humanidade descobrira o fogo. Como é que alguém poderia descobrir algo que já existia? E nada disseram sobre a primeira pessoa que criou o fogo em vez de o ter descoberto. Quando o fogo nascia e se extinguia sozinho, não significava nada. Até que, um dia, alguém assou carne nas chamas e com o fogo aqueceu sua caverna. Isso não foi descobrir o fogo, foi criá-lo. Esconderam a verdade de nós."

"Bravo, viajante!"

"Muito bem, viajante! Continue, não se importe se não fazemos ideia do que você está falando."

"Beba vinho para que seus lábios não fiquem secos."

O arquiteto Adaza estava bêbado, mas se lembrava perfeitamente das palavras que ouvira da minha boca. As frases que ele encadeava eram as mesmas que eu dissera em minha barbearia para passar o tempo, enquanto cortava seu cabelo.

"Somos vítimas da cidade", continuou. "Ou somos pobres ou infelizes, e, muitas vezes, somos as duas coisas. Estamos condicionados a acalentar a esperança. Em nome da esperança, toleramos o mal. Mas se não formos senhores do presente, que garantias temos para o futuro?

A esperança é a mentira dos pregadores, dos políticos e dos ricos. Eles nos enganam com palavras e escondem a verdade de nós."

Os bêbados responderam com o mesmo fervor.

"Abaixo a esperança! Viva o vinho!"

"Bravo!"

"A esperança é o ópio do povo!"

Adaza interrompeu os gritos e assobios do grupo com uma pergunta: "Meus irmãos, esta cidade está viva ou morta?".

Creio que ele se recordava dos seus tempos de faculdade, se dirigia a eles como jovens rebeldes. Levava a mão à sua cartola de mágico e sacava palavras que arrecadara durante anos. Sentia saudades da sua época revolucionária e lamentava tê-la abandonado por medo da polícia. Uma vez, bêbado, desabafou comigo: "Podemos abandonar o passado, mas o passado nunca nos abandona".

Os sem-teto discutiam uns com os outros.

"Esta cidade está viva e morta."

"Se alguém disser que está viva, leva uma garrafada na cabeça."

"Morta!"

Adaza estava empolgado. Enquanto falava, se colocou na ponta dos pés, depois baixou novamente os calcanhares.

"Meus irmãos sem-teto! Vocês, os pobres derrotados, os destroçados!", exclamou. Sua voz foi se tornando confiante à medida que falava. "Nós não criamos esta cidade, apenas nos encontramos aqui. E também não fomos nós que a matamos. Não há escapatória, nossos antecessores queimaram os barcos. Tal como os primeiros humanos que criaram o fogo, quem serão os primeiros a criar a cidade nova, a dar vida a ela?"

"Fale, viajante, liberte-se."

"Fale também da lua."

"E das estrelas."

Todos ergueram a cabeça ao mesmo tempo. Me afastei dois passos da árvore e também levantei a cabeça. As estrelas eram tantas, infinitas, que ninguém, a não ser os sem-teto e os bêbados, tinha tempo para as contemplar. Ali não havia postes de luz, o espaço era iluminado pelo brilho da noite. As estrelas — para as quais, naquela cidade enorme, dentistas, padeiros e donas de casa nunca olhavam — haviam se reunido à sombra da muralha da cidade e palpitavam no espaço como se pudessem cair do firmamento a qualquer instante.

"Que noite mais longa!"

"Precisamos de mais vinho!"

"Viajante, recite um poema sobre as estrelas."

Recitar um poema? Não dava para ouvir os poemas horríveis de Adaza e continuar ali parado. Com passos firmes, me aproximei dos bêbados reunidos em volta da fogueira.

Quando me viu, o arquiteto Adaza hesitou e, depois, bebeu um trago da garrafa que tinha na mão. Bebeu como se tivesse descoberto o segredo que procurava, como se finalmente tivesse encontrado a felicidade, depois de tantos anos desperdiçados na sua busca. Riu.

"Vejam!", disse ele. "Eis o homem de quem falei, o barbeiro Kamo."

Todos se viraram para mim. Quanto mais me aproximava, mais feios me pareciam e mais cicatrizes via no seu rosto. Tinham se apoderado daquela área, como ratazanas numa lixeira, e acolheram o arquiteto Adaza no seu círculo. Adaza estava feliz, salivava pela boca embriagada. Em outra noitada semelhante a essa, em que ele exibia um ar tão feliz como agora e em que anoitecera cedo em Istambul, tínhamos ido juntos a uma taberna. Depois de dois *rakı* duplos, ele anunciou que recitaria seu poema mais recente. Empoleirou-se numa cadeira e fez todos repetirem os versos que lia em voz alta. Foi insuportável. Ouvir aquela poesia tão ruim me embrulhou o estômago.

O arquiteto Adaza, falando junto à fogueira com uma garrafa de vinho na mão, resguardado pela muralha da cidade, conseguiu se endireitar apoiado no longo cajado que segurava com a outra mão.

"Kamo", disse, "o viajante daquela história não mentia, mas demonstrava a mentira. Não é? As palavras são o único caminho para a verdade, era isso que o viajante queria explicar."

"Senhor arquiteto", cumprimentei. "Adaza, está na hora de voltar para casa."

Os bêbados ao redor da fogueira se inquietaram e se levantaram. Olharam uns para os outros e depois para Adaza.

"Kamo", continuou o arquiteto Adaza, "estamos em busca da verdade do tempo em que a primeira pessoa não deu ao fogo o nome 'fogo'. O que nos resta além da poesia? Os poetas vão além, não só da realidade, mas também da fantasia, e se aproximam do tempo anterior ao fogo. Não nos ensinaram isso na universidade, não nos deram poesia para ler. Todos os dias nos contaram mentiras."

Em vez de regressar à sua casa, ao aconchego da família, o arquiteto Adaza perdia tempo com palavras que, em minutos, esqueceria. Ele tinha uma mulher e duas filhas lindas que o amavam. Os loucos são afortunados, e não apreciam o que têm. O que mais queriam eles? O que mais poderiam querer quando já dispunham da felicidade que todos passavam uma vida inteira procurando?

Os bêbados me olhavam fixamente, na expectativa do que eu faria. Eram feios, desgrenhados e abatidos. Não havia entre eles um único minimamente bem vestido e penteado. O arquiteto Adaza estava idêntico a eles. O homem diante de mim já não era a pessoa que ia regularmente à minha loja fazer a barba e que tinha o cuidado de não cruzar as pernas para não amassar as calças que a mulher passara a ferro.

"Kamo", começou ele, "você me disse que, se uma pessoa se agarrar a uma crença de corpo e alma, isso a transforma no diabo, lembra-se disso? Olha, eu também me agarro a uma crença."

Sim, agarrar-se a uma crença transformava qualquer um no demônio. Aquele que considerava suas próprias crenças superiores olhava para os outros com desdém. Reunia todo o valor da vida na palma da mão e enxergava a origem da bondade exclusivamente em si próprio. Segundo ele, o mal fazia parte dos outros e era desconhecido no seu coração. Por vezes, cheguei a testar meus clientes com palavras como essas. Enquanto eles concordavam vigorosamente comigo, ou discutiam entre eles, eu assumia o ponto de vista contrário, sem ninguém reparar, e argumentava contra tudo o que acabara de dizer. Assim, avaliava quem era o mais tenaz na defesa das suas crenças.

"Eu disse isso? Não me lembro", retorqui a Adaza.

"Não o subestimem, pensando que é um mero barbeiro. Kamo fez faculdade. Sabe mais do que os professores universitários e é quem melhor compreende a minha poesia." Por que é que aquele homem não foi atropelado por um automóvel quando estava bêbado? A mulher choraria durante um tempo e depois reconstruiria sua vida e encontraria um pai melhor para suas filhas. Pessoas como ele nunca aprendiam, a tolice que praticavam em casa persistia depois de saírem de lá. Eu tinha noção disso desde criança. Alheios aos conselhos, enveredavam por maus caminhos e aprontavam. Enquanto nos elogiavam e nos cobriam de bondade, sublimavam a sua má poesia e nos sobrecarregavam com ela. Esses tipos se formavam em cursos superiores, erguiam cidades, tornavam-se chefes de Estado e falavam sobre a justiça no país. Eles queriam que vivêssemos de acordo com suas crenças miseráveis.

Aceitei a garrafa que o arquiteto Adaza me ofereceu. Sentei junto à fogueira, entre dois sem-teto que se afastaram um pouco para eu caber. Olhei em volta, examinando os rostos, um a um. Pareciam felizes e cansados na mesma medida, como se tivessem chegado ali após sobreviverem a um naufrágio. Não tinham passado, deviam aquele momento ao vinho; acreditavam no fogo, nas muralhas da cidade e nas estrelas.

Adaza sentou-se ao meu lado e pousou o cajado no chão. Enquanto contemplava o fogo, seus olhos se encheram de lágrimas. Por duas vezes, caiu para a frente. Estava hipnotizado pelas chamas oscilantes que passavam de amarelo a azul e depois desapareciam sem aviso. Como um náufrago que lamenta ter sobrevivido, ele estava pronto para regressar à escuridão, para ser enterrado no mar. Não restava nenhum ramo neste mundo para ele se agarrar, não havia nenhuma caça ao tesouro. Se tivesse forças, daria o passo final ou, se alguém o empurrasse devagarinho por trás, ele cairia no mar e se deixaria ficar imóvel sob as ondas.

Aqueles que notaram que ele se calara, gritaram:

"E então? E o poema? O que aconteceu com o poema?"

Um dos homens, reparando que Adaza não respondia, levantou a garrafa e disse: "Vou recitar um poema". Era cego de um olho, e no outro ardia um fogo intenso.

"Recite, então", incitaram.

"Espero que tenha mulheres."

"E estrelas."

"Isso vai depender da sorte de vocês."

O zarolho tomou um trago de vinho e declamou: "Antes de teus lábios carmim,/ Eu não sabia o que era a infelicidade".

Calou-se e olhou para os amigos, para se certificar de que o escutavam. Um cachorro latiu ao longe. O homem continuou: "Enquanto teus cabelos se espalhavam ao vento,/ Voavam melodias na direção dos céus./ Tuas pernas frescas no riacho/ Reluziam como peixes prateados./ O dia amanheceu, o sol se pôs./ Recolheste teus cabelos/ E partiste com as aves para o sul./ Atrás de ti, a porta da noite ficou aberta e/ Me abandonaste às margens do riacho./ Antes de teus lábios carmim,/ Eu não sabia o que era a infelicidade".

"É só isso?"

"Foi sobre mulheres?"

"Ou estrelas?"

"Até parece que vocês entendem de poesia!"

O latido ficou mais intenso e todos se viraram para ver de onde vinha o ruído. Vários cachorros se aproximavam, vindos das brechas entre as pedras partidas da muralha da cidade; apenas um cão branco se manteve a distância. Os cachorros corriam e suas sombras se fundiam numa só, ao luar. Aproximaram-se e tocaram com o focinho nos braços dos bêbados. Rebolaram no chão e vagaram em volta dos homens. Farejaram os ossos que os bêbados tinham guardado para eles. O cão branco esperou ao longe.

O zarolho ignorou os cães. Bebeu outro trago da garrafa e se levantou. "Vou só dar uma mijada e já volto para declamar outro poema", anunciou. Ninguém prestou atenção.

Depois de beber um gole de vinho, eu também me pus de pé. Segui o zarolho, que fora urinar. As muralhas da cidade se estendiam até o infinito, ao luar. Não havia nada daquele lado da cidade, à exceção das muralhas, das estrelas e da fogueira. À medida que o céu se tornava cada vez maior, um dos bêbados iniciou uma canção estridente: "Enquanto o sol afundava no horizonte,/ Você se foi e me deixou, meu amor".

O zarolho se aproximou de um vão na muralha e parou. Cambaleava sem conseguir abrir o fecho das calças. Eu o alcancei em alguns passos, o empurrei para o vão e tapei sua boca com a mão. Minha faca de aço estava pronta; agitei-a no ar várias vezes antes de encostá-la no seu pescoço. Ele não entendia o que se passava. Arregalou o olho, que cintilou à luz da lua cheia. No seu rosto havia mais confusão do que medo. Aquilo realmente estava acontecendo ou seria um sonho? Vasculhou seu cérebro, tentou lembrar-se de mim, depois de onde estava e, por fim, de quem era. Não fosse a música que mal se ouvia ao longe, teria imaginado que morrera há tempos e que acordara na própria sepultura. Ele, que já era baixo, encolheu-se ainda mais. Esmaguei-o com meu peso e o atirei contra a muralha. Brandi novamente a faca. "Não grite, quero te perguntar uma coisa", falei. Afastei meu rosto e retirei meu peso de cima dele. Destapei sua boca, mas apontei a faca para o seu olho. "Por favor, não me mate. Fique com todas as coisas roubadas", implorou. Fedia a vinho e bolor. Eu ouvia seu coração bater. "Vou fazer uma pergunta e você me dirá a verdade", anunciei. Ele assentiu. "Juro", respondeu. Em vez de perguntar por que é que insistia em continuar vivo, por que é que não cavava uma sepultura na sua lixeira e se enfiava dentro dela com o seu olho cego e o seu fedor nojento, perguntei a ele: "Onde foi que aprendeu aquele poema que acabou de recitar?". Seu olho se iluminou e depois ficou baço. "O que eu fiz de errado?", gaguejou.

"Você nasceu", repliquei. "Responda. Onde foi que ouviu aquele poema?"

Ele responderia de maneira simples a essa pergunta simples, mas a lâmina afiada apontada contra seu olho turvava seu raciocínio.

"Aquele poema era do meu professor da escola primária", disse.

O mistério da sua vida se resumia àquilo, havia me dito o que eu precisava de saber.

"Onde era a sua escola, na aldeia da Fonte Negra?"

Seu rosto se animou. "Sim, sou de Fonte Negra. Meu professor era de Istambul..."

Não lhe dei a oportunidade de terminar a frase. Agarrei-o pelo pescoço e o empurrei contra a muralha. "Não se atreva a dizer uma só palavra sobre ele", avisei. "Não fale sobre o seu professor, fale somente sobre a sua aldeia."

Ele agarrou meu pulso com os dedos raquíticos e me fitou, suplicante. No que se metera, o que fizera de errado? Suas veias estavam dilatadas, sua testa, coberta de suor. Da boca pingava saliva. Antes que se asfixiasse, afrouxei o aperto e soltei seu pescoço. Falei por ele: "O caminho para a sua aldeia é por entre as montanhas, por uma estrada íngreme. Há sempre nuvens sobre ela. Vocês não cultivam os campos, criam gado. Constroem casas com pedras negras.

Sua aldeia se chama Fonte Negra, mas não existe nenhuma fonte por lá, vocês tiram água dos poços".

Segurei e levantei seu queixo para cima à força, fitei seu olho e continuei.

"Os muros da sua aldeia são mais confiáveis do que vocês. Não mudam, quer o sol brilhe, quer esteja escuro. Eles se mantêm de pé há, pelo menos, cem anos. Quanto a vocês, sorriem para as pessoas durante o dia e, à noite, penduram pés de galinha na porta delas. Nunca ninguém os ouviu admitir seus próprios defeitos, e não aprenderam a pedir desculpas. Vocês estupram seus próprios familiares e, depois, matam em nome da honra. O nome de Deus está constantemente nos seus lábios. São os primeiros a gritar. Ouvem lamentos e sonham com os velhos tempos. O mundo inteiro poderia acabar e vocês nem sequer perceberiam, contanto que não perdessem uma única pedra das paredes das suas casas. Acreditam que o mal vem de fora. A origem do mal é o seu vizinho ou os forasteiros que chegam à aldeia. Não conseguem ver que abrigam serpentes no coração."

"Tem razão", disse ele, numa voz apática. "Veja o que me fizeram. As pessoas da minha própria aldeia, os meus familiares, vazaram meu olho e me expulsaram de lá."

"Silêncio, não quero ouvir o seu caso. Sua história não é pessoal, a única história que existe é coletiva. Trata-se de uma só história e cada um de vocês vive uma parte dela."

Ele procurou pelo corpo todo e tirou o dinheiro escondido nos bolsos secretos das suas roupas rasgadas. Ofereceu-me um punhado de notas. "Fique com isto, trago dinheiro para você todos os dias", ele disse. Dei uma facada na palma da sua mão, fazendo espirrar sangue; o dinheiro se esparramou pelo chão. "Ahhh!", exclamou, afastando a mão.

"São covardes e trapaceiros e, sempre que acham que podem se safar impunemente, são cruéis. Foi assim que acabaram com o professor. Enquanto vocês dormiam, ele se levantava e acendia o fogão na única sala de aula da escola. Fazia desenhos no quadro. Contava a vocês sobre montanhas completamente diferentes das suas e descrevia animais de que nunca tinham ouvido falar. Vocês não se importavam se o mundo era redondo ou se os oceanos ocupavam uma parte maior do planeta do que os continentes. Mas, ainda assim, ao cair da noite, ele levava todos para o pátio da escola e mostrava a Via Láctea e a Estrela Polar. Quando vocês voltavam para casa e aquele espaço se tornava território de cães vadios, ele se fechava no seu pequeno escritório, à luz fraca do lampião, e escrevia os poemas que lia para vocês. Não se dava conta das sombras negras que andavam à espreita do lado de fora da janela. Demorou a perceber o tipo de gente que vocês eram, o tipo de vida que levavam naquelas casas de portas trancadas a sete chaves. Cada casa, cada pessoa era uma caverna escura. Ele tinha dificuldade em acreditar nisso, razão pela qual seus últimos poemas eram repletos de desilusão. A sua aldeia se chama Fonte Negra, mas não há nenhuma fonte ali; tal como ela, vocês também são uma mentira. Foi essa mentira que o professor não conseguiu suportar."

Sua expressão estava fixa, seu olho parecia prestes a saltar da órbita. Mordeu os lábios. Agarrou meu braço. Começou a chorar. Parecia uma ratazana presa numa ratoeira. Sabe-se lá há quanto tempo não chorava daquela maneira. Não era nas suas maldades que pensava, mas na minha faca. Empurrei-o contra a parede. Agarrei seu colarinho. "Pare de chorar, senão corto seu pescoço", avisei. "É tarde demais para choradeira. Vocês sempre chegam tarde demais. Deviam ter chorado anos antes e implorado que o professor os perdoasse. Que mal ele fez a vocês, além de dizer a verdade aos velhos sentados à sombra da parede? Quando ele falou, vocês perderam o sono e acordaram no meio da noite cobertos de suor. Saíram porta afora na escuridão e olharam para longe, para muito longe. Fumaram a noite inteira. Não queriam saber a verdade. Contentavam-se em viver mentiras, e negar a sua ruindade. Eram felizes com aquela serpente no coração. Não se limitaram a trair o professor, traíram até a montanha onde viviam."

"Quem é você? É da nossa aldeia?", perguntou, hesitante.

"A pergunta é quem é *você*, quem são todos vocês?" Agora eu estava mesmo irritado. "Por que é que nunca fizeram uma autocrítica? O professor foi para a sua aldeia porque estava farto de Istambul e queria se libertar da opressão da cidade para não enlouquecer. Istambul inchava como um cadáver e as pessoas se transformavam em parasitas que se alimentavam da sua carne. Ele teve de fugir desse pesadelo e se refugiar na sua aldeia. Teve de passar os serões traduzindo poesia francesa e assim encontrou uma nova veia para a sua própria poesia. Mas os aldeões eram diferentes? Não eram as pessoas iguais em toda parte? O professor percebeu, tarde demais, que passara de um pesadelo a outro. Tanto a cidade quanto a aldeia eram uma mentira, ele estava encurralado entre duas mentiras. Tudo estava podre, não havia lugar no mundo para onde fugir."

Aproximei-me do rosto do homem, senti o cheiro do cabelo oleoso e toquei sua testa suja com um dedo insistente. "Foi a essa esperança que ele se agarrou", eu disse, exibindo a imundície no meu dedo. "Esse professor era meu pai. Seu último poema amaldiçoava a humanidade. Na noite em que o escreveu, foi lá fora e contemplou o céu. A Via Láctea deslizava de um horizonte a outro. A Estrela Polar estava muito longe. Como ele não podia ascender em direção a essa estrela, a norte, pensou em descer às profundezas da Terra, a sul. Podia ser essa a maneira de terminar sua derradeira viagem. Afinal, não era qualquer morte uma descida? Então, foi ao poço da praça da cidade, debruçou-se e olhou para o fundo. Enfiou a cabeça lá dentro. As paredes cobertas de musgo exalavam um cheiro maravilhoso. Inspirou fundo, inalando a fragrância. Jogou uma pedra para a água. A pedra caiu por um longo tempo, criando um eco ao bater na água. O fundo era escuro, úmido e misterioso. O coração do mundo, o sul, ficava ali embaixo."

De junto da fogueira chegou até nós o barulho de vozes. Estavam preocupados com a demora. Chamaram nossos nomes.

"Zarolho, cadê você? Barbeiro Kamo, onde está?" Despontei a cabeça para fora do vão e olhei. Enquanto os bêbados continuavam a beber diante das chamas, dois ou três gritavam na nossa direção. Em pouco tempo, estariam à nossa volta e começaria a dança das lâminas de aço. Quando me virei e vi o cão branco, dei um salto. Tropecei numa pedra. A faca caiu da minha mão. Como é que o cão branco se aproximara tanto? Tinha um focinho bonito e o pescoço largo. O pelo comprido cobria seu corpo sedoso, fluindo até a cauda. Não se parecia com os vira-latas que o acompanhavam pela muralha da cidade. Não procurava comida. Seus dentes brilhavam ao luar. As orelhas espetadas lembravam as de um lobo. As patas grandes não estavam cobertas de terra. Fitava sem se mexer, sem qualquer indicação do que planejava fazer. Abaixei e peguei minha faca. Recuei dois passos e me encostei na muralha. Me lembrei do desejo que levara a mim, a faca e o cão branco àquele lugar.

Ouvi o retumbar de um trem. A terra começou a tremer. O barulho dos trilhos se intensificou, como um martelo batendo em metal. *Tac tac tac tac.* Logo, os bêbados também chegariam. *Tac tac tac tac.* Começaria a dança das lâminas de aço. Naquela noite, todos teriam de se sujeitar ao seu destino. Encostei o corpo com força na parede. Cerrei os dedos. O que teria o arquiteto Adaza dito aos sem-teto, depois que me afastei da fogueira? "Não o tomem por um mero barbeiro, Kamo tem uma mulher linda." A escuridão era libidinosa. Os trens gostavam de trilhos. Os bêbados passavam uma garrafa de vinho de mão em mão. A garrafa de vinho era o corpo de uma mulher com lábios ardentes e suor escorrendo ventre abaixo. Os trens gostavam de trilhos, e as crianças, de poços. *Tac tac tac tac.* Meu pai também gostava de poços. Contemplava as estrelas na aldeia da Fonte Negra, media a velocidade do vento e registrava os níveis de pluviosidade. Sim, meu pai também gostava de poços. *Tac tac tac tac.* Quem me dera que o poço da aldeia da Fonte Negra rodopiasse como um redemoinho e engolisse crianças tolas, velhos traiçoeiros e mulheres frias. Quem me dera que tivesse engolido casas com as portas fechadas e galinhas com os pés cortados. *Tac tac tac tac.* Mesmo assim, teria o poço engolido o meu pai?

A luxúria da noite se atenuou de repente. A luxúria era como um exército de formigas marchando por becos secretos; assim que se espalhava pela área toda, detinha-se. Senti um zumbido nos ouvidos. Enquanto o ruído do trem desaparecia na escuridão, levantei a cabeça, no lugar onde me encontrava estendido. Estava no chão? Quando foi que eu me deitara ali? As mentiras e os bêbados haviam me esgotado. Minha cabeça doía. Consegui, não sei como, me sentar. Encostei-me à parede, estiquei as pernas. O pescoço, as costas, o peito, estavam encharcados de suor. Bebi água da garrafa de plástico. Que horas eram? Virei a cabeça e olhei para a grade. A luz do corredor feriu meus olhos. Bebi mais uns goles. Qual era o dia do mês? Perdera a noção dos dias. Ainda não tinham trazido o Médico e os outros de volta para a cela. Felizmente estava sozinho quando tive o meu ataque epiléptico. Não precisava da ajuda de ninguém.

Olhei para a parede em frente. Estava coberta de riscos, letras, marcas de sangue. O estuque estava rachado e descascava em vários pontos. Havia escritos pichados sabe-se lá quando, distribuídos ao acaso pela cela. "Dignidade humana!", dizia uma mensagem. "Um dia, com certeza!", dizia outra. "Por que a dor?", dizia outra ainda. "Por que a dor?" Era esse o pensamento mais recorrente de todos os que vinham para cá. Quando a dor dividia o mundo da mesma maneira que dividia a mente, as pessoas pensavam neste lugar como o reino da dor, enquanto a Istambul da superfície era o local sem dor. Bem-vindo à era das miragens! A melhor maneira de esconder uma mentira é contar outra. E a maneira de esconder a dor acima da terra é criar dor embaixo dela. As pessoas que aqui estavam trancadas, nas celas geladas, tinham saudades das multidões e das ruas lá fora. E as pessoas lá fora eram felizes porque dormiam em camas quentes, longe das celas. Mas, na verdade, Istambul estava cheia de pessoas asfixiadas pela desesperança, que se arrastavam, de manhã, para o trabalho como lesmas. Enquanto as paredes das casas lá em cima deitavam raízes e se amparavam nas paredes das celas subterrâneas, os habitantes dessas casas agarravam-se a uma falsa felicidade. Só assim Istambul conseguia se manter de pé.

— Revista! — Os gritos do guarda ressoaram por todo o corredor. O que seria? O portão de ferro estava aberto?

— Todos para fora! Todos para a porta da cela!

Eu não fazia a mínima ideia do que se passava. Bateram nas grades. Abriram a porta das celas, uma a uma.

Vieram pelo corredor até chegarem a mim. Destrancaram a porta e a luz inundou a cela. Meus olhos arderam e a dor de cabeça piorou.

— Levante-se! Para a porta! — O guarda me deixou e se dirigiu à cela vizinha. O ruído de portas se abrindo continuou.

Levantei-me e saí. Todos os prisioneiros estavam alinhados no corredor. Homens com cabelos e barbas embaraçadas e mulheres com o rosto machucado fitavam-se uns aos outros. O guarda avançou calmamente até o fundo do corredor e voltou para abrir a cela em frente. Quando a porta se abriu, a jovem se levantou. Quando foi que Zinê Sevda voltara para a cela? Eles a trouxeram enquanto eu estava desmaiado? Ela saiu e se colocou à minha frente. Era evidente que não dormia havia muito tempo. Seu rosto, pescoço e dedos estavam inchados. Uma gota de sangue escorria do lábio inferior. Limpou-o com a mão.

— Vamos!

Olhamos para os inquisidores, que gritavam do fundo do corredor. Eram muitos. Empunhavam cassetetes e correntes. Tinham arregaçado as mangas da camisa e sorriam, escarnecendo, enquanto nos olhavam de cima a baixo.

— Aqui está seu guru, seu anjo da guarda!

Arrastaram alguém pelos pés, vindo da direção do portão de ferro. Despejaram-no na entrada do corredor. Estava nu, só de cueca preta. Pelo volume enorme do corpo, percebi que era Tio Küheylan. Jazia como um cadáver na praia. Estava coberto de sangue e com o cabelo branco tingido de vermelho. Será que o tinham matado e agora aquele seria seu cemitério? Um murmúrio percorreu o corredor. Ouvimos vozes receosas. Alguém sussurrou: "Filhos da mãe". Outra pessoa qualquer repetiu o murmúrio.

"Filhos da mãe." O guarda ouviu e precipitou-se para o meio de nós, furioso.

— Quem foi que falou? — gritou. Correu de uma ponta à outra, batendo com o cassetete aleatoriamente em várias pessoas. O corredor ficou sujo de dentes partidos e salpicos de sangue.

Dois inquisidores puseram os braços do Tio Küheylan sobre os próprios ombros e tentaram levantá-lo.

— Vamos lá, seu porco, ande.

Tio Küheylan estava vivo. Seus gemidos ecoaram ao longo do corredor onde esperávamos, sem nos mexermos, alcançando os prisioneiros mais distantes.

— Ande, trapo velho!

Tio Küheylan moveu uma mão e esticou o braço como que para apalpar o espaço vazio. Havia qualquer coisa de animalesco na sua cabeça baixa, seu pescoço encorpado e seus ombros largos. Soltou o tipo de rugido horripilante que só um animal ferido emitiria. Escorria saliva da sua boca. As palavras que murmurava transformavam-se num balbucio incompreensível. Quem era agora Tio Küheylan? Quem era aquela criatura lamuriosa? Pousou um pé no chão e arrastou o outro. Os carrascos largaram seus braços e o deixaram parado sobre um pé. Ele hesitou um instante. Respirou fundo várias vezes. Puxou o pé para a frente, até ficar alinhado com o outro. Ergueu a cabeça. Seu rosto não parecia humano. Os lábios inchados, a língua para fora. Tinha os supercílios rasgados e os olhos fechados, ensanguentados. A ferida do peito expelia pus.

— Olhem bem para ele! — gritou um dos inquisidores. — Apreciem nosso trabalho de perto! Quem consegue escapar à nossa justiça?

Tio Küheylan era como aqueles comandantes que se lançavam ao mar à caça de baleias brancas e enfrentavam tempestades, mas regressavam ao porto derrotados. Tal como nas histórias que o pai lhe contava. Seu navio fora destroçado, as velas rasgadas em farrapos. Mas, à semelhança desses comandantes, a cada derrota ele sonhava com novas viagens. Enquanto avançava, com os pés ensanguentados, capturava o som do redemoinho que zumbia nos seus ouvidos. Confundiu o sangue que escorria do seu nariz com água do mar. Era um sonho sem fim. Todos procuravam a sua baleia branca em alto-mar, mas Tio Küheylan procurava a sua no mar de Istambul. Isso o inebriava de prazer, e ele se sentia incapaz de resistir ao seu fascínio. Não buscava uma ilha para se abrigar. Apagara do seu mapa todas as ilhas. Ou conquistaria os mares, ou seria enterrado sob as ondas. Suas costas exibiam marcas de inúmeras facadas. Enquanto arrastava os pés pesados no concreto, levantou a cabeça como se tivesse ouvido um grito ao longe. Tentou calcular a direção do vento.

Enquanto Tio Küheylan efetuava a viagem mais longa da sua vida, Zinê Sevda, parada, muito rígida, à minha frente, cerrou os punhos. Piscou como uma criança e, lentamente, saiu da fila. Deu dois passos em direção ao centro do corredor. Colocou-se diante do Tio Küheylan, ereta como uma árvore. Havia cinco ou seis metros entre eles. Quando todas as cabeças se viraram para Zinê Sevda, os interrogadores se entreolharam. No corredor se fez silêncio. O único ruído era o do sangue do Tio Küheylan pingando no chão de cimento.

— O que ela vai fazer?

— Chefe, é a jovem que trouxeram das montanhas.

Zinê Sevda limpou a testa e as bochechas com a mão e alisou o cabelo com os dedos. Sob o olhar curioso dos prisioneiros, agachou-se. Ajoelhou-se diante do Tio Küheylan como uma estátua de mármore. Esticou os braços. Esperou para abraçar o corpo ferido que avançava na sua direção. As plantas dos pés dela eram um amontoado de vergões inflamados. O pescoço estava coberto de queimaduras de cigarro. Não era uma sereia que emergira das ondas e cantava nas rochas ao pôr do sol; era um ser humano igualmente ferido. Conseguiria Tio Küheylan vê-la? Conseguiriam seus olhos ensanguentados discernir a jovem ajoelhada diante de si, de braços abertos?

— Levante-se, vagabunda!

Zinê Sevda ignorou os algozes. Desta vez, limpou com a língua o sangue negro que escorria do seu lábio. Abriu ainda mais os braços.

— Levantem essa vagabunda!

Um dos inquisidores do fundo do corredor se aproximou, brandindo um cassetete. Parou diante de Zinê Sevda. Atirou no chão o cigarro que tinha na boca e o esmagou com a ponta do pé. Enquanto esfregava lentamente a bota no chão, fitou Sevda. Sorriu, desafiador, mostrando seus dentes amarelos. Recuou e deu com o cassetete na sua barriga. Ela voou pelos ares como um tronco, chocando-se contra a porta da cela. Zinê Sevda hesitou depois de uns instantes, apertando a barriga, e endireitou-se devagar. Voltou a se ajoelhar, seus olhos fixos no Tio Küheylan. Um vazio intransponível os separava.

Com o pé, o verdugo varreu a ponta do cigarro para o lado. Abaixou-se e aproximou seu rosto ao de Zinê Sevda. Como ela não reagiu, ele se afastou. Sem parar de sorrir, rodopiou o cassetete nas mãos como se fosse um brinquedo e, depois, o levantou no ar. Estava bem à minha frente. Com um gesto, agarrei sua mão erguida. O cassetete ficou suspenso no vazio. O inquisidor e eu olhamos um para o outro. Filho da puta! Me reconheceu? Conhecia a dança das lâminas de aço? Minhas têmporas latejavam. Enquanto todos tremiam no concreto, meu rosto ardia em chamas. No meu cérebro, girava uma broca. Ele conhecia a dança das lâminas de aço? Filho da puta! Tentou soltar a mão e me empurrou. Quando percebeu que não tinha força suficiente, gritou.

4º dia
Contado por Tio Küheylan

O LOBO FAMINTO

— Os caçadores subiam um monte íngreme com dificuldade quando uma tempestade se abateu sobre eles. O temporal rapidamente cobriu tudo com neve, e era impossível ver por entre o manto de flocos brancos. A noite caiu cedo. Os caçadores perdidos vislumbraram uma luz na escuridão. Escorregando e tropeçando, caminharam naquela direção. Chegaram, enfim, a uma cabana de montanha rodeada por um jardim. Bateram à porta. "Estamos gelados. Por favor, nos deixe entrar", gritaram. Uma voz de mulher perguntou, lá de dentro: "Quem está aí?". "Somos três caçadores de Istambul, estamos perdidos, precisamos de abrigo", explicaram. "Meu marido não está", disse a mulher, "não posso deixar vocês entrarem." Os caçadores suplicaram: "Se não abrir a porta, morreremos aqui fora. Se quiser, podemos lhe entregar todas as nossas armas", imploraram. O vento uivava, ouviam uma avalanche se aproximar ao longe.

A mulher abriu a porta e convidou os caçadores a se aquecer perto do fogão. Serviu comida a eles. Os caçadores tiraram um espelho, um pente e um canivete dos alforges e os deram à mulher. "Salvou nossa vida", disseram, "seremos eternamente gratos." A mulher agradeceu os presentes e, em seguida, se recolheu no seu quarto. Os caçadores se deitaram junto à lareira e adormeceram. Pouco depois, um som sibilante os acordou. Ruídos estranhos vinham da lareira. As chamas mudavam de cor sucessivamente. Uma luz desceu pela chaminé e deteve-se diante deles. Uma fada de asas verdes apareceu dentro da luz. "Não tenham medo", disse, "vim escrever o destino." "O nosso destino?", perguntaram. "Não", respondeu a fada, "seu destino foi escrito antes de nascerem. Vim por causa da mulher grávida que está no quarto. Escreverei o destino da criança que ela terá em breve." "Diga qual será o destino do bebê", pediram. "Posso dizer, mas não poderão alterá-lo", explicou a fada. Os caçadores insistiram. A fada sorriu e cedeu ao pedido. A mulher teria um filho, disse ela, que cresceria forte e saudável e, quando fizesse vinte anos, se casaria com a jovem que amava. Mas, na noite de núpcias, o rapaz seria comido por um lobo. "Não", replicaram os caçadores, "não permitiremos que isso aconteça." "Não discutam com o destino", avisou a fada, e salpicou os caçadores com uns pozinhos. Então, eles adormeceram e, ao acordar, no dia seguinte, compartilharam o sonho que tiveram. Como o sonho era o mesmo, só podia ter sido verdade. Pousaram as mãos nas armas e juraram manter segredo e salvar a vida da criança. A mulher não fazia ideia de nada. Eles disseram: "Agora, você é nossa irmã e queremos lhe fazer um pedido". "O quê?", perguntou a mulher. "Queremos vir ao casamento do seu filho, nos avise a data", disseram. Os vinte anos que se seguiram passaram penosamente para os caçadores, que todos os dias se preparavam para a noite do casamento. Quando a notícia da boda chegou a Istambul, puseram as armas nos ombros. Correram como relâmpagos para a cabana da montanha onde, anos antes, haviam sido tão bem acolhidos. Revelaram o segredo guardado com tanto zelo. Colocaram no meio da sala uma grande arca que haviam levado consigo e dentro dela esconderam os noivos. Prenderam sete correntes em volta da arca e fecharam a tampa com sete cadeados. "Não dormiremos", declararam. E, para não se deixarem adormecer acidentalmente, cortaram o próprio dedo mindinho. Escutaram o vento uivante até de madrugada. Abriram fogo ao menor movimento. Ao raiar do dia, soltaram vivas de alegria e exclamaram: "Conseguimos!". Primeiro, abriram os sete cadeados, depois desenrolaram as sete correntes. Mas, quando se depararam com a noiva sozinha dentro da arca, suja de sangue, não puderam acreditar. "O que aconteceu?", perguntaram. "O que aconteceu?" A noiva gaguejou: "Eu também não consigo compreender. Assim que fecharam a tampa da arca, eu me transformei num lobo e comi o homem que amava. Não faço ideia do porquê, mas eu o devorei".

    O Médico me escutava, intrigado, com uma expressão entre divertida e assustada. Seu olhar exprimia uma sucessão de emoções.

— Surpreso com o final da história, doutor? — perguntei. — Sabe que outras pessoas até riem, em vez de ficarem surpreendidas porque o lobo comeu o rapaz?

— Talvez aqui também encontrasse alguém que riria — respondeu o Médico, olhando para o barbeiro Kamo, que dormia. Inclinou-se ligeiramente para ele e aproximou o ouvido, como se tentasse escutar sua respiração. Esperou um instante e, depois, endireitou-se. — Nunca tinha ouvido essa história, Tio Küheylan. Gosto de contos de caçadores. Essa também foi o seu pai quem lhe contou?

— Sim, na primeira noite em que nosso rádio quebrou, meu pai nos contou essa história para nos distrair.

— Estavam sempre entediados?

— Na aldeia, as pessoas eram o entretenimento umas das outras, não conhecíamos o tédio. O rádio mudou isso. Sempre que quebrava, não queríamos fazer mais nada, parecia que os jogos corriqueiros não tinham mais sentido. Nos perguntávamos o que faziam as pessoas da cidade quando acontecia o mesmo com elas.

— Que estranho — comentou o Médico.

— Meu pai voltou de uma das suas viagens com um transístor. Quando suas viagens a Istambul eram curtas, sabíamos que estava com os amigos, mas, quando eram longas, entendíamos que se encontrava preso nas celas da cidade. Dessa vez, ele se ausentou por muito tempo. Para evitar que olhássemos para o seu rosto magro e pálido e nos preocupássemos, ele nos seduzia com presentinhos que tirava da mala. Para nós, o rádio era uma novidade e nos entusiasmou mais do que qualquer outro presente. Naquela noite, ouvimos, no rádio, a leitura de um romance. Um homem amava uma mulher, mas ela o rejeitava. A mulher partiu de Istambul rumo a Paris, de onde regressou depois de muitos anos. Seus caminhos se cruzaram novamente e eles se sentaram juntos para beber chá num jardim, com as árvores soltando folhas douradas ao redor. O homem acendeu o cigarro da mulher. Tal como um casal de apaixonados saído de um postal, dizia o romance, eles contemplaram os barcos que passavam e o Palácio de Topkapı. Por fim, a mulher se voltou e contemplou os olhos do homem. O ardor levara o homem enlouquecido de paixão ao deserto. "Há um deserto dentro de você?", ela perguntou. "Sim", disse o homem, "esta cidade se tornou um deserto na sua ausência." A mulher quis saber: "O que faria se um dia acordasse e me visse transformada numa ratazana velha?". "Eu a trataria com compaixão", respondeu o homem. "E choraria sua morte se morresse." A mulher acendeu mais um cigarro e disse: "Vou contar uma história para você". Parecia querer testar o homem. Mas o locutor do rádio anunciou que assim terminava o capítulo daquele dia e que o episódio seguinte seria dali a uma semana, no mesmo horário. Tivemos de esperar uma semana para descobrir a história que a mulher ia contar.

Talvez devido à dor de cabeça, o Médico semicerrou os olhos. Desviou o rosto da luz, tentando não olhar para a grade, e me escutou com interesse.

— Na semana seguinte, o rádio quebrou. Por mais que tentasse, meu pai não conseguiu fazê-lo funcionar. O ar de aborrecimento que viu pela primeira vez na nossa cara deve tê-lo assustado, porque disse: "Não se preocupem, conheço o romance". Conheceria mesmo? Na aldeia, ele precisava conhecê-lo e nós precisávamos acreditar nele. Diante dos nossos olhos, desfiou a história que a mulher do rádio contou ao homem. Estalou os dedos como um mágico e, projetando a sombra da grávida e da fada na parede, aos poucos deu vida à história dos caçadores. Mostrou a cabana na montanha e a arca dentro da casa. Naquela noite, pela primeiríssima vez, ansiei por um tipo diferente de felicidade. Sonhei que meu pai me levaria para Istambul, com suas luzes douradas. No fim, perguntei se aquela história continha algum ensinamento. "O que você acha?", retorquiu meu pai. "Quais eram a pergunta e a resposta da história? Por que é que a mulher do romance a contou ao homem?"

— Tio Küheylan — disse o Médico —, eu gosto de adivinhas. Mas, neste caso, se nem sequer sabemos qual é a adivinha, como podemos chegar à resposta?

— Meu pai disse que tínhamos de descobrir a pergunta e a resposta. Nos deu até o dia seguinte, depois do trabalho.

— E vocês descobriram?

— A minha mãe, sim. Ela era a especialista em adivinhas da família.

— Me dê algum tempo, tentarei descobrir a resposta até amanhã.

— Muito bem, doutor. Aqui dentro, temos tempo de sobra.

Demirtay, que dormia com a cabeça pousada nos joelhos, endireitou as costas e esfregou os olhos. Era evidente que estava com frio, envolveu o tronco com os braços.

Olhando para o barbeiro Kamo, que dormia, comentou:

— Ele consegue dormir mesmo com este frio, que inveja! Acho que sou quem mais sofre com o frio nesta cela.

— Não conseguiu dormir? — perguntei.

— Não, Tio Küheylan, estava ouvindo a sua história. Foi como ver um filme. As cenas ganharam vida diante dos meus olhos, a noite de tempestade, a neve rodopiando com o vento, a luz da cabana brilhando na janela. Acho que a pergunta se tornou clara no final da história. Isto é: apesar de tudo, havia alguma maneira de mudarem o destino da criança?

— Se a pergunta é assim tão simples, a resposta também deve ser simples. Sabe qual é? — perguntou o Médico.

— Sei, doutor, acho que eles não podiam mudar o destino.

— Por que não? Se tivessem posto o rapaz sozinho dentro da arca, não o teriam salvado?

— Nesse caso, um dos caçadores se transformaria num lobo, estraçalharia os outros dois e entraria na arca.

O Médico protestou. Assim, os outros caçadores teriam tido oportunidade de matar o lobo. Os caçadores não queriam apenas salvar a criança, também queriam enfrentar o lobo. Cortaram os dedos, derramaram seu sangue. Queriam atrair o lobo com o cheiro de sangue, queriam que ele os desafiasse.

Demirtay ponderou como se estivesse resolvendo um problema numa prova.

— Também quero algum tempo para pensar numa resposta melhor — pediu.

O Médico se voltou para mim.

— Tio Küheylan, qual foi a resposta da sua mãe? Também disse que não se pode mudar o destino?

— Não, ela pensou em outra coisa.

— Eu tenho uma resposta, querem ouvi-la?

— Qual é a pressa, doutor? Tem tempo até amanhã.

— Refleti, enquanto o senhor falava com Demirtay. Não havia uma pergunta na história dos caçadores. Ela não vinha de dentro da história, mas sim de fora. A mulher do romance estava fazendo uma pergunta sobre si mesma. Foi por isso que contou a história, não foi?

— Um bom raciocínio, continue.

— A mulher queria descobrir até que ponto o homem estava disposto a se sacrificar. Ela iria perguntar a ele se se esconderia com ela dentro da arca, se fosse o rapaz da história. Ela não queria resolver o problema, queria saber se o homem era suficientemente forte para o enfrentar.

— Falou exatamente como a minha mãe, doutor. Conhece o romance?

— Não, não conheço.

— O romance tinha um final feliz — expliquei. — Segundo meu pai, há um certo tipo de amor que atrasa sua florada. E foi esse o destino do romance.

— O destino do romance — repetiu o Médico, como se pensasse em voz alta. Riscou uma linha vertical na parede, com a unha.

— Será o destino uma linha como esta? Pode ou não ser alterado? Vou perguntar a Kamo, quando ele acordar.

Tio Küheylan, o senhor também devia tentar dormir e descansar mais um pouco.

— Não tenho sono. Kamo dorme profundamente. Pode não ter cortes nem cicatrizes na cara, à vista, mas ontem os inquisidores bateram na sua cabeça, derrubaram ele no chão e o cobriram de pontapés.

Quando arrastaram o barbeiro Kamo para dentro da cela, aos socos e pontapés, estávamos os dois meio mortos. Tínhamos dores demais para conseguir dormir. Eu estava mais preocupado com Zinê Sevda, na cela em frente, do que com Kamo. Perguntei-me por qual motivo ela teria dado um passo adiante e deixado que a surrassem. Havia ajoelhado no meio do corredor e abrira os braços para mim. Ficou ali postada, apesar da surra, sem recuar. Quando o barbeiro Kamo tentou defendê-la, agarrando a mão do verdugo, Zinê Sevda mostrou-se tão surpresa quanto todos nós.

"Não", corrigiu Kamo, "eu não agarrei a mão do inquisidor, ele me atacou porque toquei nele sem querer."

Lembro-me perfeitamente. Eu sangrava por todos os lados. Embora mal conseguisse mover as pernas, que pareciam de chumbo, podia distinguir os prisioneiros alinhados de cada lado do corredor. E conseguia ouvir. Zinê Sevda estava ajoelhada diante de mim, de braços abertos. O barbeiro Kamo agarrou o pulso do carrasco e o atirou contra a parede. O ar se encheu de gritos e palavrões. Espancaram Zinê Sevda e atacaram Kamo. Eu não conseguia mover minha língua. Da minha garganta escapavam ruídos asmáticos.

"Está enganado, Tio Küheylan, não ajudei a jovem. Que diferença teria feito? Todos têm que lidar com a sua dor. Eu tenho os meus próprios problemas, não posso meter o nariz no sofrimento de mais ninguém. Ninguém neste mundo pode mitigar a dor de outra pessoa. Eu sei disso. Não ataquei o carrasco e não defendi a jovem. Pense o que quiser, que se dane."

Estaria arrependido da sua compaixão? Preocupar-se com os outros o constrangia? Algumas pessoas fugiam da solidão, outras corriam ao seu encontro. E o barbeiro Kamo procurava, naquela cela mínima, um lugar onde pudesse se refugiar. Pouco falou, manteve a cabeça baixa e examinou as pontas dos pés. Seu olhar vagou como uma formiga pelo chão, trepou nas paredes, buscou um buraco onde se enfiar, uma brecha na qual se esconder e, por fim, voltou a pousá-lo nas pontas dos pés.

"Maldito tempo!", murmurou para si próprio. Enquanto baixava a cabeça para dormir, repetiu as palavras, como um mantra. "Maldito tempo!"

Nossos movimentos abrandavam naquela cela escondida tão fundo debaixo da terra, nosso corpo se tornava cada vez mais pesado. E nossa mente, que havia se habituado ao ritmo do mundo à superfície, vacilava, tentando se adaptar às condições dali. Até nossa voz nos parecia estranha. O menor ruído criava zumbidos nos nossos ouvidos. Nossos dedos livres se moviam na escuridão como se não nos pertencessem. O mais difícil não era conseguirmos reconhecer os outros, mas reconhecer a nós mesmos. Que pesadelo era aquele em que vivíamos? A quem pertencia aquele corpo que se sujeitava à dor, e quanto mais sofrimento ele conseguiria aguentar? O tempo, nosso pior inimigo, estendia-se diante de nós com seu fedor pútrido: enterrava-se na nossa carne como um arado na terra, derramando cada vez mais sangue.

O barbeiro Kamo se referia ao tempo lá fora, em vez do tempo na cela? Ao maldito tempo no mundo da superfície, acessível por meio de uma escada invisível? Nesse lugar, não havia estações ferroviárias, balsas ou avenidas onde as pessoas esbarravam umas nas outras ao caminhar. Não havia iluminação, pontes ou torres. Tudo era orientado para um propósito maior. Uma fatia desse propósito era a pressa, a outra, a agitação. Todas as coisas, até as mais ínfimas, eram um reflexo desse propósito maior. Cortinas fechadas, deixar o local de trabalho ao fim de uma jornada e as praças onde os amantes combinavam encontros; tudo era um reflexo disso. Se chovesse e a chuva lavasse e purgasse a imundície urbana durante dias, ainda assim o que emergiria com o primeiro raio de sol seria em função desse propósito. O tempo que tiquetaqueava nas maternidades, nas ruas e nos bares abertos de madrugada brincava com o ritmo da cidade. Seus habitantes se esqueciam do sol, da lua e das estrelas e viviam apenas as horas. Hora de trabalhar, hora de estudar, hora da consulta, hora de comer, hora de sair. Quando chegava finalmente a hora de dormir, as pessoas já não tinham forças, nem vontade de pensar no mundo. Entregavam-se à escuridão. Eram arrastadas por um propósito único, um propósito que se ocultava em todas as coisas, sem exceção. Que propósito era esse e aonde nos levava? As pessoas inventavam pequenos prazeres para si mesmas para impedir que essas questões anuviassem a mente, e os procuravam incessantemente. Fugiam das dificuldades da vida, dormiam em paz e, assim, aliviavam seu fardo mental. E o peso no coração. Acreditavam nisso. Até que uma parede dentro delas desmoronava com um estrondo e esmagava seu coração. Quando percebia que aquilo que batia debaixo dos destroços não era o coração, mas sim o tempo, se assustavam. Não sabiam o que fazer. Quer as pessoas o negassem, quer não, o maldito tempo chegava e impregnava a pele e as veias da cidade.

Era nesse tipo de tempo que o barbeiro Kamo acreditava? Foi por isso que inclinou a cabeça para a frente? Suspirou e praguejou? Debaixo da terra, ele continuava a ser vítima da ansiedade que existia na superfície. Buscava um espaço isolado onde pudesse estar sozinho. Apesar de jovem, julgava ter alcançado o fim da vida e olhava não para o futuro, mas para o passado. Os carrascos também sabiam disso. "Ô velho!", me chamavam, "você tem tantos segredos quanto o seu colega de cela? Sua memória é tão profunda como a do barbeiro Kamo?"

Enquanto suportava a dor, eu também ficava curioso com os limites da minha memória. Não pensava no que sabia, mas no que não sabia. Quanto mais queria esquecer, mais minha memória se esforçava em recordar. Algumas vezes eu gritava, outras ficava em silêncio. A cada vez, dizia para mim mesmo: a dor atingiu seu limite, não pode ir além disso. Então a dor se intensificava e alcançava um novo limite. Essa descoberta era uma sensação muito estranha! As pessoas também descobriam a dor. Enquanto rasgavam minha pele e esmagavam meus ossos, eu sempre era apresentado a uma nova dor. Os inquisidores zombavam de mim. "Quem acha que é? Jesus na cruz?" Eu tinha os braços esticados um para cada lado, estava amarrado a uma viga maciça. Suspenso no ar. Sob meus pés, o vazio; por cima dos meus braços, o infinito. Eu era o ponto fixo no céu, o mundo e as estrelas giravam à minha volta. Tentava reconhecer a mim próprio nos estertores da dor. Os carrascos riam. "Derramamos o sangue de muitos como você e os demos aos cães. E fomos nós que crucificamos Cristo e torturamos Mansur Alhallaj[5] até a morte. Nossa história é mais gloriosa que a sua. Conhece o anarquista Edward Jorris? Veio a Istambul para matar o sultão Abdülhamit. Abdülhamit ia sempre à Mesquita Yıldız para as preces de sexta-feira, e, quando saía, demorava religiosamente um minuto e quarenta e dois segundos para caminhar até sua carruagem. O anarquista Jorris calculou o tempo e preparou uma bomba. Mas, naquela sexta-feira, Abdülhamit parou para conversar com Şeyhülislam ao sair da mesquita e, por isso, não foi morto pela bomba. Morreram 26 pessoas. O anarquista foi apanhado. Sabe o que fizemos? Enfiamos pregos nos seus ossos, arrancamos suas

---

5 Místico persa do século IX, revolucionário, poeta e mestre sufi. Foi acusado de heresia, torturado e executado.

unhas, uma a uma. Fizemos dele nosso escravo. Quem os anarquistas julgavam ser, se até Cristo cedeu à dor? Cristo não censurou Deus no seu derradeiro fôlego, gritando: 'Pai, por que me abandonaste?'. Estamos todos sós na dor. E você também cederá."

Vendado na cruz, fiquei alheio a tudo. Meus ouvidos zumbiam, eu me esquecia de onde estava. Ouvia o uivo de um lobo, ao longe. Há quantos dias, não, há quantas semanas foi isso? Certa noite, quando tropeçava na neve de um metro de altura, vi um lobo. As nuvens suspensas sobre o monte Haymana haviam se dispersado e as estrelas apareceram, uma a uma. Era lua cheia. O lobo me observava lá do alto, na vertente arborizada. Estava sozinho. Nos seus olhos, vi a fome de que sofrem todos os lobos na floresta. Seria eu a única criatura que ele conseguira encontrar na escuridão? Não teria sentido o cheiro de algum veado, de algum coelho? Tirei minha *Browning* do bolso do casaco e firmei no punho frio. Carreguei a arma. Eu sei que aquele espaço, a montanha, era o *habitat* do lobo. Eu era um mero viajante de passagem. Precisava chegar à aldeia atrás daquela montanha antes de nascer o dia.

Um menino conhecido meu estava ferido e convalescia na casa de um pastor na aldeia. Eu não podia me demorar, tinha de tirar aquele menino da aldeia antes do dia nascer. A neve era mais densa em algumas partes e dificultava minha marcha. Meu ritmo abrandou e tropecei. Tinha a sensação de carregar pedras nas costas. Meu corpo parecia pesado, o suor escorria pelo meu pescoço.

Estanquei ao chegar a uma nova planície. Apertei e voltei a amarrar os cadarços das botas, que estavam frouxos. Sacudi a neve do casaco. O lobo que me seguia também parou, à espera. Tinha a cauda coberta de neve. Um olhar penetrante. Ficou imóvel na encosta. Teria dificuldade em avançar na neve, como eu? A julgar pelo seu corpo ossudo, o inverno seria penoso para ele. Não se aproximou, nem se afastou. Estava à distância de um tiro, mas eu não pretendia fazer mal a ele. Peguei a arma que deixara pousada na neve enquanto apertava os cadarços e a guardei no bolso. Ergui as mãos vazias no ar e as mostrei ao lobo.

O lobo virou a cabeça para o céu e passou a uivar. Estava pronto para derrotar todo e qualquer inimigo ou morrer sozinho. A única coisa que temia era a fome. O eco se propagou ao longe e ao largo, ressoando pela floresta e pelo céu. O animal parecia uma rocha no alto da colina, que estava ali havia anos, desafiando os ventos agrestes. Não existia lobo mais forte que aquele e nenhum fôlego mais faminto que o seu.

Todos deveriam saber disso e baixar a cabeça em sinal de respeito. O uivo perdurava, reverberando na neve, na floresta e na noite, até as estrelas.

Quando o lobo se calou, comecei a uivar. Ergui a cabeça como ele fizera e uivei. Minha voz ecoou e se propagou em ondas. Estiquei as mãos para as estrelas. Eu também me apresentava, sob o mesmo céu, pronto para derrotar todo e qualquer inimigo ou morrer sozinho. Gritei até ficar esgotado. Depois, parei para recuperar o fôlego.

Enquanto esfregava um punhado de neve nas mãos, conjeturei se eu seria um ser humano que tinha ficado cara a cara com um lobo ou um lobo que perseguia um ser humano. Qual de nós acabara de uivar e de deixar sua marca na noite? Meu bafo cheirava a fome. Meu pescoço estava frio. Aquela floresta era o meu *habitat*, ou seria eu um mero viajante de passagem?

Olhei para cima. Meu pai costumava dizer que no céu tínhamos outra vida. O nosso mundo possuía um reflexo, como um espelho. E todos nós tínhamos um duplo no mundo celestial. Lá, as pessoas dormiam durante o dia e viviam à noite. Tinham frio quando estava calor e calor quando estava frio. Enxergavam objetos longínquos na escuridão e eram cegos na luz. Nesse mundo, os homens eram mulheres e as mulheres, homens. Não levavam a vida a sério, mas davam uma enorme importância aos sonhos. Gostavam de abraçar desconhecidos. Não tinham vergonha de ser pobres, mas de ser ricos. Para eles, o riso era choro e o choro, riso. Quando alguém morria, cantavam e dançavam. Nos meus tempos de criança, eu contemplava o céu constantemente, tentava encontrar o meu outro eu. Imaginava como eu seria nessa outra vida. Agora, ao contemplar a floresta na escuridão, me perguntava se existiria também outro mundo na floresta. Talvez nossa vida se refletisse igualmente naquela área arborizada. Era por isso que nossa voz ecoava. O eco era a resposta da nossa outra vida. Cada pessoa tinha um equivalente animal entre as árvores. Algumas eram gazelas e outras, cobras. Talvez eu fosse um lobo. Um lobo selvagem, solitário e magro. E agora, esgotado pela fome, seguia um velho numa noite nevada.

    A geada seca deixara o céu límpido como vidro e a floresta banhada por uma luz azul escura. Olhei para o lobo no alto da colina. Tal como eu, descansava. Sua respiração agora era mais regular. Não tínhamos tempo a perder, precisávamos seguir. Recomeçamos nossa marcha. Deixávamos pegadas fundas na neve e mirávamos o horizonte. Sabíamos que, por trás de cada encosta, surgiria outra e, em cada uma delas, sopraria um novo vento. Estávamos habituados à solidão. Tal como as estrelas cadentes, hoje estávamos ali e amanhã já teríamos deixado de existir. Era por isso que gostávamos de caminhar lado a lado com desconhecidos. Nossa sombra ao luar era suficiente para que confiássemos um no outro. Caminharíamos juntos também na viagem de regresso? Caminharíamos juntos novamente, sob o mesmo céu? Quando eu chegasse à casa do pastor, pegaria um naco de carne e, na volta, o colocaria diante do lobo. Essa era mais uma razão para eu ter tanta pressa.

    Passei pelo monte Haymana sem descansar uma única vez, com o suor escorrendo pelas costas, e alcancei a aldeia antes do dia raiar. Quando vi a casa do pastor na entrada da aldeia, parei e olhei em volta. A comunidade dormia profundamente. Tiras finas de fumaça subiam pelas chaminés. Os telhados estavam cobertos de neve, mas havia incontáveis pegadas no solo. Na neve, as pegadas de bois, cães e aldeões se misturavam. Uma luz tênue brilhava na janela do pastor. Ele deixara o lampião de gás aceso. Era o nosso sinal. Se a luz estivesse apagada, eu saberia que algo ruim tinha acontecido. Virei-me e olhei para trás. O lobo me observava, parado a certa distância. Assim que sentira o cheiro dos cães, parou de se aproximar. Esperava na fronteira do seu próprio mundo. Mas não havia sinal dos cães. Não estavam no portão do pátio. Ou se refugiaram do frio no estábulo, ou tinham descido para a aldeia. Examinei cuidadosamente as pegadas na neve e me aproximei da casa. Dei uma boa olhada em busca de marcas de botas de soldados entre as pegadas de solas de borracha. Não vi nada suspeito. Parei e cheirei o ar. Perscrutei a encosta em frente. Como eu poderia saber que os soldados estavam de tocaia, à minha espera? Como eu poderia adivinhar que uma emboscada me aguardava desde a noite anterior? A única pista era a ausência dos cães, que não me deixou desconfiado. Confiei na luz da janela. Entreguei a minha mente àquela luz. Queria tirar o menino ferido dali o mais depressa possível e levá-lo para longe, antes que o dia nascesse. Porém, assim que entrei no pátio, minha viagem acabou. Os soldados escondidos atrás do muro me atacaram e não tive chance de sacar a arma do bolso. Me atiraram no chão e me deram coronhadas na cabeça com as espingardas. Amarraram minhas mãos e me arrastaram para dentro da casa.

Cuspi o sangue que tinha na boca e gritei. Lágrimas de raiva queimavam meus olhos. Não queria acreditar que caíra na ratoeira com tanta facilidade, como se fosse um coelho. Me debati e derrubei com as pernas a chaleira que estava no chão. Depois, olhei em volta para ver quem me denunciara. Não havia sinais do pastor nem do menino ferido. Do quarto ao lado, os soldados trouxeram um rapaz alto. Apontaram para mim e perguntaram: "É ele?". "Sim", respondeu o rapaz. Pensei por um instante e, então, me lembrei. No ano anterior, eu estivera ali para buscá-lo e o levara para junto do grupo que o esperava nas montanhas. Também fez que sim à pergunta: "Foi ele que trouxe os materiais de Istambul?".

"Ele conhece Istambul como a palma da mão", retorquiu, referindo-se a mim.

Istambul? De onde ele tirou isso? Na noite em que nos encontramos, no ano anterior, o rapaz e eu havíamos conversado no trajeto até o ponto de encontro nas montanhas. Como sempre, eu mencionara Istambul como tema de conversa e tentara aprender coisas novas e ver a cidade pelos olhos de outra pessoa. Enquanto ele descrevia o Corno de Ouro, acrescentei as pontes que o atravessavam; enquanto falava sobre as vitrines das lojas nas avenidas largas, lembrei das praças onde essas ruas desembocavam. Assim, ele deduziu que fora eu quem contatara nossos amigos em Istambul; ou então, quando o obrigaram a acusar alguém, o meu nome fora o primeiro que lhe viera à mente. "Mentiras!", gritei, mas os soldados não acreditaram em mim. Fui espancado até sangrar. Durante duas semanas, exigiram os nomes e endereços dos meus contatos e estenderam um mapa de Istambul diante de mim, para que eu indicasse bairros e nomes de ruas. Queriam saber meus segredos sobre a cidade. Eu disse os que conhecia. Falei sobre os cais de Istambul, com seus edifícios de madeira, seus arranha-céus de vidro, seus jardins de olaias. Apontei os melhores lugares para se assistir ao pôr do sol, os parques que já desapareciam rapidamente, mas onde, apesar das multidões, ainda podíamos nos sentar ao final de um dia de trabalho. Descrevi as luzes que, à noite, tremeluziam como vagalumes ao longe. "As pessoas de Istambul estão perdendo a fé na cidade", declarei, "mas eu ainda acredito em Istambul."

Todas as cidades desejavam ser conquistadas e todos os períodos históricos geravam seu próprio conquistador. Eu era um conquistador de fantasias. Acreditava em Istambul e vivia sonhando com ela. Uma vez que a desesperança se espalhava como a peste, eu sabia que precisavam de mim lá. Estavam à minha espera. Eu me dispunha a sacrificar meu próprio corpo para poder dar vida a Istambul. A dor era o reflexo do meu amor. Quando ressuscitou um morto, Cristo não deu vida a um cadáver, mas recordou a sua imortalidade a um homem que se esquecera de que era imortal. Se fosse necessário, eu seria crucificado como Cristo e reuniria todo o sofrimento do mundo no meu corpo. Istambul, cuja beleza era destruída um pouco mais a cada dia, precisava de mim.

O lobo que me acompanhou na noite em que caminhei na neve aliara seu tempo ao meu. Meu pai, que me contava histórias à noite, unira seu tempo ao meu. Eu não conseguia esquecer nem as histórias do meu pai, nem a do lobo. Com essas coisas em mente, desejava intensamente vir para Istambul e assim dei o derradeiro passo da minha vida. Disse aos soldados: "Se me levarem para Istambul, mostrarei a vocês os lugares que querem ver e os segredos que querem ouvir". Se tinha que sofrer, que sofresse em Istambul. Se tinha que morrer, que morresse em Istambul. Esta cela aonde vim parar não me parecia desconhecida. Eu me senti em casa. Ela parecia infinita. Para lá das paredes, estavam o mar e as ruas, e depois mais paredes. Era impossível distinguir uma da outra. Cada parede conduzia a uma rua, e cada rua conduzia a um mar. Uma atrás da outra, elas se estendiam infinitamente. O que era dor de um lado era felicidade do outro, o que eram lágrimas de um lado eram risos do outro. A mágoa, a apreensão e a alegria estavam tão intimamente enroscadas umas nas outras, como gatinhos adormecidos, que era difícil distingui-las. Quando pensávamos que a morte estava próxima, o impulso de viver ressurgia de repente. O infinito era fugaz como um instante. Agora, eu estava nesse limiar. Pressentia o mar por trás da parede à qual me encostava, conhecia as ruas que serpenteavam diante de mim. Escutei a voz no meu interior. Tal como todos, eu me apegava mais ao que não tinha visto do que ao que vira.

Quando o barbeiro Kamo começou a tossir, custei a afastar meu olhar do que eu via para além da parede e me obriguei a regressar à cela. Notei que estava frio. Olhei para o Médico e para Demirtay. Os rostos estavam protegidos pela escuridão, mas o hálito dos dois fedia. Estavam tão congelados quanto eu. Curvaram os ombros e meteram as mãos nas axilas.

O barbeiro Kamo, que parara de tossir, levantou a cabeça dos joelhos e nos examinou como uma criança que acorda no quarto errado.

— Tudo bem? — perguntou o Médico a ele.

Kamo não respondeu. Inclinou-se para a frente e pegou a garrafa de plástico à beira da porta. Bebeu água. Limpou a boca com as costas da mão.

Repeti a pergunta do Médico.

— Tudo bem, Kamo?

Se estava com dores, ele nunca admitiria. Parou de franzir a testa e suas feições se descontraíram.

— Tio Küheylan — disse —, gosta de lobos?

Será que havia sonhado com isso? Será que me perguntava sobre o lobo que me acompanhara naquela noite nevada, ou sobre o lobo que comera o rapaz na história dos caçadores?

— Gosto — respondi.

Ele se voltou para a luz. Sem piscar, fixou-se num ponto. Com o rosto alegre, disse:

— Se eu fosse um lobo, comeria todos vocês.

Ele pretendia nos fazer rir ou estremecer?

— É a voz da fome. Sobrou apenas um pedaço de pão. Quer?

— Mesmo assim, comeria todos.

Falava sem desviar os olhos da luz. Seja lá o que tivesse sonhado, estava decidido a nos comer.

— Por quê? — perguntei.

— Tem que haver uma razão para tudo, Tio Küheylan? Se precisa mesmo, eu digo por quê. O senhor conta histórias passadas no frio. A neve cai, caçadores estão em meio a uma tempestade. O senhor faz com que esta cela tenha ainda mais correntes de ar, transforma o concreto em que nos sentamos em gelo. Tremo de frio e o senhor não me dá alternativa, a não ser me tornar um lobo. Só penso em retalhar sua carne com os dentes e depois devorá-lo.

Será que sentia o cheiro de sangue que se agarrava a cada centímetro do nosso corpo, o sangue que secara nos nossos cabelos, rosto, pescoço? Quando seus dentes afiados se impacientavam, ansiava por nossa carne maltratada? Sorri sozinho. Virando-me para a luz, foquei o olhar num ponto, como ele fazia. Se todos têm um abismo negro dentro de si, Kamo estava parado à beira do seu. Contemplava um vazio infinito e, mesmo sob a luz, via apenas a escuridão. Era por isso que se mostrava tão indiferente à dor. O mundo e a vida lhe pareciam frívolos. Comia pouco pão e bebia pouca água. Guardava palavras na memória, preferindo ficar em silêncio a maior parte do tempo. Gostava do escuro e de dormir. Fechava os olhos e se retirava para dentro de si, como que entregue a um zumbido dentro da sua cabeça. Quando nos olhava, reparava imediatamente na luz agarrada à nossa pele e tinha pena de nós. Nossa situação o entristecia. Talvez estivesse sempre às voltas com as mesmas perguntas: seria o destino como uma linha riscada numa parede? Impossível de apagar, impossível de ser alterado?

— Sente-se bem, Tio Küheylan? — perguntou o Médico, tocando no meu braço. — O senhor está alheio...

Alheio? Eu mesmo não sabia o que me passava pela cabeça.

— Ah, estava pensando em Istambul. A Istambul lá de cima.

— Istambul?

Sempre que me esquecia do que estava pensando, ou quando queria mudar de assunto, Istambul era a primeira palavra que me vinha à cabeça.

— Quando sair daqui — eu disse —, a primeira coisa que farei será passear na Ponte de Gálata. Vou ficar junto dos pescadores e contemplar o Bósforo. Depois, procurarei o meu duplo, que leva uma vida diferente aqui.

— Seu duplo? — inquiriu o Médico.

— Como assim, uma vida diferente? — acrescentou o estudante Demirtay.

— Se eu tivesse nascido na cidade, que tipo de vida teria tido? — retorqui. — Existe efetivamente uma resposta para essa pergunta, porque o meu duplo vive aqui. Vocês dizem que contam sempre histórias que já conhecem, mas essa vocês não conhecem.

Me olharam com interesse.

— O que é que não conhecemos? — perguntaram.

— Conhecem a mim tão bem como conhecem Istambul, tão bem como conhecem a dor. Mas existem lacunas nas três coisas.

— Então conte tudo, queremos saber.

— Vou contar — concordei. — Na nossa aldeia, meu pai costumava nos mostrar o céu à noite, dizia que vivíamos uma vida no firmamento. Que havia um reflexo, como num espelho, da nossa vida lá em cima. E lá vivia um duplo de cada um de nós. Eu costumava me levantar no meio da noite e contemplar o céu pela janela. E me perguntava o que estaria fazendo a criança que era o meu duplo. Observava mais o céu quando meu pai nos deixava para ir à cidade. Costumava pensar que as histórias de Istambul que ele nos contava quando voltava pertenciam à nossa outra vida. Talvez Istambul fosse a cidade no céu onde viviam as pessoas que eram nossos reflexos. Meu pai ia lá visitar esses duplos. Adorava uma criança que se parecia comigo e contava a ela histórias sobre a aldeia. A criança de Istambul vivia como se fosse eu e, como fazia as coisas que eu sonhava fazer, um dia me ocorreu: se havia um reflexo de mim em Istambul, então eu devia ser seu duplo que vivia na aldeia. Ela também gostaria de saber coisas sobre mim. Assim que me dei conta disso, comecei a viver também por essa criança. Tentava fazer as coisas que ela não podia fazer na cidade: pescava no rio, colhia abrunhos nas montanhas. Enfaixava feridas de animais e ajudava velhinhas, carregando seus sacos pesados. Pensando que todos vivem por si e também por outra pessoa, eu era duas vezes mais responsável. Eu me lembrava de que, quando ria muito, ela chorava e, quando eu chorava, ela ria. Um completava o outro. Eu era menino, ela era menina. Agora contarei a história dessa menina. Querem ouvir?

— Sim, conte.

— Primeiro, vamos tomar um pouco de chá, estamos completamente desidratados.

Inclinei-me para a frente. Ergui a mão como se levantasse um bule e enchi os nossos copos invisíveis de chá. Distribuí os copos com as pontas dos dedos, como se estivessem muito quentes. Depois, passei o açúcar. O chá era forte e perfumado. Mexi-o lentamente. Eles fizeram o mesmo. Quando o estudante Demirtay começou a mexer o dele demasiado depressa, fiz um sinal para que abrandasse. O tilintar da colher no vidro podia percorrer o corredor e chegar aos ouvidos dos guardas. Demirtay sorriu. A vida descobrira aquele sorriso, aquele chá e estas histórias aqui dentro.

5º dia
Contado pelo estudante Demirtay

AS LUZES NOTURNAS

— Foi durante a guerra. As histórias de guerra são longas, mas tentarei ser breve. Uma das unidades militares estava exaurida após uma série de combates que duraram dias. Estavam sem mantimentos e haviam perdido contato com o interior do país. Os soldados procuraram um lugar onde pudessem se refugiar. Depois de caminharem por horas na escuridão, chegaram a um planalto. Beberam água de um lago e colheram amoras silvestres. Não podiam correr o risco de matar um veado: o som dos tiros indicaria ao inimigo a localização do seu esconderijo. Depois de uma pequena sesta, escalaram um monte íngreme. Viajaram noite e dia, dormiram abrigados pelas rochas. Não acenderam fogueiras, comeram cobras e lagartos crus que conseguiram caçar. Havia alguns soldados que, se tivessem a certeza de que não seriam mortos, de bom grado se renderiam ao inimigo em troca de uma refeição por dia. Será que o exército todo estava derrotado? Com quem eles poderiam fazer contato, e como? Não conseguiam encontrar nenhum sinal, e não podiam entrar numa aldeia e perguntar. Toda a área estava sob comando inimigo. Na verdade, é uma longa história, mas tentarei ser breve. Depois de três dias, sofrendo baixas diariamente, chegaram ao cume de uma nova montanha. Exaustos, deitaram-se ao sol e adormeceram. Quando chegou a noite e encontraram água e se lavaram, começaram a se sentir um pouco mais como antes e tentaram calcular onde estavam. Um soldado com um dente de ouro apontou para o vale e disse que a sua aldeia natal ficava lá embaixo. Ergueram-se na escuridão como crianças perdidas, engolindo a seco ao verem o local para onde ele apontava. As luzes da aldeia tremeluziam como vagalumes. O soldado com o dente de ouro disse que podia ir até a sua aldeia buscar comida. O comandante discordou. Podia ser apanhado e morto pelo inimigo. O soldado com o dente de ouro argumentou: "De qualquer maneira, estamos à beira da morte. Se eu conseguir, além de comida, trarei notícias dos nossos homens e informações sobre o inimigo". Todos o apoiaram. O soldado se despediu dos companheiros, desceu a encosta e desapareceu na escuridão. O céu mudou de cor três vezes, passando de azul-escuro a vermelho-flamejante. Quase ao raiar do dia, o soldado com o dente de ouro reapareceu entre as rochas, com dois sacos de viagem às costas. Em resposta às perguntas ávidas dos companheiros, disse: "Sentem-se, tenho coisas para contar". Pousou os sacos que trazia.

"A aldeia estava repleta de inimigos", começou. "Como não conhecem a aldeia tão bem quanto eu, consegui passar sem ninguém me ver e cheguei à minha casa. Bati à porta. Minha mulher abriu e ao me ver, se eu não tapasse sua boca e acalmasse os ânimos, teria gritado. E então, o que aconteceu depois?" O soldado com o dente de ouro, que fez a pergunta, enfiou a mão num dos sacos e tirou um pedaço de queijo. "Muito bem, disse, quem adivinhar o que aconteceu fica com este queijo." Os soldados, cujo hálito fedia à fome, responderam ansiosamente. "Você perguntou quantos inimigos havia", lançou um. "Perguntou onde estão nossos soldados", arriscou outro. Quando pareceu que as perguntas nunca mais acabariam, um soldado de Istambul, sentado ao fundo, levantou a mão: "Comeu sua mulher na hora", disse. Rindo, o soldado com o dente de ouro atirou o queijo para ele. Os outros soldados exclamaram de surpresa e riram alto. O soldado com o dente de ouro tirou um *börek*[6] do saco.

"Isto é para quem adivinhar o que aconteceu depois", anunciou. "Desta vez, realmente perguntou pelos nossos soldados", tentou um. "Perguntou pelos seus filhos", disse outro. O soldado de Istambul, sentado ao fundo, ergueu novamente a mão. Era do tipo que se sentava sempre ao fundo, fosse no exército, fosse na escola. "Comeu sua mulher outra vez", declarou. Rindo, o soldado com o dente de ouro deu a ele o *börek*. Tirou uma gali-

---

6 Pastéis recheados com carne, queijo e espinafre ou outros legumes.

nha frita do saco e a sacudiu no ar. "Esta galinha é para quem adivinhar o que fiz a seguir", disse. "Comeu ela outra vez!", gritaram todos os soldados em coro, como se fosse o exercício militar da manhã. O soldado do dente de ouro não conseguia parar de rir. "Não", respondeu, "depois disso, tirei as botas."

Repeti a última frase:

— Não, depois disso, tirei as botas.

Tapei a boca e comecei a rir baixinho. O Médico e Tio Küheylan também riam, sacudindo os ombros para cima e para baixo. Rimos silenciosamente, mas as paredes estremeceram ao toque dos nossos corpos agitados. Parecíamos crianças levadas escondidas dos adultos num canto secreto. Nossa boca ia de orelha a orelha, nos entreolhávamos felizes. Saber o que faz uma pessoa rir é uma maneira de conhecê-la. No caso do barbeiro Kamo, porém, era conhecido pelo que *não* o fazia rir. Seu rosto era severo. Nos fitou inexpressivamente, sem entender qual era a graça.

Assim que nos acalmamos um pouco, eu disse:

— Rimos tanto que me pergunto se alguma desgraça está prestes a nos atingir.

— Uma desgraça? — repetiu o Médico. — Uma desgraça aqui dentro?

Começamos a rir novamente. Só quando estão bêbadas ou rindo é que as pessoas se esquecem do futuro e dão de ombros para a vida. Da mesma maneira que o tempo para quando alguém sofre, também para quando ri. O passado e o presente são apagados, perdura apenas aquele infinito instante.

Cansados de tanto rir, nos acalmamos. Enxugamos as lágrimas dos olhos.

— Eu conhecia essa história do soldado — disse Tio Küheylan —, mas na minha versão não havia ninguém de Istambul. Passava-se na Rússia.

O Médico respondeu por mim.

— Aqui, todas as histórias se tornam propriedade de Istambul — explicou.

— Não se limitam a contar histórias que já conhecem, também as modificam e lhes dão a forma que bem entendem.

— Seu pai não fazia o mesmo, Tio Küheylan? Não atirava marinheiros de Istambul ao mar atrás de baleias brancas, não trazia os caçadores da história do lobo até Istambul?

O Médico e Tio Küheylan se embrenharam numa discussão sobre soldados, caçadores e marinheiros. Falaram da estrada costeira que pusera fim à antiga aldeia de pescadores de Kumkapı, sobre o número cada vez menor de olaias ao longo da margem do Bósforo, sobre a obra do arquiteto Sinan, a Mesquita de Ilyaszade, com quatrocentos anos, demolida para dar lugar a um posto de gasolina, e sobre um terremoto que, mil anos antes, afundara a ilha mais próxima da costa, como Atlântida, e por fim se questionaram: "Istambul também é uma ilha?".

Segundo o Médico, Istambul era uma ilha que se enchia de pecados que, um dia, a afundariam. Os pecados nunca eram os mesmos, mudavam constantemente. Por esse motivo, a cidade não era um espaço conhecido, mas um lugar que se ia descobrindo dia após dia. Esse mistério fustigava seu desejo de mudança, aumentava sua ânsia de se ligar ao futuro. Quando o presente se tornava indefinido, a verdade também se tornava vaga e cedia lugar aos símbolos. Os edifícios substituíam as montanhas, e as varandas com flores, a costa. Também o amor se transformava num insaciável animal peludo e triste, constantemente em busca de novas experiências.

Tio Küheylan protestou, argumentando com o Médico que os símbolos eram mais reais do que as verdades. Neste mundo, ao qual não se chegava por livre e espontânea vontade, as pessoas não eram responsáveis por descobrir sua própria existência, mas sim por lhe darem vida. As montanhas eram montanhas antes de nós existirmos, da mesma maneira que as árvores também eram árvores antes de nós. Mas a cidade era assim? Eram assim o aço, a eletricidade e os telefones? As pessoas que criavam música a partir do ruído, e matemática a partir dos números, geravam um novo universo, em paralelo à cidade. Quanto mais se afastavam da natureza externa, mais se aproximavam da sua própria natureza. Em vez de acreditar em cumes de montanhas, acreditavam em telhados que brotavam um ao lado do outro; em vez de rios, acreditavam em ruas apinhadas, e, em vez de estrelas, em luzes que brilhavam por toda parte.

E eu, em que acreditava? Nas estrelas ou nas luzes da cidade? Naquele último mês, pela janela da casa em

Hisarüstü, onde me escondera, contemplei muito o céu, tentava perceber onde acabavam as estrelas e começavam as luzes da cidade. Quando fazia uma pausa na leitura, me perdia na Via Láctea e em minhas fantasias, e depois me perguntava se as formas cintilantes que avistava seriam mesmo a Via Láctea.

Nos primeiros dias, não estive sozinho na casa de Hisarüstü. Yasemin *Abla*[7] esteve lá comigo. Eu não sabia o verdadeiro nome dela e ela também me conhecia por outro nome, Yusuf. Nos conhecemos no Parque Gezi, em Taksim. Como nunca nos tínhamos visto, seguimos as instruções. Eu a reconheci pelo lenço verde no pescoço e ela, pela revista de esportes que eu tinha na mão. Parecia cinco ou seis anos mais velha do que eu.

"Yusuf", ela disse ao chegarmos à casa, "vamos ficar aqui alguns dias. Os vizinhos me conhecem. Se alguém perguntar, diremos que somos irmãos. Mas faça um esforço para que ninguém o veja."

Tratava-se de uma *gecekondu*[8] de um só cômodo. Na entrada, havia um banheirinho. A cozinha era um mero fogão nesse espaço.

Quando chegou a hora de dormir, fomos alternadamente ao banheiro, onde trocamos de roupa. Dormimos em sofás separados. Quando, pouco depois, o cheiro de

---

[7] Termo afetuoso e respeitoso com que se trata uma mulher mais velha.
[8] Literalmente "construída durante a noite"; uma habitação tosca erguida muito rapidamente por pessoas que migram de zonas rurais para os arredores das grandes cidades turcas.

um fósforo aceso me acordou, entreabri os olhos. Vi Yasemin *Abla* sentada à janela, com um cigarro na mão, contemplando a vista.

"Não consegue dormir?", perguntei.

"Não conseguimos contatar um dos nossos amigos. Faltou a dois encontros ontem. Estava pensando nele."

"Ele sabe da existência desta casa?" A pergunta saiu da minha boca sem pensar.

"Só há um endereço que poderia dar, se fosse apanhado, e o evacuamos ontem à noite. Ele não conhece esta casa."

"Perguntei só por perguntar."

"É natural que se preocupe, Yusuf."

Saí da cama e fiz companhia a ela, sentado na cadeira do outro lado da mesa. Também acendi um cigarro.

"Yasemin *Abla*", comecei tentando não demonstrar a minha ansiedade, "já foi presa alguma vez?"

"Não, e você?"

"Não, também não."

A casa ficava numa encosta. Frágeis *gecekondular* se espalhavam colina abaixo. As luzes da rua, que se estendia até o mar, se misturavam com as luzes dos navios e barcos que navegavam no Bósforo. Era uma das costas mais belas de Istambul. Oferecia prodigamente sua hospitalidade não a arranha-céus e vivendas opulentas, mas às pequeninas *gecekondular*.

Fizemos chá e ficamos acordados até de madrugada. Não falamos de política, só de livros e dos nossos sonhos. Eu invejava o repertório de poesia de Yasemin *Abla*, sua capacidade de declamar versos contendo qualquer palavra que eu dissesse. Quando proferi "mar", ela murmurou os versos: "Oh, homem livre! Amarás sempre o mar". Quando disse "relógio", ela retorquiu: "Relógio! Deus cruel, indiferente e terrível!". Ela ria como uma aluna exemplar. Tínhamos apagado a luz e seu rosto brilhou, radiante, à luz do lampião. No final da noite, quando a neblina cobriu a alvorada vermelha, voltamos para nossa cama. Dormimos, sem prestar atenção aos gritos das gaivotas e dos pardais.

Por volta do meio-dia, Yasemin *Abla* saiu. Regressou depois de anoitecer com um saco de comida.

"Continuamos sem notícias do nosso amigo desaparecido, Yusuf. Vou sair da cidade amanhã. Voltarei daqui a três dias, no máximo."

"E eu, o que faço?"

"Eu trouxe comida. Se na terceira noite eu não tiver voltado, saia da casa. Não deixe nada que possa fornecer indícios da nossa identidade."

Yasemin *Abla* aqueceu água no fogão e foi para o banheiro se lavar. Quando saiu, vestia um pijama.

Ao me ver sentado à mesa, tentando costurar o rasgão do meu casaco, perguntou: "Sabe costurar?".

"Não", respondi.

"Então me dê que eu costuro. A tarraxa do meu brinco se soltou, pode consertá-la, por favor?"

Tirei seus brincos de âmbar e os comparei para entender como poderia consertar o que perdera o fecho. Manuseei meu canivete cuidadosamente para não riscar o âmbar.

Enquanto Yasemin *Abla* costurava o furo no ombro do meu casaco, ergueu a cabeça. "Gosta de trabalhos manuais?", perguntou.

"Não muito. E você?"

"Eu era costureira. Adoro tocar nos tecidos, e cortá--los. Eu mesma fiz este pijama e meu vestido." Olhei para o vestido pendurado na parede. Era decotado, chegava à altura dos joelhos e tinha um cinto. As flores estampadas no tecido combinavam com os brincos.

"Levante-se e prove o casaco", ela disse.

Vesti o casaco e mexi os braços para a frente e para os lados.

"Excelente trabalho", elogiei.

Yasemin *Abla* aproximou-se e endireitou a gola amassada do casaco.

"Bom, nos próximos dias terá tempo de sobra. Passe o casaco a ferro antes de eu voltar."

"Às suas ordens", repliquei, sorrindo.

"Não é uma ordem, é um desejo."

Ela tinha o cabelo molhado, cheirava a rosas. Exibia a frescura de quem acabara de tomar banho. Recuou devagar. Pegou o bule que estava no fogão e encheu os copos de chá.

Ela gostava de conversar. Contou sobre a casa pobre onde crescera e do mundo que contemplara pela janelinha daquela casa. Outra vez, declamou versos contendo cada palavra que eu dizia. Regou os gerânios no peitoril. Num dos vasos, os gerânios floresciam, enquanto no outro as flores haviam murchado. Ela disse que, quando voltasse, regaria também as flores do jardim: boas-noites, oleandros e rosas. Enquanto conversávamos, aninhada entre as nossas palavras e as flores, a noite se foi e desapareceu, como água que vaza de uma garrafa velha. Não tínhamos reparado no céu claro e nem que as estrelas já haviam se recolhido.

Quando acordei, não muito tempo depois, ao som da chuva, ela já não estava na cama. Havia partido silenciosamente.

Sentei-me à janela e acendi um cigarro.

Lá fora, uma tempestade se preparava. Um vento rebelde uivava. O mar de Istambul estava revolto. O céu havia ficado subitamente raivoso e transformado o dia em noite. As nuvens negras eram como uma pintura a óleo. No Bósforo, as ondas sacudiam um navio, atirando-o na direção da costa. O navio, sacolejando em todos os sentidos, soou a sirene de emergência. Podia, a qualquer instante, afundar e ser tragado pelas ondas. O guincho estridente da sirene se misturou com o som da chuva, do vento e das ondas. Enquanto toda a tripulação do navio levantava os olhos para o céu e suplicava a Deus, os bêbados, mendigos e suicidas na costa talvez implorassem para que, primeiro, o navio os viesse buscar nas rochas e só depois afundasse, se fosse essa a sua intenção. Naufragar com um navio parecia a melhor solução. O mar estalava seu chicote repetidamente, espumando de raiva. As ondas empinavam como indomáveis cavalos selvagens. Das duas, uma: ou Yasemin *Abla* escolhera o tempo perfeito para sair de casa, ou a tempestade esperara que ela saísse e que aquele navio chegasse ao Bósforo. O vento espalhava as últimas pétalas das boas-noites, dos oleandros e das rosas do jardim. As ruas estavam vazias. Os cães e os sem-teto se refugiaram nas ruínas de edifícios condenados. Istambul, zonza de pobreza e de luxo, aguardava de braços abertos, enquanto a tripulação do navio, entre súplicas e insultos ao deus da tempestade, não conseguia imaginar outra sepultura senão o mar. Quando todos os caminhos se fecham, é melhor aceitar o destino ou se revoltar? A tempestade inspirava esse tipo de debate. E, no entanto, um gerânio fúcsia no peitoril esmorecia, enquanto outro florescia, com o mesmo ar e a mesma água.

Foi só então que reparei no brinco de âmbar. Estava ali, entre dois vasos, abrigado da chuva e do vento. Era o brinco que eu consertara na véspera. Onde estava o outro? Procurei em toda parte, no sofá, junto da porta da rua. Olhei para o espaço diante do espelho do banheiro. Teria Yasemin *Abla* se esquecido do outro brinco ao arrumar suas coisas? Teria partido assim tão apressada?

Sentei-me no sofá e ergui o brinco no ar com as pontas dos dedos. Era uma uva dourada e translúcida, dependurada num gancho de prata. Luzes e espirais rodopiavam no interior das suas profundezas atávicas. Ondas laranja e castanha moviam-se suavemente dentro dela. Mirei aquele brinco de âmbar que pendera de orelhas femininas e fora exposto em vitrines de lojas durante tantos anos, como se nunca tivesse visto um igual. Como funciona o processo de seleção da nossa mente? Quando é que uma pessoa se torna ciente da existência de um objeto?

Tal como os brincos em que não tinha reparado antes, talvez eu já tivesse percorrido a mesma rua que Yasemin *Abla* sem reparar nela. Talvez chovesse. As pessoas abrigadas debaixo dos guarda-chuvas caminhavam apressadas ao lado de edifícios magníficos, roçando, ao passar, em meninas que cantavam na entrada dos becos. Algumas recordavam o amante que as abandonara, outras se desesperavam pelos filhos rebeldes. Todos falavam a mesma língua, mas ninguém se entendia. Todas as mentes tinham outras mentes vivendo dentro delas. Quando chovia, Istambul se tornava uma floresta densamente povoada de árvores despidas. Reinava a confusão, e todas as casas, todas as ruas e todos os rostos pareciam os mesmos. Passei por Yasemin *Abla*, que, de cabelo molhado, corria para não se atrasar para o seu encontro. Puxando meu capuz para a testa, apressei o passo. Se ela tivesse deixado cair um dos brincos e continuado a andar sem perceber nada, se eu tivesse apanhado o brinco de âmbar da poça aos meus pés, parado por um instante e examinado minha mão molhada e a multidão cinzenta que engolira Yasemin *Abla*, teria Istambul mudado para mim? Teria aquele brinco enchido o meu coração com uma alegria desconhecida para mim?

O mais estranho em Istambul era a maneira como preferia perguntas a respostas. Conseguia transformar a felicidade em pesadelo, e vice-versa, fazer com que, depois de uma noite completamente desprovida de esperança, nascesse uma manhã alegre. A incerteza era sua força. Era o destino da cidade, diziam. O paraíso numa rua e o inferno na próxima podiam, subitamente, inverter suas posições. Tal como no conto do rei e do mendigo. Havia um rei que desejava se divertir. Ordenou então que lhe trouxessem para o palácio um pobre que dormia na rua. Quando o mendigo acordou, todos o veneraram como rei e o serviram. Assim que o mendigo superou seu espanto, acreditou genuinamente que era rei. Pensou que sua antiga vida de penúria tivesse sido um sonho. No final do dia, quando a noite caiu e ele mergulhou num sono feliz, o levaram novamente para fora. Quando voltou a abrir os olhos, se viu outra vez na rua, no lixo. Não conseguia perceber o que era real e o que fora um sonho. Durante várias noites, fizeram essa mesma brincadeira com ele. Um dia, o mendigo acordava e estava no palácio; outro dia, acordava e encontrava-se na rua. Em todas as vezes, acreditava que sua vida anterior fora um sonho. Quem podia dizer que as histórias ficavam obsoletas e não eram permitidas na cidade? Não eram ambos, o rei e o mendigo, de Istambul? Um tinha prazer em brincar com o destino das pessoas, enquanto o outro tentava viver, oscilando entre um extremo e outro da escala da verdade. Saberiam aquelas pessoas, que nesse instante se apressavam na chuva, em que estado acordariam na manhã seguinte?

Tal como Istambul não era Istambul, o brinco de âmbar também não era um brinco de âmbar. Tinha a sua história. Yasemin *Abla* comprara aquele brinco porque gostara dele e achara que lhe caía bem. Depois, me pedira para que o consertasse e assim me acrescentou à história desse objeto. Dentro daquele brinco de âmbar, com as suas tonalidades amareladas, encontrava-se uma história e o sonho de uma pessoa linda.

Voltei para a janela e olhei novamente para fora. O mar sossegara e as ondas agora estavam tranquilas. Onde estava o navio que, momentos antes, se debatia com a tempestade e soava seu S.O.S.? Teria seguido caminho, ou estaria no fundo do mar? Parara de chover. Os cães tinham saído à rua. Um homem passeava distraidamente ao longo das filas de casas. Não vestia casaco, nem levava guarda-chuva. Não se importava e pisava nas poças. Deteve-se um instante e virou a cabeça na direção da casa. Não consegui distinguir seu rosto na escuridão, mas não era difícil imaginar que estivesse cansado e com fome. Ele decidiu não continuar e deu meia-volta. Acelerou o passo, como se tivesse esquecido alguma coisa e se apressasse para ir buscá-la.

Preparei um bule de chá. Tomei café da manhã, apesar de ser tarde. Olhei para os livros alinhados na única prateleira da parede. Escolhi dois. Um era *Uma Antologia de poesia do mundo*, o outro, o romance *Memed, meu falcão*, de Yaşar Kemal.

Me deitei no sofá. Depois de ler vários poemas, peguei o romance.

O clamor das crianças e dos vendedores de rua ressoava ao sol, após a chuva. O sol estava vigoroso e alegre; da mesma maneira que se recolhera durante a tempestade, agora a sua presença invadia tudo. Queria abrir a janela, mas sabia que não devia deixar ninguém perceber que a casa estava ocupada. Espreitei a rua por trás da cortina. Acabei abrindo uma nesguinha da janela, imperceptível do lado de fora. Inspirei o ar fresco e revigorante.

Passei os dias lendo, deitado no sofá, e dormindo muito. À noite, contemplava as luzes do bairro e os barcos no Bósforo. O céu mudava todas as noites. As cores deslizavam de uma ponta à outra do firmamento, o vento dispersava as luzes ao longe, em todas as direções. Esperei pela noite do terceiro dia, com o coração calmo e os dedos entrelaçados em volta do brinco de âmbar. Acabei o romance e li alguns poemas várias vezes.

Yasemin *Abla* havia dito "na terceira noite". Comecei a imaginar o pior, a pensar que ela fora apanhada. Quando o sol se pôs, arrumei tudo. Guardei minha escova de dentes e a lâmina de barbear. Enquanto amarrava o saco do lixo que continha nossas pontas de cigarro, ouvi passos do lado de fora.

Bateram à porta, mas não era o toque que tínhamos combinado.

Esperei.

Uma voz infantil disse: "Não tem ninguém em casa?". Devia ser a filha de algum dos vizinhos. Não me mexi.

A mesma voz falou, desta vez num sussurro: "*Ağbi*, pode abrir a porta?".

Ağbi? Como é que me conhecia? Se tinham me visto chegar com Yasemin *Abla*, por que é que ela chamava a mim e não a Yasemin? Não entendi. Fui à porta sem acender a luz e a entreabri devagarinho. Uma menina me fitava, de olhos arregalados.

"*Ağbi*, tenho dever de casa para amanhã, você me ajuda? Minha avó disse para pedir para você."

"Sua avó? Quem é sua avó?"

"Vivemos na casa de trás. Yasemin *Abla* costuma me ajudar com o dever de casa."

"Yasemin *Abla* não está. Quando voltar, eu digo que você a procurou."

"Minha avó pediu que fosse o senhor. Disse para eu chamar Yusuf *Ağbi*."

Num instante, umas cem perguntas atravessaram a minha mente. Como é que ela sabia que Yasemin *Abla* ainda não havia regressado? Como é que descobrira meu nome? Minha curiosidade não me permitia ignorar o pedido. E esperar na casa da vizinha era uma opção melhor do que ficar ali.

"Vou pegar meu casaco", respondi.

Peguei minha mochila a caminho da porta. Não voltaria para lá. Deixei o saco do lixo na pilha atrás do muro baixo do jardim.

"Como você se chama?"

"Serpil."

Serpil atravessou o beco estreito ao lado da casa. Orientava-se lindamente no escuro. Eu a segui em silêncio. Quando chegamos à parte de trás, passamos por cima de cercas quebradas. Percorremos mais um beco que eu, sozinho, nunca teria encontrado e subimos uma escada de pedra gasta. Quando estávamos diante das casas, detive-me e olhei. Estávamos acima da *gecekondu* onde eu ficava.

Serpil foi a primeira a transpor a porta aberta.

"Entre, *Ağbi*", urgiu.

Era uma casa assoalhada, como a nossa. Sentada num sofá próximo à janela, uma mulher tricotava.

"Olá, Yusuf", disse a mulher.

"Boa noite", retorqui.

"Venha se sentar perto de mim, meu rapaz."

Só então reparei que a mulher era cega. Sentei-me diante dela e olhei não para o seu rosto, mas para os dedos atarefados a tricotar. Duas malhas, dois pontos reversos, contava ela, e o tricotado era cada vez mais comprido. Ela parou como se soubesse que eu observava seus dedos.

"Aproxime-se", disse, pousando as agulhas.

Esticou as mãos e tocou meu rosto. Apalpou minhas bochechas, o queixo, a testa. Pôs uma mão no meu pescoço e deslizou a outra ao longo do nariz e das sobrancelhas.

"Suas feições são harmoniosas e tem um rosto bonito", declarou, como se falasse do seu tricô. "Yasemin nos contou de você. Ajude a menina a fazer os trabalhos de casa. Nem sempre consigo resolver os problemas das aulas."

Creio que nunca tinha visto uma casa tão afetada pela pobreza. Não havia cortinas na janela. A vidraça estava quebrada, tapada com um saco plástico no canto superior onde faltava o vidro. Havia um fogareiro de acampamento encostado na parede oposta e, ao lado, uma caixa de papelão com alguns pratos e copos. Uma água fervia para o chá no fogo fraco. O tapete no chão estava desbotado e esfarrapado, e o estuque das paredes descascava. Não havia mesa nem cadeiras. Na cabeceira do sofá havia duas mantas dobradas, uma em cima da outra. Era evidente que, à noite, a avó dormia numa ponta do sofá e Serpil na outra.

A menina abriu a mochila no chão e sentou-se ao meu lado. A bolsa estava descorada e tinha as costuras soltas. Tirou dela o manual e o livro de exercícios.

"Nossa professora nos deu três perguntas para respondermos."

"Vamos começar, então", eu disse, "leia todas elas." Serpil olhou primeiro para a avó e depois para mim, e começou a ler.

"Perguntas. Pergunta número um: por que as estações mudam? Por que não é sempre verão ou sempre inverno?"

"Como é que eu posso saber uma coisa dessas?", comentou a avó.

Serpil e eu nos entreolhamos e sorrimos.

"Escreva, querida Serpil", incitei. "Por duas razões: a primeira é que o mundo gira em torno do Sol. A segunda é que o eixo da Terra não é reto. Como os raios do Sol atingem a Terra em ângulos diferentes ao longo do ano, a temperatura também muda. É por isso que temos estações."

"Eu sabia", disse a avó.

"Se sabia, por que não me explicou?", perguntou Serpil.

"Não era a resposta que eu sabia, minha linda, o que quis dizer é que sabia que todos os amigos da Yasemin eram inteligentes."

Tossi bruscamente e tentei corrigi-la:

"Não sou amigo da Yasemin, sou irmão dela."

"Irmão, amigo, que diferença faz? É tudo a mesma coisa."

Conversamos os três enquanto terminávamos o trabalho de casa da Serpil. Analisamos por que a neve no cume das montanhas não derretia, apesar da mudança das estações, e por que nos polos só havia uma estação, embora houvesse quatro onde nós estávamos.

"Nós somos como os polos", disse a avó. "Somos pobres o ano inteiro. Quem me dera se os ricos e os pobres pudessem trocar de lugar, como as quatro estações. Seria bastante justo."

Pela corrente de ar outonal que entrava pela falha na vidraça, era evidente que, em breve, iriam precisar dessa justiça. O que fariam quando o frio, a neve e a umidade de Istambul chegassem e se entranhassem nos seus ossos? Acenderiam um aquecedor? Os dedos dos pés de Serpil espreitavam pelos buracos das meias. Talvez a avó tricotasse um par de meias e, depois, uma camisola grossa de lã. Ambas eram magras. Tinham dedos ossudos e rostos pálidos. Percebi que viviam sozinhas, pois não havia mais móveis na casa a não ser o sofá, e nenhuma roupa de cama além das duas mantas.

"É melhor eu ir andando", disse.

A avó segurou meu braço. "Nem pensar, ainda não tomou seu chá, nem comeu nada. Serpil, querida, se já acabou os deveres de casa, sirva o chá. E traga qualquer coisa pra Yusuf *Ağbi* comer."

"Só me falta fazer uma coisa, vovó. Tenho de decorar um poema."

"Qual?"

"Um poema sobre a nossa Pátria Celestial."

"Celestial?", riu a avó. "Belo Céu!"

Endireitei as costas. "Deixe Serpil estudar, eu sirvo o chá", sugeri.

"Não quero dar trabalho, rapaz. Também temos pão e azeitonas. Podem acompanhar o chá."

"Obrigado, mas estou sem fome. Comi antes de vir."

Serpil sentou-se ao lado das mantas e abriu o livro, pronta para decorar o poema.

Servi o chá. Coloquei açúcar nos copos e mexi.

A avó pousou o tricô e pegou o copo quente com as duas mãos.

"Comecei a tricotar quando tinha a idade da Serpil", disse. "Na época, conseguia enxergar. Nossa aldeia ficava na outra ponta do mundo. Tínhamos duas estações. No verão eu trabalhava nos campos, no inverno tricotava. Pensei que passaria a vida trabalhando nos campos, e agora ganho o sustento vendendo camisolas de lã. Os vizinhos são meus intermediários, falam de mim para os amigos. E, algumas vezes, vou à praia e as vendo na rua. Mas até onde conseguimos esticar o dinheiro que recebemos pelas camisolas? Esta criança precisa de mais do que isso."

"A senhora também precisa, não é só a criança."

A avó pousou o copo de chá no peitoril. Debruçou-se para mim e disse: "Se eu fizer uma pergunta, consegue me responder?".

"É sobre o quê?"

"Sobre Serpil."

Fitei-a, inexpressivo.

"É uma pergunta simples", avisou. "Serpil é filha da minha filha e irmã do meu marido. Como é possível?"

Ponderei, não propriamente sobre a pergunta em si, mas sobre sua falta de lógica. "Parece uma adivinha", comentei.

"Costumo fazer perguntas semelhantes a Yasemin e peço que volte no dia seguinte com a resposta. Quero que ela tenha outro motivo para voltar. Consegue descobrir a resposta?"

"Duvido, parece complicada."

"Terei muito gosto em ouvi-la. Também darei tempo a você. Não sei para onde vai, mas cuide-se e volte são e salvo. Quero saber a resposta da adivinha."

"Não se preocupe, voltarei com a resposta", garanti, tentando parecer alegre.

A avó recostou-se. Limpou os olhos com as pontas dos dedos. "Sabe de uma coisa, Yusuf?", disse ela. "Sinto saudades dos sonhos que tinha antes de perder a visão.

Quando olhava para as jovens nos casamentos da aldeia, achava que eram ninfas da montanha. Tinham o pescoço comprido e o colo nu, os pássaros agitavam as asas ao ritmo da sua respiração. Eu costumava sonhar que, quando crescesse, seria como essas jovens, iluminaria os espelhos; mas, antes de chegar à adolescência, minha vida mudou. Durante um verão inteiro, ventos com cheiro de míldio sopraram na aldeia, as colheitas apodreceram. Os pastores encontraram veados afogados no rio e cadáveres de lobos que caíram no precipício. Águias de asas majestosas, que voavam como rainhas nos céus, despencaram, uma a uma. A doença que as cegava logo contaminou as crianças. Muitos dos meus amigos morreram numa única noite, com dores nos olhos. Chegaram as carpideiras com seus prantos. Eu tive sorte, perdi a visão, mas não a vida. Chorei muito, as carpideiras choraram ainda mais. Disseram que a aldeia tinha sido amaldiçoada por espalhar armadilhas e matar crias de veados e de lobos. Conhece essa história, Yusuf? Havia uma cidade habitada por cegos, todos nasciam cegos. Um dia, uma criança recuperou a visão e começou a ver as coisas à sua volta. Os aldeões tiveram pavor dessa doença e mataram o menino, para evitar a contaminação das outras crianças. Queimaram seu corpo. Acho que em Istambul. O que merece uma cidade que comete pecados tão graves? Que tipo de maldição deveria se abater sobre ela? Ou será que já foi amaldiçoada e agora sofremos as consequências? Aqui, lincham qualquer pessoa que recupere a visão. Se sonhar, rapaz, também te lincharão." A avó abrandou o relato, como se estivesse ficando com sono, sua voz esmoreceu. Murmurou para si mesma: "Também lincharão Yasemin, com seu pescoço longo, o colo nu e pássaros agitando as asas ao ritmo da sua respiração".

Olhei para fora. Dava para ver a entrada do jardim da nossa *gecekondu* da janela. Dali, conseguia observar quem entrava e quem saía. Mas quem é que faria isso, a avó cega? Yasemin *Abla* não regressou ao anoitecer, nem depois.

Ao longe, ouviam-se as sirenes dos navios e os gritos das gaivotas. As estrelas deslizavam sobre a cidade como uma nuvem de pó vinda do Oriente. O céu parecia molhado, como que recoberto por uma camada de água. Talvez houvesse mais estrelas para além do horizonte e estivessem à espera, por não haver espaço suficiente no céu. O firmamento era, ao mesmo tempo, infinito e compacto o bastante para caber dentro de uma redoma. Era difícil saber onde acabavam as estrelas e começavam as luzes da cidade.

A avó inclinou-se para a frente e pegou minha mão. Na palma, colocou um papel dobrado.

Abri, curioso, e li a breve mensagem: "A casa está sendo vigiada... ponto cinza... amanhã... 15... p.s.: esqueça os brincos...".

Os brincos?

A avó enfiou a mão no decote e tirou um brinco do sutiã. Era o par do brinco de âmbar.

"Yasemin *Abla* esteve aqui?", perguntei, entusiasmado.

"Sou cega, por isso não sei", respondeu ela, enigmaticamente. "Há um beco que dá para a saída dos fundos. Serpil mostrará o caminho. Vá embora por lá e ninguém o verá."

Reli o bilhete em minha mão. Tínhamos as nossas próprias precauções. Dávamos aos nossos pontos de encontro o nome de diferentes cores. O ponto cinza era o ponto de ônibus em frente à biblioteca da Universidade de Istambul. E os encontros eram sempre uma hora antes da hora anunciada. Nosso encontro seria, portanto, às 14 horas. Yasemin *Abla* enviara o outro brinco para garantir que eu acreditasse que o bilhete era mesmo dela. O seu aviso "esqueça os brincos!" era claro como água. Eu não devia deixar um único vestígio para trás, e não devia levar comigo absolutamente nada que estivesse de alguma maneira ligado a outra pessoa.

Beijei a mão da avó.

"Deixamos uns vasos com gerânios lá em casa. Se eu lhe der a chave, a senhora poderia ir regá-los?", perguntei.

"Não se preocupe, rapaz, já temos a sua chave", respondeu a avó. Pegou o tricô, enrolou a lã no dedo e voltou a tricotar, levantando e baixando as agulhas como as asas de um pássaro. Quando estava saindo, ela me disse: "Não se esqueça da minha pergunta. Quero a resposta".

Lá fora, o vento cortante lambeu meu rosto. Enrolei o cachecol bem apertado no pescoço. Segui Serpil e mergulhei na escuridão. O beco serpenteava e descrevia uma curva até o infinito, bifurcando-se em alguns pontos. Havia amoras silvestres por toda parte. Quem não soubesse o caminho logo se perderia. Era uma espécie de labirinto secreto. A luz foi ficando cada vez mais fraca, o latido dos cães lá embaixo esmoreceu. Depois de passarmos pela colina e pelas amoras, desembocamos numa horta. Paramos no ponto a partir do qual eu teria de prosseguir sozinho.

    Tirei o dinheiro que levava no bolso e dei metade a Serpil. Pedi que se dedicasse aos estudos e cuidasse bem da avó. Abaixei-me e dei um beijo na sua testa. Foi então que percebi que seu rosto, com um brilho irradiante, era perfeito para os brincos de âmbar. Era cândido, delicado e encantador. Parecia uma ninfa da montanha. Só lhe faltava o âmbar amarelo. Afastei suas duas tranças com a mão e levantei seu queixo.

    Pus um dos brincos numa das orelhas e o outro na outra. "Agora são seus", eu disse. Ela piscou, incrédula, e levou as mãos ao rosto. Tocou nos brincos que pendiam como duas gotas de água. Seu rosto exibia a expressão mais bela do mundo. Se eu deixasse, ela abriria as asas e voaria rumo ao céu cravejado de estrelas. Quando entrei na horta e comecei a andar lentamente, os versos que aprendera da boca de Yasemin *Abla* voltaram à minha mente. "Oh, homem livre! Amarás sempre o mar."

    Nesse instante, alguém me chamou pelo meu nome verdadeiro. Parei na escuridão e olhei em volta. Não conseguia perceber de onde vinha a voz. Meu coração batia forte no peito. Um suor frio desceu pelo meu pescoço. Quando ouvi novamente a voz, entreabri os olhos.

— Demirtay — disse o Médico —, estava falando dormindo.

— Devo ter adormecido — respondi, fixando o olhar nas paredes escuras da cela. Era terapêutico dormir e afundar em pensamentos. Sonhei que tinha saído dali e regressado à minha antiga vida, antes de me capturarem. O depois era sempre horrível. Quando abria os olhos na cela, o desespero e a mágoa cravavam suas garras em mim. Vi uma parede cor de pus à minha frente. "Por que me deixei apanhar, por que não corri mais depressa?", me recriminei. Queria uma segunda oportunidade. Uma oportunidade que mudasse radicalmente minha vida. Depois, me contorcia de dor devido aos ferimentos que cobriam meu corpo.

— Tio Küheylan, posso dizer uma adivinha?

— Deus do céu, quer se vingar de mim e me pôr à prova por causa da minha adivinha de ontem?

— A minha é mais difícil — eu disse. — Ouça. Uma mulher está com uma menina. Pergunto se é sua neta. Eis o que ela responde: "Esta menina é filha da minha filha e irmã do meu marido. Como é possível?".

— Sonhou com isso?

— Não — respondi. Não falei da avó, nem de Serpil.

— Filha da minha filha, irmã do meu marido — repetiu Tio Küheylan para si. — É uma boa pergunta. Deixe-me pensar e veremos se consigo resolver.

Tio Küheylan e o Médico ponderaram a questão, enquanto se perguntavam por que, nos últimos dois dias, os guardas não tinham levado ninguém para ser torturado e por que deixavam as celas em paz. Nem na véspera, nem nesse dia tinham levado prisioneiro algum. O portão de ferro só se abrira na mudança de turno e para nos trazerem a refeição.

— Os inquisidores também são pessoas, estão cansados de nos torturar durante dez, vinte horas seguidas, e tiraram o dia para descansar. Estão estendidos numa praia, em algum lugar quente, talvez numa ilha no meio do mar, deixando o sol ressecar sua alma — disse Tio Küheylan, rindo.

— Não — replicou o Médico —, a tortura é um trabalho duro que faz suar e eles saíram antes de o suor ter secado. Apanharam um resfriado devido ao frio e ao vento, e agora estão em casa descansando e bebendo uma infusão de flor de lima com limão e menta.

Enquanto o Médico e Tio Küheylan riam, um botãozinho rolou pelo chão de concreto da cela e parou aos nossos pés. Não conseguimos saber de onde tinha vindo. Era um botão amarelo, em forma de estrela, com dois buraquinhos. Tio Küheylan o apanhou e ergueu na luz.

— Este botão é de roupa de mulher — declarou. Nos aproximamos da grade para olhar. Zinê Sevda estava de pé na cela em frente, como um retrato numa moldura cinzenta. Arrancara um dos seus botões e o lançara pela fresta debaixo da porta. Sorriu ao nos ver, ou melhor, ao ver Tio Küheylan. Seus olhos contornados de roxo se iluminaram. Com o dedo, desenhou no ar a pergunta "Como está?". Tio Küheylan respondeu, escrevendo as letras laboriosamente, como uma criança que acaba de entrar na escola.

Recuei, para deixá-los a sós. Pousei meus pés em cima dos pés do Médico. Contemplei o impassível barbeiro Kamo, que dormia com a cabeça pousada nos joelhos. Não dissera uma única palavra nesse dia e se comportava como se não estivéssemos ali. Recluso na sua concha, dormia o tempo todo.

Tio Küheylan, parado à porta, abaixou-se e disse:

— Kamo, venha aqui na grade, Zinê Sevda quer te agradecer —, o barbeiro levantou a cabeça. Ficou olhando com uma expressão ainda mais cansada do que o normal. Inspecionou o espaço ao redor, como se tentasse lembrar onde estava. Depois, abanou a mão com um gesto de indiferença e demonstrou que queria ser deixado em paz. Abraçou os joelhos, enterrou o rosto nos braços e retirou-se para o seu mundo. O lugar mais isolado para o qual podia escapar era seu sono. Só lá podia se afastar de nós.

6º dia
Contado pelo Médico

O PÁSSARO DO TEMPO

— Uma jovem embarcou clandestinamente num grande navio, no porto de Istambul, subiu os degraus e se escondeu num barco salva-vidas. Embrulhou-se numa vela e ficou atenta a qualquer som vindo do exterior. Assim que o navio zarpou, deixou escapar um suspiro de alívio. A bordo, passava o tempo entre o sono e a vigília. Escutava os cânticos da tripulação. Quando o navio ancorou num porto, esperou que caísse a noite e que tudo ficasse em silêncio. Depois, desceu os degraus sem que ninguém a visse e desatou a correr. Dirigia-se a um novo mundo. Enquanto corria madrugada adentro, reparou que a lua cheia a seguia, virando sempre que ela virava. Alcançou o deserto. Deitou-se na areia. Descansou um pouco. Ao longe, vislumbrou uma cabana. À frente da cabana, um velho eremita rezava voltado para o sol. O eremita se levantou devagar e observou aquela beldade que se aproximava, vestida de seda, pensando que era um sonho. Correu para dentro da cabana e, ajoelhando-se diante de um manuscrito sagrado, disse para si mesmo: "Deus me pôs à prova. Não devo sucumbir aos desejos da carne. Além disso, já estou velho. Vou lá fora dar um copo de água à jovem". A jovem explicou que não queria viver no harém do palácio, que fugira de Istambul e queria ficar com o eremita. Assim, poderia descobrir a maneira correta de servir a Deus. O eremita aconselhou que seguisse seu caminho, dizendo que havia outro eremita que vivia atrás das dunas de areia e que tinha muito mais capacidade do que ele para ensinar a maneira correta de servir a Deus. A jovem, mesmo cansada, caminhou sob o sol ardente. Por volta do meio-dia, chegou à cabana do segundo eremita. Pensando que se tratava de uma miragem, o segundo eremita esfregou os olhos e a fitou, muito concentrado. A criatura que se aproximava era uma ninfa de cintura fina e cabelos longos. Era o teste mais duro que o eremita enfrentara na vida. Se Deus o submetia a um desafio tão grande, só podia significar que estava a caminho de se tornar santo. Diante dessa epifania, caiu de joelhos e ergueu os braços para o céu. "Querido Deus", rezou, "posso ser velho, mas ainda tenho desejos. Minha carne arde, meu sangue ferve, mas resistirei. Não enveredarei pelo caminho do Diabo." Depois, pegando a tigela de água, avançou para a jovem. Ela bebeu, sedenta. Gotas de água escorreram dos seus lábios e desceram até o queixo e, daí, para o pescoço. A jovem o fitou por entre os cílios: "Cuide de mim, implorou, me deixe ficar com você, me indique o caminho para servir a Deus". O eremita suspirou. "Ah, minha filha", disse ele, "adoraria ensinar a você o caminho para servir a Deus, mas há uma pessoa que pode fazê-lo muito melhor do que eu. Atravesse aquelas dunas e vá ter com o eremita que vive onde o sol se põe. Ali você encontrará o caminho para servir a Deus." O que era o deserto, senão areia e sol? Os grãos de areia eram todos iguais, assim como as dunas e os eremitas. Todos eles se assemelhavam, um repetia as palavras do outro. Desde que o sol ardesse com um fogo inabalável, o que era o deserto? A jovem andou e andou, cada vez mais cansada, seus passos progressivamente mais lentos. Quando o sol estava prestes a se pôr, ela subiu a última duna e avistou a cabana lá embaixo. "Eis a parte mais bonita do deserto", disse. À frente da cabana, estava um eremita muito mais jovem do que os outros. Ajoelhado de frente para o sol poente, estava concentrado na sua prece. Quando ouviu a voz da jovem, o rapaz eremita virou-se e a fitou. Diante de si, contemplou uma ninfa, com os seios arrebitados e as coxas nuas. Era uma dádiva de Deus. O eremita amparou a jovem, que desmaiara de cansaço, e a levou para dentro da cabana. Limpou sua testa, seu pescoço e seus lábios ressecados com um pano úmido. Aguardou à beira da cama até o dia raiar. Deus mostrava a beleza às pessoas de muitas maneiras. As rosas nos arbustos, a água no deserto e a lua no céu eram lindas. Mas, mais do que isso, a ninfa era um reflexo do céu. O caminho até Deus era a busca por essa beleza. Por isso o eremita se enterrara nas profundezas do deserto ainda tão jovem. Quando, lá fora, o céu começava a clarear, a jovem abriu os olhos. Fitou o eremita. "Não quero voltar para o palácio", disse, "deixe-me ficar aqui e me mostre como servir a Deus." Saíram da cabana, ajoelharam-se diante do sol que acabara de nascer e fecharam os olhos. Deus estava com eles. Passaram o dia juntando folhas para fazer uma cama para a jovem. À noite, dormiram lado a lado. O eremita pensou muito, teve sonhos tórridos e, certa noite, tomou uma decisão. "Está preparada para servir a Deus de corpo e alma?", perguntou à jovem. Estava, sim. "Escute", disse o eremita, "o Diabo é o arqui-inimigo do Senhor. Deus o baniu para as fogueiras do inferno, mas ele sempre foge. O dever de qualquer pessoa é servir a Deus. Faça como eu." O eremita se despiu. A jovem tirou o seu vestido de seda. Os dois ficaram nus. O céu estava mais escuro, mais vasto e cravejado de estrelas. Ajoelharam-se na areia e contemplaram a lua cheia. Enquanto esperavam em silêncio, como se rezassem, começaram a ocorrer mudanças físicas. A virilidade do eremita ressuscitou aos poucos até ficar rígida. "O que é isso?", perguntou a jovem. "É o Diabo", respondeu o eremita. "Quer me fazer sofrer." Surpresa, a jovem abaixou-se para observar mais de perto. Franziu a testa. Teve pena do eremita. Assumindo um tom de voz piedoso, o eremita disse: "Sei por que foi que Deus enviou você. Ele quer saber se conseguiremos pôr o meu Diabo no teu inferno. Quer testar nós dois. Temos que nos ajudar". A jovem olhou para ele com lealdade. Disse que estava disposta a fazer o que fosse preciso para obter a bênção de Deus. O eremita se levantou e a conduziu para dentro da cabana. Quando acordaram na manhã seguinte, tinham uma expressão diferente no rosto. Sorriram um para o outro na cama. "O Diabo deve ser mesmo o arqui-inimigo de Deus", comentou a jovem, "ele ficou violento quando entrou em mim e avançou aos pinotes nos fogos do inferno. Nós o mandamos de volta para o inferno seis vezes durante a noite, que eu contei." O eremita disse que tinham de continuar o bom trabalho. O caminho do Senhor exigiria uma grande dose de fé. Montou na jovem. Uma vez mais, pôs o Diabo no inferno. "Não há nada tão doce como servir a Deus", disse a jovem. "Quem pensar em fazer outra coisa que não seja servir a Deus é um tolo. Mas passei a noite inteira refletindo: 'Por que é que Deus não destrói o Diabo e assunto encerrado?'. Se Ele quer destruí-lo, mas não tem força suficiente, isso significa que Deus é fraco. Mas se Ele não quer destruí-lo, apesar de ter força para isso, significa que aceita o mal. Se Deus tem força para destruir o Diabo, então por que o Diabo ainda existe? De onde vem esse mal?" Passaram dias conversando, dormindo e venerando Deus no deserto. O sol nasceu e se pôs nos mesmos lugares, mas todas as noites a lua tinha uma face diferente. Um dia, quando o eremita estava sentado ao lado da cabana contemplando o horizonte, a jovem protestou. "Não vim aqui para ficar sentada sem fazer nada", disse, "vim para servir a Deus. De que estamos à espera desde ontem, por que é que não estamos colocando o Diabo no inferno?" O eremita sorriu. Disse que tinham dado uma lição ao Diabo e que agora só o castigariam se ele erguesse a cabeça, arrogante. A jovem ficou desconsolada. Pousou as mãos na barriga. "Você pode ter saciado a raiva do teu Diabo", disse ela, "mas o fogo do meu inferno continua ardendo. O inferno quer o Diabo." Viram uma nuvem de pó ao longe. A areia do deserto subia em direção ao céu. Um grupo de homens a cavalo transpôs as dunas e parou junto deles. "Viemos buscar a princesa", anunciaram. Puseram a jovem em cima de um cavalo. Voltando-se para a direção de onde tinham vindo, desapareceram na mesma nuvem de pó. De volta ao palácio de Istambul, entregaram a jovem aos cuidados dos médicos e das aias. Ela foi lavada em água de rosas e a sentaram diante de um espelho. Entrelaçaram contas nos seus cabelos, ungiram sua pele com óleos perfumados e contornaram seus olhos com *kohl*. Depois de preparada, levaram a princesa para uma audiência com as mulheres mais velhas da corte. Essas mulheres perguntaram o que acontecera e o que fizera no deserto. "Venerei a Deus", explicou a jovem, "minha vida foi absolutamente virtuosa. Abri as pernas e o eremita pôs o Diabo no inferno. Aprendi que venerar a Deus deixa as pessoas felizes. Quem me dera ter continuado a servir a Deus." Por um instante, as mulheres mais velhas ficaram caladas, mas depois desataram a rir. "Não se preocupe", disseram, "qualquer um que queira pôr o Diabo no inferno e servir a Deus pode fazê-lo aqui também."

 Ri como se estivesse no palácio de Istambul com aquelas mulheres mais velhas, e não na cela. Inclinei-me para a frente e tentei repetir a última frase, mas ria tanto que não conseguia falar.

Tio Küheylan e Demirtay riram ainda mais do que eu. Era bom para eles dormir ou rir nesse breve intervalo em que ficavam livres do sofrimento. Devolvia-lhes a cor do rosto e o ânimo da sua voz quebrada pela tortura. Tal como as cortesãs, quanto mais olhavam um para o outro, mais riam, esquecendo-se de onde estavam. Ou então riam com mais vontade exatamente por não se esquecerem da cela um instante sequer.

Nos primeiros dias, ninguém conseguia perceber como era a vida aqui dentro. Por mais que se esforçasse, não era capaz de estabelecer uma relação entre si mesmo e a cela. Depois, começava a pensar no tempo. A vida que levávamos na superfície da cidade teria acontecido semanas ou séculos atrás? Haveria uma diferença temporal entre nossa vida e a vida no palácio de Istambul? Quanto mais falávamos, mais nos dávamos conta de que não tínhamos chegado aqui vindos do nada; viemos de um tempo externo. Mas qual? Tentávamos descobrir a resposta contando histórias uns aos outros e sentindo o aroma do momento presente.

Depois de uma última gargalhada, Demirtay, o estudante, calou-se.

— A história toda ganhou vida diante dos meus olhos, como um filme. O navio flutuando entre as ondas, a jovem caminhando no deserto, as estrelas por cima da cabana, a nuvem de pó ao longe... e, depois, a película se partiu. Assim que comecei a rir, saí do tempo da história e regressei à cela. As imagens na minha mente desapareceram junto com a última frase.

— Outro dia você disse o mesmo sobre a história do lobo narrada pelo Tio Küheylan. Você dá vida a tudo o que ouve, como um filme. Já pensou em ser cineasta?

— Adoraria, para poder filmar histórias assim. Se ninguém ainda tiver feito...

Tio Küheylan, que escutava atentamente, juntou-se à conversa.

— Essa história é muito conhecida? — indagou.

— Nunca a tinha ouvido? — perguntei.

— Não, nunca.

— Tio Küheylan, é a primeira vez que um de nós conta uma história que o senhor ainda não conhecia. Merecemos os parabéns.

— Doutor — reagiu ele —, posso conhecer bem Istambul, mas ainda há muitas histórias que não conheço. Meu pai dizia que ouvia novos nomes e incidentes a cada vez que ia lá, ficava sempre muito entusiasmado quando nos contava suas novas histórias. Dizia que as ruas e os edifícios de Istambul cresciam, criando uma sensação de infinito. Como um deserto. Entre os pontos onde o sol nascia e se punha, havia muitos, muitos mundos, todos diferentes. Em Istambul, as pessoas tinham, por um lado, a sensação de segurar o universo inteiro na palma da mão e, por outro, de estar sumindo; a percepção de si mesmas mudava todos os dias conforme a percepção que tinham da cidade. Certa noite, meu pai conheceu um velho na costa do Corno de Ouro. O homem segurava um espelho de bolso redondo. Não parava de olhar para o espelho e, depois, para a costa em frente. Meu pai se sentou ao seu lado. Cumprimentou-o e esperou um instante. "Observo no espelho a minha feiura", disse o velho. "Não tinha este aspecto quando era jovem; naquela época, eu era bonito. Me apaixonei e me casei com uma jovem. Tivemos filhos. Passamos quarenta anos juntos, felizes. Quando minha mulher morreu, na semana passada, a enterramos num cemitério perto da colina de Pierre Loti, ali adiante. Assim que o olhar da minha mulher desapareceu, minha beleza também se tornou coisa do passado. Os anos passaram muito depressa. Agora, sempre que me olho no espelho, reparo o quanto me tornei velho e feio."

Tio Küheylan dobrou os joelhos, encostou-se à parede e, sentando-se com as costas eretas, continuou:

— Depois de nos contar essa história, meu pai disse que era cada vez maior a quantidade de pessoas que antes se consideravam bonitas, mas que agora se julgavam feias, e que encaravam Istambul da mesma maneira. Erguendo a mão para a luz, ele disse ainda: "Mostrarei a vocês o tempo dessas pessoas". Criou uma sombra na parede que parecia um pássaro com asas largas. "Vejam", provocou meu pai, "este é o pássaro do tempo. No passado, voa, voa, voa. Quando chega ao presente, suas asas param de bater e ele permanece suspenso no vento. O tempo em Istambul é igual. Bate as asas no passado. Quando chega ao presente, suas asas param e ele plana lentamente no vazio."

Tio Küheylan olhou para suas mãos grandes. Esticou os dedos como se fossem penas compridas.

— Embora eu acreditasse no pássaro do tempo quando era menino — prosseguiu —, tinha dificuldade em compreender o conceito de Istambul de que o meu pai falava. Só o compreendo agora, nesta cela. Sempre que abro os olhos, vejo um pássaro de asas negras sobre mim. O pássaro do tempo descreve círculos sobre nós, sem nunca bater as asas.

Levantamos a cabeça e olhamos para o teto. Estava escuro. Profundo. Nos concentramos nele como se fosse a primeira vez que contemplávamos uma escuridão tão intensa, como se pudesse nos engolir no seu vórtice. Antes de nós, quem atravessara aquela escuridão? Quem conseguira manter-se vivo e quem expirara ali o seu último fôlego? Era como se tivéssemos nascido no subterrâneo, e não na superfície; a cada dia que passava nos esquecíamos um pouco mais do mundo exterior. Se o contrário de frio era quente, até conhecíamos a palavra quente, mas não conseguíamos nos lembrar de como era. Tal como minhocas na terra, tínhamos nos habituado à escuridão e à umidade. Se não nos torturassem, viveríamos para sempre. Só precisávamos de pão, água e um pouco de sono. Se nos levantássemos e esticássemos o braço, conseguiríamos alcançar a escuridão acima de nós?

— Tio Küheylan — eu disse —, um dia sairemos daqui. Exploraremos Istambul juntos. Depois, nos sentaremos na varanda do meu apartamento com vista para o mar. O senhor contará histórias e eu as ouvirei.

— Por que eu e não você?

— O senhor conhece mais histórias do que as que há no *Decameron*, Tio Küheylan. Gosta de *rakı*? Acompanharemos nossas histórias com *rakı*.

— Parece perfeito. Por que é que não preparamos um banquete de *rakı* esta noite, doutor?

— Boa ideia. Eu cozinho. Vou fazer um peixe. Mas como saberemos que já anoiteceu?

— Se não sabemos nada sobre o tempo, somos seus donos e senhores. Aqui é noite quando quisermos que seja noite e o sol se levantará quando assim o desejarmos.

O estudante Demirtay sentou-se como uma criança travessa.

— Também estou convidado? Não vão me excluir do *rakı* só porque sou jovem, não é?

Tio Küheylan e eu nos entreolhamos. Assumimos expressões hesitantes.

— Tio Küheylan — continuou Demirtay —, se quiser, posso ir à praia onde os pescadores costumam ficar. Sei onde vendem o melhor peixe. No caminho de volta, comprarei salada na mercearia e, na loja da esquina, uma garrafa grande de *rakı*. Ainda é cedo.

— Que conversa é essa? E se for quase de noite, e se o sol já tiver pousado nos telhados? E se as ruas estiverem cheias de crianças aos gritos, voltando para casa depois da escola?

— Não há pressa, precisamos pensar com calma.

— Tio Küheylan, se me convidar para o seu jantar, conto a resposta da adivinha de ontem.

— A adivinha?
— Se quiser, até faço outra adivinha...
Tio Küheylan ficou calado e, depois, falou lentamente.
— Desça até a praia. Escolha o melhor peixe. E, na volta, compre salada e *rakı*. Entendeu?
— O senhor não precisa sair e se cansar. Pode se sentar na varanda com vista para o mar, conversar e contar suas histórias. Eu farei as compras e voltarei antes das multidões habituais do entardecer. E, nesse meio tempo, escutarei escondido as pessoas falarem na rua, no mercado e no ônibus. Descobrirei quem cometeu fraudes recentemente nas corridas de cavalos, onde ocorreu o último incêndio e qual cantor se divorciou recentemente. Trarei também um jornal.
— Não se esqueça de comprar limões — acrescentei.
— Eu ponho a mesa e sirvo o *rakı*. Quando as luzes da cidade se apagarem uma a uma, ligarei o aparelho de som e ouviremos uma das minhas músicas preferidas.
— Sim, ouviremos música — disse Tio Küheylan. — Mas, se eu tentar cantar quando estiver bêbado, não permitam. Há quem seja famoso pela sua bela voz. Eu sou conhecido por desafinar. Os aldeões que me ouviam cantar davam meia-volta e iam embora.
E riu vigorosamente.
— Também tenho péssima voz — confessei. — Quando bebo *rakı*, só ouço a minha mulher. Poucas vozes são bonitas como a dela.
— Ela também gosta de *rakı*?
— Gostava. Morreu há muito tempo. Quando a doença começou a se alastrar, ela gravou sua voz, em segredo,

em cassetes. Sabia que era a melhor maneira de continuar à mesa comigo pelo resto da minha vida. À noite, depois de ligar o som, eu me sentava à mesa e enchia o copo. Me distraía contemplando Istambul. As luzes de cada lado do mar pareciam as terras mágicas dos contos de fadas. Os muros e as torres do Palácio de Topkapı se erguiam como os castelos das fábulas. As luzes esfumadas eram um fino véu que envolvia suavemente os muros. À esquerda, as luzes da Torre da Donzela, do Quartel de Selimiye e, com sorte, num dia límpido, das Ilhas dos Príncipes ao longe. Não me dava conta de ter terminado o segundo copo e passado ao terceiro. A voz da minha mulher cantando uma melodia clássica turca crepitava nos alto-falantes. Cantava sobre Separação. Separação é uma cidade muito distante de Esperança. Dela não nos chega uma única ave, uma só notícia ou cumprimento. Existem apenas gritos desesperados, esperas fúteis e serões de mágoa em vez de consolo. O *rakı* na garrafa diminuía enquanto as estrelas no céu aumentavam. Nesse instante, minha mulher lançava-se numa nova canção. Por toda parte, desabrochavam flores. A noite oscilava, como um lustre de cristal. Ao longe, ouviam-se as sirenes das balsas, e as gaivotas desenhavam riscos no céu com suas asas...

    Levantei a cabeça e olhei para o alto. Estaria o pássaro do tempo descrevendo círculos acima de nós, apontando o caminho na escuridão? Conseguiríamos um dia sair daqui e nos sentar numa varanda, seria realmente possível conversar olhando para o mar, absortos na contemplação de Istambul?

— Tio Küheylan, atualmente sou como o homem que seu pai conheceu no Corno de Ouro — prossegui. — Quando me lembro da minha mulher, creio que também me deixo levar pela ideia de que a felicidade do passado pertence apenas ao passado.

Demirtay me olhou, intrigado.

— É a primeira vez que o vejo triste, doutor — disse.

— Triste? Não sei se estou triste. Tento pensar em coisas agradáveis aqui dentro; e quanto às mágoas, prefiro afogá-las no banquete de *rakı*. Também estou convidado para o banquete, não estou? Foi o que entendi pela maneira como falavam.

Não respondi. Esperei que Tio Küheylan dissesse alguma coisa.

Depois de observar Demirtay com mais atenção, Tio Küheylan disse o que ele queria ouvir.

— Criança esperta. Jante conosco esta noite. Podemos beber *rakı* todos juntos.

Em vez de ficar feliz, Demirtay inclinou-se para a frente com um ar irritado.

— Tio Küheylan, poderia parar de me chamar de criança? É óbvio que, se vou ao banquete de *rakı*, não sou nenhuma criança.

— É o hábito, Demirtay. Você é um ótimo rapaz.

Satisfeito, Demirtay afastou-se e se encostou na parede.

— Também vão convidar Zinê Sevda? — perguntou.

— Boa ideia. Eu a convidaria também.

Uma brisa marítima soprou por baixo da porta da cela. Nós três fixamos o olhar na porta. A brisa, que roçara no concreto e se infiltrara no interior, trouxe consigo o cheiro de mar e o depositou aos nossos pés descalços. Era portadora de notícias de um mundo salgado e marinho. Sentimos o frio subir por nossos tornozelos. Foi uma sensação momentânea. Por vezes, captávamos o odor do mar, outras do pinho, outras ainda de cascas de laranja, e tentávamos nos agarrar a essa sensação que se desvanecia num instante. Antes que a fragrância nos abandonasse e regressasse para onde pertencia, no Bósforo, a inalávamos avidamente, sugando-a para dentro dos pulmões. Nunca ficávamos satisfeitos, queríamos sempre mais. Talvez também pudéssemos ouvir o uivar da tempestade se tivéssemos um pouco mais de fé nas nossas fantasias e nos abandonássemos um pouco mais ao nosso desejo; assim, talvez conseguíssemos ouvir o som das ondas crescendo com o vento norte e os motores dos barcos de pesca.

— Doutor — disse Tio Küheylan, como um velho pescador chamando por entre as ondas, com a voz abafada pelo temporal —, de que livro falou há pouco, o tal livro com muitas histórias?

— O *Decameron*?

— Sim, esse mesmo. Não conseguia me lembrar de um título tão estranho.

— O livro em si também é estranho — comentei. — Um grupo de homens e mulheres fogem da cidade para escapar de uma epidemia de peste e se refugiam numa casa de campo. Lá, esperam que a epidemia passe. Sua chance de escapar da morte era fugir da cidade, e passam o tempo conversando.

Durante dez noites, sentam-se junto da lareira e contam histórias. *Decameron* significa "dez dias" na língua dos antigos, é daí que vem o título do livro. Contam histórias eróticas, histórias românticas e histórias escandalosas, e riem muito. Atenuam seu medo da peste com histórias que não levam a vida muito a sério. A história da princesa que fugiu para o deserto é uma delas.

— Eu sabia das histórias contadas ao longo de mil e uma noites, mas nunca tinha ouvido falar de histórias contadas ao longo de dez dias. Por que será que meu pai nunca as mencionara? Talvez tivesse histórias demais para contar.

— Talvez as tenha contado, mas sem revelar sua origem.

— Vai saber — reagiu Tio Küheylan, fazendo uma pausa, como que se lembrando de todas as histórias arquivadas na sua memória, e, depois, perguntou: — A cidade onde se deu o surto de peste no *Decameron* era Istambul?

— Tio Küheylan, o senhor sabe que, para nós, todas as cidades são Istambul. Se uma criança fica na rua depois de escurecer e se perde nos becos estreitos, esse lugar é Istambul. A cidade do rapaz que se lança na aventura de encontrar a mulher da sua vida, a do caçador que parte em busca do tosão da raposa preta, a do navio arrastado pelo temporal, a do príncipe que quer segurar o mundo inteiro na palma da mão, como um diamante, a do último rebelde que jurou nunca se render, a da jovem que foge de casa para realizar o sonho de ser cantora, a cidade para onde vão milionários, ladrões e poetas é Istambul. Todas as histórias são sobre essa cidade.

— O doutor fala como meu pai. Ele costumava dizer que, em Istambul, a vida subterrânea e a vida na superfície eram iguais; em ambas, o pássaro do tempo planava como uma sombra negra, sem bater as asas. Meu pai conhecia o segredo deste lugar, mas o demonstrava com suas histórias, em vez de o revelar abertamente. Istambul não fazia parte de nada, era o todo onde todas as partes se reuniam. Foi isso o que ele tentou nos ensinar. Talvez tenha descoberto esse segredo num lugar como este, no subterrâneo.

— Agora descobrimos coisas que seu pai descobriu.

— Mas as pessoas do *Decameron* estavam melhor do que nós. Fugiram da cidade e escaparam da morte, enquanto nós estamos nas profundezas da cidade, mergulhados na escuridão. O que não daríamos para estar com elas no *Decameron*, contando histórias em vez de estar aqui, não é verdade? Elas foram para lá de livre e espontânea vontade; nós fomos trazidos para cá à força. Pior: elas se afastaram da morte, enquanto nós estamos cada vez mais perto dela. Se a nossa Istambul é a mesma cidade do *Decameron*, creio que o destino de cada história flui em direções diferentes, não é?

— Tem razão, Tio Küheylan — concordei.

Antes que continuássemos, ouvimos o ranger do portão de ferro. Ficamos instintivamente rígidos. Nos entreolhamos e, então, viramos os olhos na direção da grade. Nos esforçamos para ouvir o que diziam lá fora. Esperamos que suas vozes chegassem ao corredor. Sabíamos que o sentimento que nos inundava havia dois dias, sempre que abriam o portão de ferro, imaginando se teriam vindo buscar um de nós ou se traziam comida, não era curiosidade, mas sim ansiedade. Haviam trazido nossa ração do dia algumas horas antes.

Agora, ou se tratava da mudança de turno dos guardas ou vinham apenas buscar um dossiê. Forcei a mente à procura de outra possibilidade que não nos afetasse nem destruísse a paz de espírito. Estávamos satisfeitos com a maneira como as coisas corriam na cela. Desde que não nos levassem para a tortura, não nos importávamos em ficar sentados, aconchegados uns aos outros, conversando e dormitando como coelhos. Não medíamos a nossa felicidade em função do mundo na superfície. O mundo lá em cima era uma memória antiga e distante. Na cela, a única medida que podia nos servir de parâmetro era a da dor. Para nós, a ausência de dor significava felicidade. Nos contentaríamos com isso. Se nos deixassem em paz, viveríamos felizes.

— Isto também passará — disse Tio Küheylan. Dirigia-se a Demirtay e não a mim.

O estudante Demirtay empalidecera a olhos vistos e concentrara sua atenção no exterior, esforçando-se por discernir as vozes no corredor. O que ouvíamos não era a conversa normal dos guardas, mas as vozes de um grande grupo, com todos falando ao mesmo tempo. Algumas vezes sussurravam, outras riam muito. Aparentemente, os nossos dois diazinhos de férias estavam acabados. Por onde começariam? Pelas celas da frente ou as do fundo do corredor?

— Vai passar, não vai? — disse Demirtay, numa voz fraca.

— Claro que sim — garantiu Tio Küheylan. — Não é o que sempre acontece? Por que é que desta vez seria diferente?

— De todas as vezes que me levaram para ser torturado, eu me sentia pronto. Mas durante esses dois dias de pausa a minha carne relaxou, me habituei a ser deixado em paz. Agora, vai doer ainda mais.

— Demirtay, a dor não muda. É exatamente a mesma do início. Já nos levaram tantas vezes. Iremos de novo e de novo voltaremos, seguros de nós.

O medo se infiltrava na nossa caixa torácica e roía o coração com seus dentinhos de rato. Duvidávamos de nós mesmos o tempo todo. Conseguiríamos suportar o fogo vertiginoso da dor, aquele horror que se situava bem no limiar da loucura? Quando os choques elétricos atravessavam nossa carne, perdíamos a capacidade de pensar e, no entanto, uma lucidez que não conseguíamos explicar nos dava a mão e mantinha nossa vontade de viver intacta. Existiria um mundo lá fora? Existiria um futuro para nós? Enquanto nosso corpo se tornava mais pesado, sentíamos toda a existência ceder lugar à ansiedade, sentíamos a lua girar em torno da Terra e a Terra girar em torno do Sol em grande agitação, acelerando enquanto rodavam. Aquela dor inexorável curvava o tempo e, simultaneamente, nossa mente.

— Talvez — comecei — não levem ninguém. Talvez deem meia-volta e simplesmente vão embora.

Eu também me habituei à descontração a que Demirtay sucumbira, quase acreditava que nunca mais me levariam dali. Talvez tivessem se esquecido de nós, ou, quem sabe, fosse um esforço demasiado grande descerem tão fundo nas entranhas da cidade. Éramos animais; ocasionalmente atiravam comida e, depois, nos deixavam entregues à nossa sorte. Tateávamos a umidade nas paredes, farejávamos o ar e nos aconchegávamos uns nos outros. Quando diziam "venham", nós íamos, quando diziam "vão", nós vínhamos. Apuramos os ouvidos em busca de passos no corredor se aproximando gradualmente, como se os ouvíssemos pela primeira vez.

— Quando voltarmos, responderei à sua pergunta — declarou Tio Küheylan.

— Qual pergunta? — quis saber Demirtay, cheio de curiosidade.

— Já se esqueceu da sua própria adivinha? Então, uma velha não disse que a menina era filha da sua filha e irmã do seu marido? Refleti muito e descobri a resposta. Falaremos sobre ela durante o banquete de *rakı*, quando voltarmos.

O rosto de Demirtay se animou como o de uma criança que anseia ser enganada.

— Está bem. Se resolver essa adivinha, terei ainda outra para você. Só deixaremos a mesa e o *rakı* quando o dia nascer. Combinado?

— Certamente, Demirtay. Será uma honra beber com você.

A porta se abriu. A luz invadiu a cela como uma onda do sul arrebentando na costa. Erguemos as mãos para proteger o rosto, piscando os olhos ofuscados.

—Todos de pé, imprestáveis!

Nos levantamos lentamente no concreto nu. Com um gesto brusco, agarraram primeiro o braço de Demirtay e, depois, o do Tio Küheylan.

— Você fica aqui — latiram para mim.

Eu ficaria? Senti-me dividido entre a sensação de alívio e a apreensão por meus companheiros. Olhei para os ombros magros de Demirtay e para o passo confiante do Tio Küheylan. Dirigiam-se para uma dor que eu não sofreria. Além da mágoa que isso me causou, senti alívio por saber que o meu próprio corpo não seria destroçado nem meu rosto reduzido a uma massa ensanguentada. A dor era inescapável, mas desta vez me deixara de lado e atingiria outros. Eu sei que nossos instintos nos fazem pensar em nós mesmos em primeiro lugar, em proteger nossas próprias feridas. Aprendemos isso no primeiro ano da faculdade. Mas as pessoas também têm outras facetas. Ali dentro, suportávamos a dor em nome dos que amávamos, por isso enfrentávamos a tortura.

— Levante-se também, cara de cu!

Falavam com o barbeiro. Kamo, que passara os últimos dois dias discretamente encostado na parede, dormindo sem parar como uma velha tartaruga, ergueu a cabeça e resmungou. Fitou os inquisidores parados na entrada. Sem qualquer menção de se levantar, fixou o olhar neles.

— Está surdo, idiota?

A voz do carrasco era ameaçadora.

O barbeiro Kamo continuou onde estava, como se fosse parte inseparável da parede. Tinha as costas coladas aos azulejos, os pés pregados ao chão. Ele não lembrava há quanto tempo estava sentado ali. Suspirou, irritado. Estremeceu. Apoiou-se à parede com uma mão. Percebendo que também o levariam, levantou-se, sem parecer nem ansioso, nem descontraído, mas com uma expressão de total indiferença. Sonhara inúmeras vezes que o levavam para ser torturado, mas, sempre que abria os olhos, estava na cela. Por que é que ele esperava, quando todos os outros sofriam, por que é que dormia na cela, quando todos os outros transpunham o portão de ferro? Questionava-se e se enfurecia porque o seu corpo não estava lacerado de dor. Esperava que a dor física aliviasse a dor da sua alma. Havia dias que acalentava essa esperança.

Kamo dirigiu-se então para a porta, passou entre os interrogadores e saiu para o corredor. Ninguém precisou arrastá-lo. Esperara avidamente, durante dias, por aquele convite. Estava se lixando para o que encontraria no fundo do corredor, para lá do portão de ferro, no âmago do destino prestes a se abater sobre ele.

Os inquisidores não foram embora imediatamente. Referindo-se a alguém que esperava no corredor, disseram:

— Tragam esse filho da puta para a cela com o Médico.

Arrastaram pelos cabelos um homem salpicado de sangue e o atiraram para dentro da cela com uma pancada nas costas. Ele aterrissou em cima de mim e caímos ambos. Bati com a cabeça na parede. Julguei ter quebrado o braço, que ficou preso debaixo de nós. Assim que a porta se fechou e nos vimos às escuras, recuperei os sentidos. Sentei-me. Olhei para o homem caído ao meu lado. Gemia.

— Tudo bem? — perguntei.

Ajudei-o a se endireitar. Ele sentou-se com dificuldade e se encostou na parede.

— Minha ferida dói — disse.

— Onde está a ferida?

Tinha o cabelo, o rosto e o pescoço cobertos por crostas de sangue, mas agarrou a canela esquerda.

— Na perna. É um ferimento de bala.

— De bala?

— Sim, fui preso há dois dias num confronto. Extraíram a bala no hospital e me trouxeram para cá. Me torturaram hoje, desde cedo.

Quando estendi o braço para tocar sua perna, seu rosto se crispou e seu corpo ficou rígido. Os doentes não gostam que toquem suas feridas. Sempre tentei compreender essa reação, que me parecia estranha, nos meus primeiros anos de carreira, mas me dei conta de que não eram só os doentes, na verdade a maior parte dos habitantes de Istambul estremecia quando eram tocados. Antigamente, quando havia doenças contagiosas como a peste ou o cólera, as pessoas ainda viviam uma relação de grande proximidade com os corpos umas das outras. Os tempos mudaram, e doenças como o câncer, a diabetes e os problemas cardíacos substituíram as doenças contagiosas e, como eram males que tínhamos de suportar sozinhos, as pessoas se retiraram para suas carapaças e passaram a levar uma vida isolada. Dizer "sou humano" era uma mensagem que significava "vou me afastar dos outros, impor distância entre mim e eles". Numa época em que não só os desconhecidos, mas até os amigos evitavam os corpos uns dos outros, eu estava ciente de que as pessoas que vinham às minhas consultas se sentiam como gatos engaiolados. Não se podia atribuir esse tipo de ansiedade apenas ao medo da doença. Eu achava que a única coisa que faria a população fugir correndo de Istambul seria não um surto de peste, mas um surto de toque; os habitantes fugiriam desesperados com a perspectiva de serem tocados e procurariam um lugar para se esconder.

— Deixe-me ver sua ferida, sou médico.

Ele tinha as calças rasgadas e com as costuras arrebentadas. O ferimento era na canela. Alguém fizera o curativo e o enfaixara com uma atadura. Levantei delicadamente a fita adesiva que a prendia. Virei a perna para a luz que entrava pela grade, para poder ver o ferimento.

— Não está sangrando. Ainda não tiraram os pontos.

Ao retirar o curativo, reparei que, agora, o indivíduo parecia mais descontraído, observava meus movimentos com uma expressão calma.

— Estou com frio — ele disse. Toquei sua testa.

— Está com febre. É normal, quando se tem um ferimento recente. Não se preocupe, vai passar.

— Espero que sim.

Peguei os nacos de pão e de queijo ao lado da garrafa de água e dei a ele.

Manteve-se parado, como se contemplasse uma coisa completamente desconhecida. Hesitou. Depois de fixar durante muito tempo o pão que pus na sua palma, deu uma dentada e o devorou em dois tempos. Ficou ofegante. Pegou a garrafa de água e bebeu sofregamente.

— Meu nome é Ali — me contou —, me chamam de Ali Braseiro.

Eu me lembrava desse nome. Aliás, estava cravado na minha memória como um prego. Aproximei-me do seu rosto para vê-lo melhor. Observei suas sobrancelhas unidas e a testa franzida. Não devia ter nem trinta anos, mas parecia mais velho do que meu filho.

— Pode me chamar de Médico, é assim que todos me conhecem — retorqui.

— Não me diga que é o Médico de Cerrahpaşa.

— Em carne e osso.

Conhecíamos o nome um do outro, mas nunca tínhamos cruzado. O encontro que deveríamos ter tido, semanas antes, numa das pitorescas ruas de Istambul, ou num café na praia, acabara por se dar naquela cela. Nosso direito à vida ainda não se esgotara, ou seja, ainda não tínhamos chegado ao fim da estrada. Ele também me fitou com interesse.

— Pensei que fosse um jovem estudante da Faculdade de Medicina de Cerrahpaşa — disse.

Deveria contar a verdade a ele?

Quando descobriu que estava com câncer no pâncreas, minha mulher quis morrer imediatamente em vez de prolongar o sofrimento. "Me dê uma injeção e me liberte. Que seja você a receber meu último suspiro", disse ela. No início do nosso namoro, quando éramos dois amantes inexperientes descobrindo Istambul, fizemos um desejo em cada cais e arrancamos as pétalas de uma flor em cada jardim, como era moda na época. Quando nos aproximávamos do fim das pétalas, nos perguntávamos se teríamos um número par ou ímpar de filhos. Naquela idade, as pessoas têm muita curiosidade em relação ao futuro. Onde viveríamos dali a dez anos, o que faríamos em vinte? Não conseguíamos imaginar sequer a nossa vida dali a cinquenta anos, esperávamos simplesmente que, quando chegássemos a essa idade, tivéssemos vivido plenamente. Minha mulher chegou cedo à fronteira desse país conhecido como Morte e quis atravessar para o outro lado sem sofrer. "Minha querida mulher, se aceitar, morreremos lado a lado, me picarei com a mesma agulha", respondi. Ela tentou sorrir quando retorquiu: "Você precisa viver. Precisa criar nosso filho, ver crescer os filhos dele e só então poderá vir me encontrar. Antes disso, não".

Quando meu filho cresceu e se transformou num rapaz, eu quis que ele se casasse o mais depressa possível, em parte para realizar o sonho da mãe. Mas ele saiu de casa, abandonou no último ano o curso de Medicina, juntou-se a um dos muitos grupos revolucionários que abundavam na cidade e trilhou um caminho diferente para si. Eram constantes as notícias de confrontos e mortes. Acompanhei os acontecimentos pelos jornais. Sempre que via nomes parecidos com o dele, ou fotografias de rostos parecidos, ficava com o coração na mão. Por vezes, quando eu apanhava uma balsa, passava debaixo de uma ponte escura ou passeava na praia à noite por não conseguir dormir, meu filho aparecia subitamente ao meu lado e me abraçava com força. Tinha o mesmo cheiro da mãe. Eu tocava seus dedos, fitava seu rosto, que emagrecia a cada encontro, e tentava captar a luz nos seus olhos fundos. "Não se preocupe comigo, pai, estou bem. Esses dias passarão." Mas não passaram. O tempo se estendia aos meus pés, sem fim, e a ansiedade e a saudade aumentavam no mesmo ritmo.

Numa manhã chuvosa de outono, eu saía novamente de casa muito cedo e caminhava até o consultório, a uns quinze minutos a pé. Meu filho se pôs debaixo do meu guarda-chuva e me deu o braço. "Não pare, continue andando", disse. Estava encharcado como um vira-lata. Tremia e tossia, tapando a boca com um lenço. Ao fim de uns tantos passos, seus joelhos cederam e ele caiu, tentando se agarrar a mim. Parei um táxi e o levei ao hospital. Meu filho tinha tuberculose. Numa cidade onde as doenças contagiosas estavam em queda e as pessoas evitavam tocar umas nas outras, meu filho contraíra tuberculose. Pagava com o próprio corpo o preço das suas crenças. Meu filho, que dizia nas nossas discussões: "Pai, o bem é tão contagioso quanto o mal", era agora vítima de uma doença contagiosa, como se fosse um castigo merecido. A antiga cidade estava morta, e a nova se recusava a nascer. De baixo da terra chegavam uivos. Havia no ar um fedor que nem a chuva conseguia eliminar. As crianças construíam mil sonhos, lançavam-se como navios rumo às fronteiras enevoadas do mar e acabavam voltando à costa, com as velas baixadas. Quando foi que esta cidade alguma vez amou suas crianças? A quem ela demonstrou compaixão? Um dia, quando eu falava neste tom, meu filho disse: "Pai, nossa missão não é implorar por amor, e sim criá-lo. É por isso que lutamos".

Meu filho, que dava ao pai lições sobre a vida, estava estendido numa cama de hospital, tremendo, delirando e fora de si. O suor pingava da testa e encharcava o travesseiro. Passei o dia todo ao seu lado, ouvindo sua respiração, medindo sua febre. Naquela noite, quando os corredores do hospital se esvaziaram e apenas se ouvia o ruído distante dos passos das enfermeiras, meu filho abriu os olhos e sussurrou: "Preciso me levantar, tenho um encontro amanhã". Mesmo que eu permitisse, o que ele queria era impossível. "Pai, é muito importante. A vida dos meus amigos depende disso. Tenho que me encontrar com uma pessoa amanhã." Além de tuberculose, ele tinha problemas nos rins e no estômago. Estava tão mal que não podia negligenciar sua saúde. Era impensável que saísse da cama a curto ou médio prazo.

"Não se preocupe, filho, se é assim tão importante, irei no seu lugar", disse. Incapaz de me responder, ele fechou os olhos e mergulhou num sono profundo. Tinha a mesma expressão inocente de quando era bebê. Por mais que crescesse, aquela cara de bebê que eu costumava contemplar sorrateiramente à noite, à luz do lampião, regressava infalivelmente quando dormia. Queria que ele acordasse com aquela mesma expressão, mas, quando abriu os olhos ao raiar o dia, me fitou com mágoa. Ergueu os dedos ossudos. "Pai", disse, rouco. "Meu filho", respondi. Estava pronto para abdicar, por ele, da vida que minha mulher não quisera. Acariciei seu cabelo devastado pela tuberculose, segurei suas mãos destruídas pela doença. Seu peito produzia ruídos asmáticos. "Pai", disse novamente, "se não fosse importante, nunca deixaria você ir. Deve ir à biblioteca Ragıp Paşa, de Laleli. Lá, encontrará uma jovem. É a intermediária. Depois, deve ir ao verdadeiro ponto de encontro, que ela lhe indicará, e falar com uma pessoa chamada Ali Braseiro. Atenção às horas. Seu encontro com Ali Braseiro será uma hora antes daquela que a jovem indicar. Não conheço nenhum dos dois. Pensarão que você sou eu. Me tratam pela alcunha 'doutor', porque sou estudante de Medicina. Por isso, não sentirá muita diferença. Se alguma coisa correr mal e tiver problemas com a polícia, diga simplesmente que é mesmo um médico."

Quando é que um homem se sente completo? Minha mulher dizia que, depois de ter dado à luz, sentira coisas que jamais imaginaria. "Me senti completa, é como se todas as peças soltas dentro de mim se encaixassem no lugar certo", dizia ela. Seu rosto agora tinha uma serenidade que eu nunca vira antes. Eu a observava com inveja, curioso em ver seu contentamento em relação ao mundo. Que tipo de completude seria? Como eu poderia alcançar aquela sensação?

Bastaria realizar atos de bondade a terceiros ou me fazer passar por meu filho? Carregar o sofrimento do meu filho sobre os ombros faria com que todas as peças dentro de mim se encaixassem e eu me saciaria? Fiz a mim mesmo a pergunta que não me abandonava, quando me sentava sozinho diante do mar de Istambul, quando deitava a cabeça no travesseiro à noite ou quando percorria de manhã o caminho para o trabalho: "Quando é que um homem se sente completo?".

Um dia meu filho também faria essa pergunta a si mesmo.

"Filho", eu disse, "internei você aqui com o nome de outro paciente. Ninguém sabe a sua verdadeira identidade. Você está seguro."

7º dia
Contado pelo estudante Demirtay

O RELÓGIO DE BOLSO

— Quando Şerafat *Bey*,⁹ diretor da biblioteca de Beyazıt, chegou ao trabalho naquele dia, percebeu que não tinha ninguém à porta. Todas as manhãs havia um par de bibliófilos à espera, mas, naquele dia, ele estava sozinho. Encaminhando-se para a parede lateral do edifício que, antes de ser uma biblioteca, fora o estábulo de uma mesquita, abriu o pacote de fígado que levava na mão. Agachou-se e colocou os pedacinhos de víscera nas pedras da calçada. Observou os gatos se aproximarem e, depois, virou-se para os pombos à sombra do plátano. Da pasta, tirou um saco de papel cheio grãos de trigo e espalhou um punhado em volta da árvore. Ali, os gatos e os pombos se davam bem e não se metiam uns com os outros. Quando se endireitou e se dirigiu à porta, o diretor viu os dois bibliófilos ma-

---

9 Termo formal de respeito usado para os homens, equivalente a "senhor".

drugadores se aproximarem. Acenou com um bom-dia e comentou que naquela manhã estavam dez minutos atrasados. Os dois bibliófilos consultaram o relógio de pulso e disseram que tinham chegado a tempo. O diretor tirou seu relógio do bolso do colete e o comparou com o dos bibliófilos. O deles estava atrasado. O diretor deu um sorriso indulgente, mas quando, ao longo do dia, percebeu que não eram os únicos, que o relógio de todos, dentro e fora da biblioteca, estavam dez minutos atrasados, compreendeu que alguma coisa estava acontecendo. O ponteiro gracioso do tempo havia mudado em Istambul. As campainhas das escolas, as sessões de cinema e as viagens de barco estavam, todas elas, atrasadas dez minutos e ninguém tinha noção dessa discrepância. As crianças que vendiam jornais de manhã, aos berros, não anunciaram essa notícia. Todos os dias, o diretor abria a biblioteca de acordo com o seu relógio e fazia a si próprio a mesma pergunta: por que será que, subitamente, todos os relógios estavam atrasados? Na verdade, é uma longa história, mas tentarei ser breve. Numa parte do mundo, terminava uma guerra, enquanto noutra se armava uma nova. Apesar do cheiro da primavera, o ar em Istambul era opressivo. Os marinheiros partiam para o mar com uma expressão serena, as mulheres se esqueciam da roupa no varal por dias. O diretor Şerafat *Bey* não suportava o fato de todos os relógios estarem atrasados e dos seus frequentadores habituais chegarem tarde, e assim decidiu que deveria fazer alguma coisa. Depois de alimentar os gatos e os pombos de manhã e de trabalhar na biblioteca até o meio-dia, delegou várias tarefas aos seus assistentes e passou o resto do dia visitando as outras bibliotecas da cidade. Nas salas de leitura, circulavam sussurros. O locutor da rádio estatal e o muezim da mesquita chamaram os fiéis para a prece com dez minutos de atraso. Uma vez que o tempo em Istambul sofrera uma mudança completa, agora o único relógio que parecia estar errado era o dele. Não sabia que corria perigo, que estava sendo vigiado por homens com rosetas pretas. Não conseguia sequer imaginar as consequências das chamadas tardias para as preces. Pelo menos, devia tentar salvar as bibliotecas, pensou. Disse aos bibliotecários qual era a hora certa e a verdade que somente ele parecia captar. Também contou a eles que os gatos e os pombos, que havia anos, viviam lado a lado em Beyazıt, tinham mudado, que os gatos se tornaram caprichosos e os pombos batiam as asas nervosamente. "Temos que nos reapropriar do tempo e lembrar a verdade às futuras gerações", anunciou.

Desde que seu relógio de bolso continuasse a trabalhar sem parar, desde que alguém lhe desse corda todos os dias e o fizesse funcionar, o tempo estaria do lado deles. O diretor acreditava piamente nisso. Um dia de manhã, por puro acaso, Şerafat *Bey* esquivou-se de um carro que vinha na sua direção; no almoço, devolveu na última hora o sorvete envenenado que o vendedor da rua estendeu para ele, dizendo que o copo estava sujo; mas, quando chegou em casa ao anoitecer e entrou no jardim, não conseguiu se desviar da faca que alguém na escuridão lhe cravou nas costas. Os vizinhos correram ao ouvir os gritos da mulher do diretor e chamaram um médico. Percebendo que sua vida tinha chegado ao fim, Şerafat *Bey* tirou o relógio do bolso e o entregou à sua mulher para que o guardasse. Ela olhou para aquele relógio, com a tampa cravejada de rubis, e disse com tristeza: "Qual será o significado do seu relógio ser o único que está certo e todos os outros errados?". Şerafat *Bey* fitou a mulher com ternura e pediu que se aproximasse com um sinal. Quando ela se debruçou, sob o olhar curioso dos vizinhos, ele sussurrou algo no seu ouvido, depois fechou os olhos e nunca mais os abriu. No dia seguinte, lavaram seu corpo franzino e, após as preces fúnebres, levadas a cabo com dez minutos de atraso, o conduziram ao cemitério e o cobriram com terra úmida. Os vizinhos deitaram lágrimas, ergueram suas vozes em lamento e, entre prantos, aproximaram-se da mulher de Şerafat *Bey* e perguntaram o que o marido havia sussurrado antes de morrer. A mulher respondeu, chorosa, abanando a cabeça: "Não ouvi as palavras do meu marido", explicou ela, "é que sou meio surda".

Tio Küheylan repetiu a última frase.

— É que sou meio surda.

Rimos em coro.

Na cela, não éramos submetidos à dor, mas estávamos suspensos no limiar dessa dor. Não acontecia o mesmo na superfície da terra? Entre os arranha-céus, os subúrbios, as buzinas estridentes dos automóveis e a epidemia de desemprego, qualquer desgraça podia ter se abatido sobre nós, podíamos ter sido vítimas de qualquer calamidade. Esta cidade vasta, que cobria nosso corpo com peles artificiais e nos mantinha aquecidos, podia, subitamente, nos repelir e atirar privada abaixo, como um feto indesejado. Esse risco incitava nosso apetite e nos levava a viver cada dia com um desejo mais intenso. Acreditávamos que quase tínhamos alcançado o céu e que o inferno ficava debaixo dos nossos pés. Por isso o prazer abundava na cidade, enquanto o medo era contínuo. Nos deixávamos arrebatar pelo fervor do nosso riso. Todas as emoções eram exacerbadas e as vivíamos meramente para nossos próprios fins; depois, eram consumadas, e deixavam um fedor enjoativo na nossa pele. Quanto mais vivíamos tudo isso, mais desejávamos ardentemente mudar Istambul.

Após dias de resistência, agora o meu relógio também estava atrasado como o dos habitantes de Istambul na história; durante o interrogatório, fiz mais perguntas a mim mesmo do que os inquisidores. Eu era um homem e não uma máquina, e minha carne e meus ossos já quase tinham chegado ao limite da resistência. "Faria mal a alguém se eu falasse?", perguntei a mim mesmo, procurando desesperadamente uma maneira de fugir da dor. O que aconteceria se eu fornecesse alguns pormenores para que os inquisidores parassem? Que mal haveria em dizer um nome ou um endereço? A pessoa que eu nomearia já teria passado à clandestinidade há tempos, o endereço já teria sido evacuado. Ponderaria tudo isso e tentaria me convencer. Podia dar-lhes apenas informações insignificantes, que não pusessem ninguém em perigo. Enganaria os verdugos e pouparia muita dor a mim mesmo. Seria impossível? Enquanto esses pensamentos me roíam por dentro, eu não sabia como as palavras tinham se infiltrado em minha mente. Os choques elétricos que percorriam meu corpo se transformaram primeiro em dor, depois em desespero e, por fim, em palavras inocentes que vagaram pelo meu cérebro. Eu me aproximava de uma fronteira e não fazia ideia do que havia do outro lado.

O que eu deveria fazer, a que deveria me agarrar? Queria saber a opinião do Médico, mas, além de esperança, não havia muito mais que ele pudesse me dar. Não podia curar minha fraqueza, não podia resolver minhas dúvidas. Um muro de sangue erguia-se debaixo do meu nariz. Não conseguia ver mais nada. Sentia-me tão só como o bibliotecário Şerafat *Bey*, que, apesar do que diziam todos os relógios, acreditava ser o seu o único que indicava a hora certa em Istambul. Me veio à cabeça a expressão "grandes sonhos levam a grandes desilusões". Fiquei triste por aceitar, pela primeira vez na vida, a derrota, e magoado por não ter conseguido suportar o tormento infligido pela cidade.

— Você já tinha me contado essa história, mas o final era diferente — disse o Médico.

— Assim como não podemos nos banhar duas vezes no mesmo rio — retorqui —, também não podemos contar duas vezes a mesma história em Istambul.

A vida era curta e as histórias, longas. Nós também queríamos nos tornar uma história, nos fundirmos ao rio conhecido como vida e fluir com ele. Contar histórias era uma maneira de manifestar esse desejo.

Tio Küheylan juntou-se à conversa, dizendo:
— Esse relógio de bolso é uma das coisas que me fascinam em Istambul. Segundo meu pai, os rubis da tampa brilhavam como estrelas no escuro. Quem olhasse para ele uma única vez buscava o céu noites a fio e só acreditava que o relógio estava certo depois de encontrar as estrelas que se assemelhavam aos rubis.

— Quando eu era criança, costumava ir a uma biblioteca onde o relógio estava sempre dez minutos adiantado — disse o Médico. — Nessa época, havia muitas histórias sobre o relógio cravejado de rubis, mas todas tinham um final diferente. Tal como Demirtay muda as histórias que conta, as do relógio também mudavam. Não pensava muito nisso quando era pequeno, mas agora também estou curioso sobre esse relógio de bolso.

— Como se não tivéssemos mais nada com que nos preocupar nesta cela... — murmurei com os meus botões.

Tio Küheylan, sentado ao meu lado, virou-se e me fitou.
— Temos outras preocupações, Demirtay? — perguntou. Mostrou-se tão sério como se estivesse sentado não no concreto sujo de sangue, mas numa poltrona confortável diante de uma lareira, no café do seu bairro.

Tive vontade de rir da sua autoconfiança. Ao invés disso, contei a eles a história da morta que tinha visto na sala de interrogatórios, na véspera. A dada altura, os inquisidores desamarraram minhas mãos e pés, mandaram que eu me levantasse da mesa à qual tinham me amarrado e tiraram minha venda. Havia uma mulher deitada contra a parede. Nua. Tinha o corpo coberto de facadas. Sem dúvida estava morta, pois seus lábios e o peito não se mexiam. Um dos carrascos se dirigiu a ela e lhe deu um pontapé na barriga. E mais outro. E outro. Depois, pisou nos seus dedos e começou a esmagá-los. Enquanto fazia isso, me fitava, querendo me ver estremecer, curioso por saber o que eu diria. Divertiu-se abanando a cabeça para um lado e para o outro, ao ritmo do som dos dedos da mulher que se partiam. Ao lado da mão dela, havia um relógio. Tinha o mostrador partido. Percebendo que eu observava o relógio, o carrasco o olhou também. Concentrou-se nele durante alguns minutos, como se não soubesse para que servia. Depois, pôs as botas ensanguentadas e cobertas de lama em cima do relógio. Moveu o calcanhar lentamente. Esmagou o ponteiro das horas e o dos minutos, as rodas e engrenagens. Seu corpo oscilou para a frente e para trás, enquanto a cabeça descrevia círculos. Uma expressão ébria se instalou no seu rosto. Não se tratava de um mero relógio; ele tinha o passado e o presente, o ontem e o amanhã debaixo dos pés. Quem poderia detê-lo? Aquilo transcendia o prazer de dirigir em alta velocidade, de beber em boates cafonas e de dormir em quartos de hotel com cheiro de mulheres. Ele destruía o tempo, segurava a morte na palma da mão. Sangue, carne e ossos estavam do seu lado. Era impossível pará-lo. Enquanto os ponteiros das horas e dos minutos se esmigalhavam debaixo dos seus pés, gotas de suor apareceram na sua testa, as veias das têmporas incharam. Tal como os poderosos faraós, ele se sentia mais no nível dos deuses do que das pessoas.

Para aquele inquisidor, não havia pecados nem castigos. Ele decidia o sofrimento dos outros até seu último fôlego.

— Também me mostraram essa mulher — contou Tio Küheylan. — Creio que foi depois do seu interrogatório. O relógio estava quebrado no chão, havia pedaços de metal espalhados por todos os lados.

— É o segundo cadáver que vejo desde que cheguei aqui — eu disse.

Havia alguma lógica no fato de o relógio daquela mulher estar correto, mesmo estando morta? Era isso o que eu queria saber. Ou qual era o sentido do nosso sofrimento ali, enquanto, na superfície, todos seguiam sua vida, sem nem sequer saber que existíamos? Quando os primeiros seres humanos decidiram construir a Torre de Babel, Deus embaralhou seus idiomas para que não conseguissem se entender e não pudessem construir a torre. De que serviu aquilo? Furiosos, os seres humanos conquistaram não só a terra, mas também o céu. Construíram não uma, mas mil torres, furando repetidamente o céu. À medida que os edifícios se tornavam cada vez mais altos, os seres humanos perceberam que Deus tinha sido aniquilado e deixaram de procurá-lo. Erigiram cidades mais intricadas do que formigueiros, uniram todas as línguas e raças no mesmo lugar. Viviam como se não existisse morte. Se havia necessidade de um novo Deus, os seres humanos eram o único candidato ao cargo. Quanto mais poderosos se tornavam, mais comprida se revelava sua sombra e, contemplando essa sombra, se esqueceram do significado da bondade. Não sabiam o que faziam. Substituíram a bondade pelo direito e o direito por cálculos sobre ganhos e perdas. Apagaram da memória o primeiro fogo, a primeira palavra e o primeiro beijo. A única coisa que restou para lembrar aos seres humanos da bondade foi a dor. E eles tentaram aliviá-la com drogas. Na cela, pensávamos mais sobre a bondade, porque estávamos sujeitos à dor; era esse o parâmetro pelo qual medíamos nosso valor. Mas eu me perguntava: se as pessoas na superfície, na cidade, viviam indiferentes a nós, de que servia nosso sofrimento no subterrâneo?

— Demirtay — disse o Médico —, não falemos da morte. Falemos da maneira como as pessoas lá em cima estão vivendo plenamente. Istambul continua sendo maravilhosa, apesar da nossa ausência, e segue animada e corajosa. Não é bom saber disso?

Não respondi.

Tio Küheylan nos observava. Quando percebeu que estávamos à sua espera, falou, com uma voz serena:

— Na nossa casa, tínhamos uma tapeçaria na parede com a imagem de um veado. Deixem-me contar isto a vocês. Um dia meu pai apontou para ela e perguntou: "Poderíamos amar um veado verdadeiro tanto quanto amamos o desta tapeçaria?". Achei estranho ele pronunciar as palavras "verdadeiro" e "veado" juntas. Estava sentado à beira da janela. Era de noite. Lá fora, havia estrelas, sob as estrelas, montanhas, e atrás das montanhas, veados. Meu pai me fitou como se conseguisse ver as estrelas, as montanhas e os veados no meu rosto e nos contou a história de um rapaz melancólico em Istambul. Esse rapaz melancólico viu a fotografia de uma mulher e se apaixonou, sonhando com ela dia e noite. Um dia, por acaso, conheceu a mulher da fotografia, mas, após uma simples olhadela, virou as costas, sem se dignar a lançar um segundo olhar. "Amo a mulher da fotografia", disse ele, "não sinto nada pela mulher de carne e osso." Não era a existência da mulher que acendia o coração do rapaz, mas sim suas fantasias sobre ela. O que era estranho: o amor ou as pessoas? Meu pai disse que os habitantes de Istambul viviam com essa mesma mentalidade: gostavam muito mais dos quadros de Istambul que penduravam nas paredes do que das ruas que percorriam todos os dias, dos telhados sob a chuva e das casas de chá na praia. Bebiam *rakı*, contavam lendas, declamavam poesia[8] e, depois, contemplavam os quadros nas paredes e suspiravam. Pensavam que viviam numa cidade diferente. Lá fora, as águas do Bósforo deslizavam entre as margens onde batiam, os navios zarpavam nas ondas, as gaivotas abriam suas asas do lado asiático até o europeu. Sob as pontes, as crianças faziam fogueiras e apostavam adivinhar a marca de um automóvel pelo som do motor, os trabalhadores noturnos ouviam canções arabescas pouco recomendáveis. Em casas, cafés e empresas, o rosto visível de Istambul sorria nos quadros das paredes, enquanto o seu rosto invisível permanecia por trás. As pessoas contemplavam os quadros como que hipnotizadas e, depois, se recolhiam pesarosamente para sua cama. Dividiam o tempo em dois, da mesma maneira que separavam a vigília do sono.

Tio Küheylan carregava tantas palavras dentro da cabeça que havia mais histórias na sua memória do que ruas na cidade.

— Era assim que os habitantes de Istambul dividiam o tempo — disse ele, esticando as mãos de cada lado do tronco. — Pensavam que a verdadeira Istambul era uma cidade no passado. Essa cidade cansada tivera energia para dar e vender, contara com um glorioso sultanato, mas agora adormecera. E talvez nunca mais acordasse desse sono profundo. Assim como tinha magníficas mansões, também havia histórias magníficas enterradas nos destroços. Os habitantes de Istambul que acreditavam nisso veneravam o passado e liam romances que falavam de tempos antigos. Existiria outro tempo que não o presente? Não era esta a cidade onde o tempo de todas as épocas se reunia? Ou esse recurso estaria além do nosso alcance? Prefeririam esquecer perguntas como essas, que atravessavam sua mente. Não olhavam para perto, olhavam para longe. Suportavam o sofrimento para poderem esquecer, mas não percebiam que se esqueciam também do presente. Viver e morrer era a mesma coisa para eles, enquanto o passado era infinito. Estavam irremediavelmente apaixonados por épocas passadas, mas desdenhavam da cidade na qual abriam os olhos todas as manhãs. Empilhavam concreto sobre concreto e construíam cúpulas que se pareciam entre si. Demoliam, destruíam e, depois, quando regressavam exaustos para casa, adormeciam com um bonito quadro de Istambul sobre a cabeça.

Tio Küheylan me fitou e prosseguiu:

— Está ouvindo, Demirtay? — perguntou. — Eu adorava o veado das montanhas, da mesma maneira que adorava o veado da tapeçaria. Me afeiçoei às velhas histórias sobre Istambul, mas também sinto afeto pela cidade como ela é hoje. Percebi que, embora as pessoas possam amar Istambul no seu estado atual, não sentem afeto por ela. O amor sem afeto as torna egoístas. É como os amantes que oprimem a pessoa amada por não conseguirem ver o que falta dentro de si mesmos. Convencidas de que a era da felicidade as abandonou, não acreditam em Istambul.

— Foi por isso que quis vir para cá? — perguntei. — Para ver como Istambul era realmente?

— Queria saber se seria capaz de realizar meu sonho antes de morrer. Consegui chegar aqui na última curva da minha vida. Mas o preço para vir tinha de ser a dor que vivi? Por que não tive coragem suficiente para vir mais cedo, por que decidi vir só quando a morte fitava meus olhos? Não me atormento mais com todas essas perguntas. Quando me apanharam, disse aos meus inquisidores que lhes contaria todos os meus segredos se me levassem para Istambul. Agora, como se fossem máquinas, todos os dias me fazem as mesmas perguntas. Descrevo Istambul e eles não percebem. Mostro a cidade e eles não a veem. Querem que eu ceda à dor, que abdique do meu amor. Querem que pare de acreditar em mim e em Istambul, e que seja como eles. Me massacram de todas as maneiras possíveis. Destroçam meu corpo para que a minha alma se assemelhe à deles. Não percebem que minha fé nesta cidade é cada vez mais forte.

— Tio Küheylan, e o que importa se nossa fé é cada vez mais forte? — interpelei, irritado. — Ninguém vê nosso sofrimento aqui. As pessoas não sabem que existimos.

— As pessoas que nos torturam veem que estamos sofrendo.

Eu sabia que nosso sofrimento era imposto tanto pela cidade quanto pelo tempo. O tempo e a cidade eram um só, por isso é que Deus fora expulso. Não havia ninguém zelando por nós. Quem dizia que Deus inventara o bem e que o mal vinha das pessoas estava enganado. Se Deus quisesse, teria feito o bem sem limites. O que o impediria? Creio que Ele inventou o mal e coube às pessoas inventarem o bem. Será que as pessoas que viviam na superfície tinham noção disso?

Haveria alguém que pensasse em nós, que se importasse com tudo o que estávamos passando?

— As melhores testemunhas da dor são os indivíduos que a infligem. Constituímos uma parte tão importante da vida deles como eles da nossa — insistiu Tio Küheylan.

— Você está falando de tempo e relógios — disse o Médico. — Ali Braseiro também tinha a mania do tempo e dos relógios. Estava sempre perguntando as horas.

O Médico havia conversado com Ali Braseiro quando o trouxeram para a cela, na véspera. Examinara seus ferimentos e, reparando que estava gelado, despira seu próprio casaco e o pusera sobre os ombros do recém-chegado.

Ali Braseiro perguntou sobre o tempo na cela e se queixara da falta de um relógio. Como todos os recém-chegados, também estava curioso sobre a gestão do tempo. Lá fora, o tempo residia nos raios de sol matinal e na escuridão do céu noturno. No escritório, encontrava-se nos horários de trabalho. Na escola, no toque que indicava os recreios; no carro, no velocímetro. Nas ruas da superfície, todos os sons, todos os objetos declaravam onde se situava o tempo. Mas, ali dentro, onde estava? Estava na parede cinzenta, no teto escuro ou no portão de ferro? Estava no grito que ecoava ao longe como o uivo de um lobo, no sangue que se infiltrava na parede, na derradeira expressão dos prisioneiros que eram levados da cela e nunca mais voltavam? Esse pensamento também atormentara a mente de Ali Braseiro quando vieram buscá-lo, e ele saíra lentamente da cela, mancando devido ao ferimento; a primeira coisa que fizera fora perguntar aos guardas que horas eram. "Seu tempo está no fim", responderam, "seu tempo já acabou."

No dia em que foi capturado, Ali Braseiro estava na floresta de Belgrado com os amigos. Decidiram se encontrar lá porque, como fazia frio e nevava, pensaram que a mata estaria deserta. Eram vinte. Nunca se reuniram tantos de uma só vez. Elaboraram o plano para atacar o edifício secreto de tortura, três pisos abaixo do nível do solo, conhecido como Centro de Interrogatórios, e discutiram a estratégia. Assinalaram as entradas, a localização dos guardas e os diversos caminhos que poderiam seguir. Distribuíram tarefas e decidiram quem se encarregaria do quê. Fumaram uma enorme quantidade de cigarros e falaram sobre os amigos que desapareceram depois de detidos, e sobre os jovens que recentemente haviam se juntado ao grupo. Apesar das notícias deprimentes, conseguiram zombar e brincar uns com os outros. Embora não tivessem fé no presente, acreditavam no futuro.

Sentados com os ombros encostados uns nos outros, aconchegados nos seus casacos e cachecóis, ficaram subitamente em alerta quando ouviram o assobio de aviso dos guardas de serviço. Um deles se levantou e caminhou na direção dos guardas; pouco depois, voltou. Estamos cercados, preparem-se para um confronto, disse. Dividiram-se em grupos de quatro, espalhando-se em todas as direções da floresta, antes que o cerco se fechasse sobre eles. Não tinham intenção de se deixar apanhar. Tentaram descobrir onde, naquele bosque, estava a verdadeira concentração de forças. Varreram a área com olhares aguçados. Logo, ouviram o primeiro tiro. Um dos grupos tivera um encontro direto. Sons reverberaram. O grupo conduzido por Ali Braseiro tentou atravessar outra área. Se conseguissem abrir uma passagem a oeste, seria fácil chegar às áreas residenciais. Os ramos tremiam sob o rugido do helicóptero por cima deles. Pardais, estorninhos e corvos se apressavam em levantar voo. Sob o abrigo dos largos galhos das árvores, o grupo conseguiu se deslocar através da floresta sem que o helicóptero o visse. Mantiveram-se colados uns nos outros. Quando o som de tiros aumentou, pouco depois, perceberam que outros grupos haviam se juntado ao confronto. Seria difícil sair dali antes do cair da noite.

Quando Ali Braseiro e o resto do seu grupo passavam por uma encosta, o som de tiros perto deles os fez se lançarem ao chão. Quando constataram que não havia ninguém no seu campo de visão, perceberam que os tiros não se destinavam a eles. Era um dos outros grupos que combatiam. Estavam do lado de lá da colina. Decidiram transpô-la para ajudar seus camaradas. Poderiam assim surpreender os atacantes e abrir caminho para os amigos.

Avançaram em silêncio, mas as coisas não correram conforme o planejado. Quando atravessaram um círculo, viram-se encurralados em outro. Com balas zunindo por todos os lados e explosões de bombas, eles se desnortearam. Quem disparava, quem atacava, quem recuava? Era impossível saber. Com os galhos se partindo, fazendo voar neve para todos os lados, perderam o rastro das vozes uns dos outros. Correram até que o helicóptero acima deles fosse para outra área. Depois, o tiroteio cessou. Ali Braseiro percebeu que se perdera dos amigos e que agora estava sozinho. Olhou em volta, mas não viu ninguém. Seguiu as pegadas na neve e procurou atrás dos arbustos. Os amigos ou tinham sido atingidos, ou seguiram em outra direção.

Andou de um lado para o outro, sem parar. Em vez de procurar uma saída, preferiu seguir o som dos tiros e ajudar os outros grupos. Conseguiu sempre se desviar dos pequenos grupos em confronto. Quando carregou seu último cartucho de munição, em meio ao arvoredo denso, estava ofegante e exausto. Deixou-se cair de joelhos e se deitou no chão, entregando-se à neve. Queria que o suor secasse.

Enquanto ponderava em qual direção seguir, olhou para os galhos sobre sua cabeça. Foi então que percebeu que anoitecia. As nuvens se foram, o céu ficou limpo. A escuridão se disseminava rapidamente, como nanquim na água. As árvores tornavam-se cada vez mais altas. Era uma noite sem lua. Quando alguém ao seu lado o chamou, Ali Braseiro levou instintivamente a mão à arma.

"Ali!"

Dirigiu-se até o vulto que vislumbrou debaixo de uma árvore vermelha. Quando viu que era Mine Bade, do seu grupo, caiu de joelhos.

Ela estava sentada no chão, encostada ao tronco de uma árvore. Respirava com dificuldade.

"Perdi muito sangue", disse ela.

"Onde foi que te atingiram?"

"No peito."

"Vou tirar você daqui."

"Nem tente. Sei que minha hora chegou."

"Não, vamos embora."

"Espero que os outros tenham escapado."

"Os tiros cessaram…"

"Devem ter escapado."

"Eu consigo carregar você. No escuro, será fácil sair da floresta."

"Ali Braseiro, sei que nunca faz nada pela metade, mas me esqueça. Vá e realize o plano que traçamos hoje."

"A investida?"

"Sim. Vocês têm que atacar o Centro de Interrogatórios e salvar as pessoas que estão sendo torturadas lá."

"Vamos juntos."

"Adoraria. O homem que amo também está lá. Daria tudo para salvá-lo, correr para os seus braços..."

Mine Bade fechou os olhos antes de conseguir terminar a frase. Assustado, Ali Braseiro tocou no seu rosto.

Ouviram uma coruja velha piar ao longe. Mine Bade abriu os olhos novamente.

"Estou com muita sede", disse.

Ali Braseiro apanhou um bocado de neve e deu de beber a ela.

"Derreterá na sua boca."

"Sabe quem é o homem que amo, Ali?"

"Sei."

"Eu nunca disse a ele. Sou muito tímida."

"Não se preocupe, ele também te ama."

"É sério? Você diz a verdade?"

"Todos nós falávamos de vocês dois. Todos sabiam que se amavam. Acho que as únicas pessoas que não sabiam eram justamente vocês dois."

Mine Bade inspirou fundo. Encostou a cabeça no tronco da árvore. Levantou os olhos para as estrelas. A imagem de duas estrelas cadentes consecutivas a deixou tão empolgada como quando era menina.

"Viu as estrelas cadentes?"

"Vi."

"Fiz um pedido."

"Então pode ficar descansada; quando fazemos um pedido ao ver uma estrela cadente, o desejo sempre se realiza."

"Meu rosto arde."

"Quando foi que te atingiram?"

"Há uma hora. Andei desorientada, até que perdi as forças e me encostei neste tronco."

"Eles podem seguir o rastro de sangue e te encontrar."

"Ninguém seguirá rastros durante a noite. Além disso, eu não estarei aqui para ver o dia nascer."

"Eles podem atacar no escuro. É melhor não ficarmos aqui. Há casas na saída da floresta e podemos nos esconder na vizinhança."

"Já não tenho medo, Ali. Acha que é por ter me dito que o homem que amo também me ama?"

"Ainda bem que deixou de ter medo."

"Afinal, eu não precisaria dizer que o amo. Abraçá-lo já seria bom."

"Talvez ele tivesse mais medo de se declarar do que você."

"Era por isso que me olhava daquela maneira?"

"Como?"

"Ele tinha uma maneira de olhar... Neste momento... na câmara de tortura... acha que está sofrendo muito?"

"Vamos salvá-los."

"Não perca tempo comigo, Ali. Vá procurar nossos amigos. Salve as pessoas que sofrem."

Ouviram a velha coruja piar outra vez, ao longe. Os ramos se agitaram. O som de um tiro ecoou próximo a eles.

Ali Braseiro estendeu Mine Bade no chão. Deitou-se ao seu lado. Examinou a área em volta, inspecionando as árvores e os arbustos. Não conseguia ver ninguém. Estava escuro. As estrelas não iluminavam o suficiente para que visse ao longe, naquela noite sem luar. Conteve a respiração. Escutou a floresta. Quando ouviu o som de pássaros levantarem voo, pouco mais à frente, disse: "Fique aqui, mas não se mexa, vou ver aquela área ali no fundo e já volto".

Caminhou devagar e silenciosamente. Procurou atrás das árvores. Ergueu a cabeça e olhou para os galhos. Como não viu ninguém, concluiu que seguira na direção errada. Quando voltava, o som de um disparo ao seu lado o atirou ao chão. Contorceu-se com a dor lancinante. Agarrou-se à perna ferida com uma mão e, com a outra, apalpou a neve em busca da sua arma. Não teve essa chance. Foi cercado. Pisaram nas suas costas e na cabeça. E o algemaram.

"Me soltem!", gritou, inúmeras vezes. "Me soltem!"

Desconfiados do comportamento de Ali Braseiro, os homens examinaram as pegadas na neve e se encaminharam para o local onde Mine Bade estava deitada. Quando chegaram à árvore vermelha, apontaram a lanterna para a zona ao redor. Observaram as manchas de sangue. Não viram ninguém.

"Quem esteve aqui? Quem foi que você avisou com seus gritos?", perguntaram.

"Não avisei ninguém", replicou Ali Braseiro.

"Suas pegadas também estão aqui. Diga de quem é este sangue."

"Que sangue? Só vejo neve."

Enquanto Ali Braseiro sucumbia aos golpes que se abatiam sobre ele, pensou em Mine Bade. Estava contente por ela ter conseguido fugir, apesar de ferida. Ele chegara ao fim do caminho. Ou o matariam ali mesmo, ou o deixariam viver mais uns dias. Estava preparado. Tentou praguejar, mas tinha a boca tão cheia de sangue que o único som que conseguiu emitir foi um grunhido. Começava a perder os sentidos quando viu a luz do helicóptero pairar sobre eles e ouviu disparos ressoando nos quatro cantos da floresta.

O desejo de Mine Bade se realizaria? Conseguiria fugir da floresta e curar a ferida que tinha no peito?

— Não foi isso o que ela desejou — protestei com o Médico, que descrevia aquela noite como se a tivesse vivido. — Acho que Mine Bade desejou que houvesse um ataque ao Centro de Interrogatórios e que todos aqui fossem libertados. Se o desejo dela se realizar, podem muito bem vir nos salvar.

— Talvez tenha razão, Demirtay. Talvez o desejo dela estivesse realmente relacionado a nós.

— E não foi só uma estrela cadente, foram duas. Se uma delas falhar, a outra acertará no alvo.

— Espero que não falhe.

— E quem é que Mine Bade ama? Ali Braseiro te contou?

— Não.

— Parece que ele está aqui também, neste matadouro.

— O subterrâneo está cheio de celas — respondeu o Médico, pensativo. — Sabe-se lá em qual delas o puseram!

— A parte da história de que mais gostei foi quando Mine Bade ficou feliz por saber que seu amado a amava. Eu teria desejado o mesmo, teria desejado descobrir naquele instante que era amado.

— Mas isso não é uma história, Demirtay, é real.
— Tudo o que aconteceu no passado e que contamos por meio de palavras não são histórias, doutor? Aqui, não existe o passado. Não foi o que descobrimos nesses últimos dias? Éramos como qualquer habitante comum de Istambul. Ou idealizávamos o passado, ou fantasiávamos acerca do futuro. Tentávamos fingir que o presente não existia contando, por um lado, a história do passado e, por outro, a do futuro. E encarávamos o presente como a ponte entre o passado e o futuro. Tínhamos pavor de que a ponte ruísse, de despencar no vazio lá embaixo. Ruminávamos sem parar essa pergunta que não conseguíamos tirar da cabeça: quem possuía o presente, a quem pertencia esse tempo?

Ouvimos um ruído forte vindo do outro lado do portão de ferro. Ficamos à escuta. Ao escutar repetidamente o mesmo som, percebemos que eram tiros. Os inquisidores estavam testando suas armas, ou descarregavam a raiva matando alguém.

— Aquilo foi uma Beretta — disse Tio Küheylan, mostrando que entendia tanto de armas como de pessoas. Esperamos que o som distante se repetisse. As passagens para além do portão de ferro eram compridas, labirínticas, com muitas paredes. Era impossível saber a que distância estavam aqueles sons. Quando ouvimos novamente as mesmas explosões, Tio Küheylan disse:

— Agora foi uma Browning.

Depois, o barulho cessou. As paredes regressaram ao silêncio de antes.

— Está tarde, não há ninguém por perto — disse Tio Küheylan. — O sol está se pondo, daqui a pouco será noite. Ontem, íamos fazer um banquete de *rakı*, mas acabou perdendo o sentido. Que tal hoje? Beberíamos na varanda do Médico. Essa era nossa fantasia. Quando as luzes dos bairros do outro lado do Bósforo se acendessem, uma a uma, escolheríamos uma característica encantadora de cada um desses lugares. Enumeraríamos Üsküdar, Kuzguncuk, Altunizade, Salacak, Harem, Kadiköy, Kınalıada, Sultanahmet, Beyazıt; identificaríamos mesquitas pela altura dos minaretes e localizaríamos os engarrafamentos pelo som das buzinas dos automóveis. Durante séculos, as pessoas haviam feito de tudo para destruir a cidade. Tinham quebrado, demolido e empilhado edifícios uns sobre os outros. Nos perguntaríamos como é que Istambul conseguira aguentar tamanha devastação, nos maravilharíamos por conseguir manter tão bem sua beleza e nos deixaríamos seduzir pelo seu fascínio inabalável.

Encenamos o banquete: o Médico estendeu uma toalha branca na mesa. Foi buscar queijo, melão, salada de feijão, *humus* e *haydari*.[10] Acrescentou pão torrado, salada e *cacık*.[11] Depois, arranjou espaço para pratos com folhas de videira recheadas de arroz e salada de *ezme*[12] picante.

---

10 Prato tradicional feito com iogurte espesso, alho, queijo feta e ervas aromáticas.
11 Acompanhamento à base de iogurte, alho, pepino e menta, normalmente conhecido pelo nome grego, *tzatsiki*.
12 Salada muito picante de tomate picado, servida como petisco ou com espetinhos.

Por fim, colocou uma jarra com rosas amarelas no centro da mesa. Não havia lugar para mais nada. Enquanto servia o *rakı*, verificou se havia posto a mesma quantidade em cada copo. Acrescentou água ao *rakı*. Foi lá dentro e ligou o som. Começou a tocar uma música romântica.

— O jantar está na mesa.

Erguemos as mãos vazias, como num brinde.

— À nossa.

— À nossa.

— Que nosso pior dia seja como este.

Por um instante, nossas mãos ficaram suspensas no ar. Tio Küheylan repetiu as mesmas palavras:

— Que nosso pior dia seja como este.

Desatamos a rir.

Ainda bem que estávamos na varanda do Médico, e não num bar, caso contrário o barulho teria provavelmente incomodado as pessoas das outras mesas.

Lá embaixo, as buzinas dos automóveis se misturavam aos gritos das gaivotas; Istambul nos ignorava e seguia seu habitual fluxo e refluxo. Um grupo de jovens bebia cerveja numa praça, na calçada em frente. Um deles tocava violão, os outros cantavam, as vozes demasiado distantes para conseguirmos ouvir. Uma mulher no último andar do prédio ao lado falava ao telefone enquanto olhava pela janela e ajeitava os cabelos com a mão. As cortinas estavam abertas na maior parte das casas. Crianças brincavam em volta de um senhor idoso sentado numa poltrona diante da televisão. O mar escurecia à medida que o sol se punha.

A balsa de Eminönü-Üsküdar estava iluminada e se preparava para zarpar com mil e uma espécies de felicidade e esperança a bordo.

— Zinê Sevda deve estar para chegar — disse Tio Küheylan.

— Ela avisou que chegaria tarde, tinha outros compromissos.

Fizemos um brinde à saúde dela.

— A Zinê Sevda, a donzela da montanha.

— A Zinê Sevda, a donzela da montanha.

A Torre da Donzela também estava iluminada. Reluzia e cintilava, como um colar de madrepérola no pescoço de Istambul. Ficava tão perto de nós que poderíamos tocá-la. Enquanto a contemplávamos, cada um mergulhou nas suas recordações e sucumbiu à melodia que suavemente emanava do aparelho de som e chegava até nós.

— É óbvio — disse o Médico — o motivo de não nos terem torturado nem levado ninguém das celas nos últimos dois dias. Coincide com o confronto na Floresta de Belgrado. Foi grande, abrangeu uma área vasta e durou muito tempo. Nossos inquisidores também devem ter ido para lá. É por isso que nos deixaram em paz.

Tio Küheylan sorriu.

— Enquanto nosso sofrimento aqui dentro se torna mais fácil — comentou —, pessoas morrem em outro lugar. Que mundo estranho, este! Agora que o nosso sofrimento está prestes a recomeçar, esperemos que aqueles que se encontram em outros lugares fiquem bem.

Erguemos os copos.

— Ao bem-estar dos outros.

— Ao bem-estar dos outros.

Bebíamos em ritmo veloz, saudosos do sabor do *rakı*.

Eu queria ficar tão alegre quanto os jovens na praça em frente, feliz como a mulher da janela e sereno como o senhor idoso na poltrona. Se pudesse abandonar aquela varanda e ir lá para baixo, passearia sob a Ponte de Gálata, absorto na minha vida. Compraria um belo sanduíche de *balik-ekmek*.[13] Veria os barcos no Corno de Ouro. Depois, daria uma volta com toda calma de Yüksek Kaldırım até Beyoğlu e iria ao cinema. Muitas vezes, eu escolhia as salas de cinema e não os filmes. Eu as escolhia em função do edifício, da decoração e das memórias que evocavam. Fosse qual fosse o filme, se passasse numa sala que me tocava o coração, eu o apreciaria.

— Tio Küheylan — lembrei —, não está na hora de responder à minha adivinha? O que me diz?

— Tem razão.

Repeti a pergunta que aquela avó me fizera na pequenina *gecekondu*.

— Uma velha está com uma menina. A velha diz: "Esta menina é filha da minha filha e irmã do meu marido. Como é possível?".

Tio Küheylan pegou uma torrada e a mergulhou no prato de *humus* à sua frente. Mastigou lentamente. Limpou o bigode com as costas da mão.

---

[13] Comida de rua muito popular em Istambul, consistindo em cavalas frescas servidas no pão, muitas vezes com cebola, limão e chilis.

Quando reparou que eu esperava, ansioso, disse:

— Seja paciente, Demirtay, tenha calma, que já respondo. Na nossa aldeia, havia uma mulher de pele morena, com cerca de quarenta anos, que vivia sozinha com uma filha loura. O vizinho era um rapaz de vinte anos, muito atraente. A morena ficou íntima do vizinho jovem, embolaram-se muitas vezes no palheiro e, depois, se casaram. Foi nessa época que o pai do vizinho jovem regressou à aldeia. Fora trabalhar em Istambul, anos antes, e desaparecera sem deixar vestígio. Todos pensavam que ele havia morrido, ou que se esquecera da aldeia. O pai também tinha em torno de quarenta anos. E se sentia sozinho. Juntou-se à filha jovem e loura da vizinha e começou uma nova vida com ela. Pouco depois, tiveram uma filha. A mulher morena, que agora era avó, ficou deliciada e passava o tempo todo com a netinha. Sentada à frente da casa, brincava com a neta e recitava uma rima para todos que passavam por ali: "Filha da minha filha, irmã do meu marido, não há nenhum caso igual". E embora as pessoas olhassem para ela sem saber do que ela estava falando, estava dizendo a verdade, ou não?

— Isso não é justo — retorqui, espantado por ele ter resolvido o enigma tão depressa.

— Por quê? Não é a resposta certa?

— É irritante, mas você acertou. E não é justo porque acertou de primeira.

Tio Küheylan e o Médico riram como velhos que se conhecem desde sempre. Tilintaram os copos e beberam um gole de *rakı*.

— Eu não acertei de primeira. Pensei na adivinha durante dois dias e só depois de ter meditado sobre quarenta possibilidades cheguei à resposta certa.

— Essa história que contou é verdadeira ou inventada?

— Que pergunta é essa, Demirtay? Não foi você quem acabou de dizer que tudo o que aconteceu no passado e que colocamos em palavras se torna uma história? O contrário também é verdade. Todas as histórias que contamos aqui aconteceram no passado e são absolutamente verdadeiras.

Ele tinha razão. Havia uma verdade na minha adivinha que a ancorava na realidade: na casa de Hisarüstü, a avó aguardava meu regresso e a resposta do enigma. Eu prometera que regressaria são e salvo. Não me deixaria ser arrastado pela corrente de Istambul. Ajudaria aos necessitados, caminharia sozinho na multidão e não seria subjugado pelo fascínio estonteante dos letreiros de luzes intensas. Talvez encontrasse Yasemin *Abla* num ponto de encontro secreto. Talvez me sentasse ao seu lado, numa noite auspiciosa, e a ouvisse declamar poesia. Eu acreditaria nas palavras desses poemas eternos. Lá fora, a lua se ergueria, o céu brilharia e as estrelas se abririam em flores amarelas, rosa e vermelhas.

— Demirtay, qual era a outra pergunta?

— Que pergunta?

— Ontem você me disse que, se resolvêssemos essa adivinha, nos apresentaria outra, lembra?

Saí da *gecekondu* da avó cheio de esperança. Eu pretendia resolver sua adivinha e lançar uma minha quando a visitasse. Queria responder às suas perguntas com outras perguntas, manter o contato com ela e visitá-la sempre. Mas não corri depressa o bastante, fui vítima do destino e me jogaram dentro dessa cela. Em vez de apresentar a adivinha que guardara para a avó na *gecekondu*, no alto de uma colina com vista sobre Istambul, eu a apresentaria nessa cela.

— Uma jovem está com um homem — eu disse. — Quando as pessoas perguntaram quem ela era, ele respondeu: "É minha esposa, minha filha e minha irmã. Como é possível?".

— Essa parece difícil.

— Achou que eu perguntaria algo fácil?

— Você disse esposa, filha e irmã, certo?

— Certo.

— Você resolveu me fazer queimar a mufa.

— Procure bem na sua memória. Nunca se sabe se essas pessoas não são da sua aldeia.

— Deixe-me pensar — disse Tio Küheylan, rindo. — Se não conseguir resolver, peço ajuda ao Médico. O que me diz, doutor?

— Com prazer.

— O senhor é quem sabe — respondi —, pode pedir ajuda a quem quiser. Não me importo que seja ao Médico ou ao barbeiro Kamo...

Ficamos os três calados, nos entreolhamos e erguemos os copos em uníssono.

— Ao barbeiro Kamo.

— Ao barbeiro Kamo.

— Ao seu regresso, são e salvo.

Enquanto, nos primeiros dias, tínhamos esperança de sair dali e nos fundirmos à corrente que engolia as pessoas na superfície de Istambul, com o passar do tempo, nossas expectativas se voltaram para dentro e encolheram até caber nesta cela. Agora, na melhor das hipóteses, o que esperávamos era que aqueles que eram levados para a tortura regressassem inteiros, sem perder a cabeça nem a alma. Era assim que aguardávamos o barbeiro Kamo, que fora levado na véspera. Contávamos histórias, bebíamos *rakı* e ouvíamos música. Virávamos a cabeça e contemplávamos as luzes ondulantes no mar. Nos esforçávamos para esquecer nossas feridas. Quando ouvimos um barulho que parecia a porta de entrada do andar de baixo se abrindo, ficamos imóveis e trocamos olhares. Era o maldito ruído do portão de ferro. Estava próximo. O ranger do portão nos fez lembrar de que não estávamos na varanda do Médico, mas sim na cela subterrânea.

8º dia
Contado pelo Médico

OS ARRANHA-CÉUS AGUÇADOS

— Quando um corte de energia impediu um avião de aterrissar no aeroporto de Istambul, e ele se perdeu no mar escuro, com quatro tripulantes e 37 passageiros a bordo, no dia seguinte, os habitantes de Istambul acordaram ansiosos. Durante a travessia da balsa das sete e meia, de Kadiköy para o lado europeu, leram o jornal e bebericaram chá, espreitando de vez em quando o jornal do vizinho, caso tivesse notícias diferentes. Os passageiros que viajavam na janela limparam o vidro embaçado, como se pudessem vislumbrar alguém pedindo socorro nas ondas, e colaram o nariz na janela. Atravessando o túnel do tempo que tem, de um lado, a estação de Haydarpaşa, o Quartel de Selimiye e a Torre da Donzela e, do outro, a Mesquita de Sultanahmet,[14] Hagia Sophia[15] e o Palácio de Topkapı, che-

---
14 Também conhecida como Mesquita Azul ou Mesquita do Sultão Ahmed.
15 Conhecida, em português, como Basílica de Santa Sofia.

garam à costa de edifícios de concreto e arranha-céus aguçados. Todos os dias iam e voltavam, de um lado a outro, sentindo-se cheios de vida e esperança. Por mais diferente que fosse seu estado de espírito em casa, na balsa, no trem e no ônibus faziam questão de assumir uma expressão apropriada para o dia. Na terceira manhã, enquanto bebericavam o chá e liam o jornal com a mesma solenidade, um rapaz de cabelos compridos tocou guitarra e cantou um novo estilo de *rock* em homenagem às vítimas da queda do avião. As vítimas teriam gostado. De repente, ouviram gritos no convés. Ao correr para fora e olhar para o outro lado, todos, ao mesmo tempo, viram uma mulher deitada inconsciente nas rochas de Sarayburnu, para onde as ondas frias a tinham arremessado. Era a única sobrevivente do avião que despencara no mar. Segundo um dos jornais do dia seguinte, a mulher tinha as pernas fraturadas. Segundo outros jornais, tinha um tímpano perfurado, ou ficara sem a língua ou cega de um olho. A mesma fotografia da mulher estava estampada nas capas de toda a mídia. Ela estava deitada no hospital, rodeada de fios e sacos de soluções intravenosas e, sentado ao seu lado, estava um homem de terno e chapéu de feltro. A legenda da fotografia dizia: "Estou tão feliz por minha mulher ter se salvado". Em outro jornal, o mesmo homem se orgulhava por ter recuperado a filha. Outro ainda dizia: "Deus, nosso Senhor, poupou minha irmã". Os passageiros da balsa partilharam as notícias que tinham lido e discutiram qual seria a versão correta. Cada passageiro defendia que seu jornal estava certo, e o debate continuou no dia seguinte. O único pormenor em que todos os jornais coincidiam era o nome da mulher e o do homem: Filiz *Hanım*[16] e Jean *Bey*. O restante da história foi sendo relatado em capítulos diários, como uma fotonovela, e os pormenores já não estavam ao nível de uma mera notícia nacional, eram agora considerados dignos das plumas ágeis dos escritores das páginas de cultura. Todos os dias fotografias novas eram acrescentadas à saga cada vez mais longa e intricada; a vida de Filiz *Hanım* e Jean *Bey* era exibida em público, para que todos vissem. Jean *Bey*, nascido e criado num país europeu qualquer — segundo alguns, na França, e segundo outros, na Suíça —, viera para Istambul de férias, na juventude. Tivera um breve caso amoroso com uma cantora — segundo uns, francesa, e segundo outros, suíça —, que se apresentava numa boate em Beyoğlu. Visitara todos os pontos turísticos e regressara ao seu país sem saber que deixara para trás uma mulher grávida. Tirou um diploma superior, começou a trabalhar como assistente na universidade — dava aulas de sociologia, ou biologia, ou física — e casou-se com alguém que lecionava no mesmo departamento. Era feliz, trabalhador e muito apreciado. Quando, depois de cinco anos — dez, segundo algumas fontes —, se divorciou por um motivo não divulgado, jurou nunca mais se casar. Durante anos, viveu sozinho e, até se apaixonar por uma das suas alunas, manteve-se fiel à sua palavra. A aluna era Filiz

---

16 Termo formal de respeito usado para uma mulher, equivalente a "moça" ou "senhora".

Hanım, de Istambul. Decidiram se casar e convidaram a mãe dela para a cerimônia. Quando a mãe chegou ao casamento, em cima da hora devido ao atraso dos voos que partiam de Istambul, e entrou no salão onde estavam reunidos todos os convidados, Jean *Bey* quase morreu com o choque. A mulher diante de si era a cantora da boate com quem ele tivera uma breve aventura décadas antes, quando visitara Istambul. Reconheceram-se, mas agiram como se nunca tivessem se visto na vida. Os passageiros da balsa que leram que Filiz *Hanım* era simultaneamente mulher e filha de Jean *Bey* se entreolharam, incrédulos. Há muitos anos não ouviam falar de um destino tão azarado. No dia seguinte, descobriram, no novo capítulo da saga, que a história não terminaria ali. Quando Jean *Bey* era bebê, sua mãe abandonara o lar, e ele e o pai tiveram que se virar sozinhos. O pai de Jean *Bey*, sentado na mesa principal do salão de festas, durante o casamento, não queria acreditar nos seus olhos quando viu a mãe da nora. Era a sua mulher, a mesmíssima que os abandonara havia tantos anos. Eles também se reconheceram, mas fingiram que não. Filiz *Hanım* não era só mulher e filha de Jean *Bey*, era também sua irmã. Os passageiros da balsa liam palavra por palavra, engolindo a seco ao final de cada frase e exclamando: "Incrível!". Como tinham crescido consumindo dramas em preto e branco, acreditavam em tudo que liam.

Embora os relatos dos jornais fossem um pouco inconsistentes, era na incoerência, e não na coerência, que eles encontravam a verdade. Um dos passageiros ergueu o jornal no ar e disse: "Isto não acaba aqui. Tudo bem, Filiz

Hanım é mulher, filha e irmã de Jean *Bey*, mas o meu jornal acrescentou mais uma informação. Filiz *Hanım* também é tia de Jean *Bey*". Os passageiros da balsa protestaram, dizendo que aquilo já era demais. Mas, na esperança de estarem enganados e de escutarem fatos ainda mais espantosos, pediram para ouvir o último pormenor da história. Tal como qualquer pessoa que adora fofocas, tentaram se mostrar simultaneamente interessados e indiferentes, mexendo o chá e olhando descontraidamente pela janela. A balsa navegou por um mar enevoado conhecido como Tempo, rumando lentamente para a época dos arranha-céus aguçados no litoral distante.

Fiz uma pausa. Semicerrei os olhos, como um viajante que contempla o horizonte longínquo. Olhei em volta.

— A balsa navegou por um mar enevoado, conhecido como Tempo...

O estudante Demirtay, ansioso por saber como é que eu ataria todas as pontas da história, sorriu.

— Doutor — disse —, o senhor ajudou Tio Küheylan. Resolveu o enigma para ele.

Estava claro que Demirtay tinha dificuldade em rir. A sua dor aumentava gradualmente. Estava semiconsciente quando o trouxeram do interrogatório, horas antes. Murmurava coisas sem nexo e gemia. Não conseguia mexer os braços. A cabeça pendia, inerte. Quando se estendeu no concreto, como se estivesse numa cama, inspirou fundo e adormeceu imediatamente. Tirei o casaco e, em vez de colocá-lo debaixo da cabeça para que ficasse mais confortável, eu o cobri, para aquecê-lo um pouco. Alisei seu cabelo. Limpei o sangue da testa e do pescoço.

Quando, pouco depois, trouxeram também Tio Küheylan, tive a sensação de estar de plantão no pronto--socorro. Havia um fluxo regular de feridos. Os supercílios de Tio Küheylan estavam abertos. Novamente estava com a camisa e as calças encharcadas de sangue. As plantas dos pés eram uma massa ensanguentada. Deitei-o ao lado de Demirtay.

— Quando acordar, será uma bela manhã — eu disse, também o aconchegando. Estendi meu casaco por cima do peito de ambos e escutei sua respiração penosa. Observei as linhas no seu rosto. Zelei por eles até chegar nossa vez de ir ao banheiro. Eu os ajudei a chegar à latrina no fundo do corredor. Embora lentamente, Demirtay conseguia andar, mas Tio Küheylan não se aguentava numa das pernas. Só se deslocava apoiando-se em mim.

— Que mal há nisso, Demirtay? — perguntou Tio Küheylan. — Ontem, você desafiou a nós dois. O doutor respondeu por mim.

— Era difícil demais para você?

— Quando, depois de muito refletir, percebi que não conseguia descobrir a resposta, pedi ajuda ao doutor.

— Portanto, a resposta da adivinha encontra-se em Istambul, e não na sua aldeia.

— Sim, está aqui. Além disso, como você mesmo falou, quando se trata de adivinhas que transformam mentiras em verdades, nenhuma aldeia consegue competir com Istambul.

— Istambul já era assim nos velhos tempos, Tio Küheylan? — A pergunta de Demirtay parecia retórica. — Esta cidade sempre foi falsa e traiçoeira?

A natureza não mentia. O dia e a noite, o nascimento e a morte, os terremotos e as tempestades eram de verdade. Istambul aprendia a verdade por meio da natureza, mas as mentiras, era a cidade que as criava. Ludibriar, fazer jogo duplo e manipular a memória eram invenções suas. Istambul fazia com que todos a venerassem e inventava bêbados convencidos de que encontrariam, quando acordassem de manhã, o antigo amor nos seus braços. Inventava pobres convencidos de que os ricos tinham conseguido seu dinheiro por meios honestos. Espalhava a esperança por toda parte. Claro que os destroçados teriam seu momento de glória. E os desempregados um dia voltariam para casa com pão e carne. Para mascarar a solidão, criava vitrines de lojas lindamente iluminadas. Criava mentes que, em vez de se contentarem com a ausência de Deus, queriam ser, elas mesmas, Deus. Istambul, que intensificava o odor dos corpos, era como um amante que fazia promessas constantes, mas se mantinha a distância. As mentiras mais eficazes eram suas. Criava mulheres e homens ávidos por acreditarem nela.

— Demirtay, você está cada vez mais parecido com meu pai. Assim como ele, só faz perguntas difíceis — disse Tio Küheylan.

— É tarde demais, Tio Küheylan.

— Por quê?

— É tarde demais — repetiu Demirtay, encolhendo os ombros.

Teria Demirtay sido assim no mundo exterior? Atormentado pelo pessimismo, enquanto vagava entre cartazes publicitários, cafés e mendigos? Como tudo na rua sofria metamorfoses constantes e as formas todas se confundiam, talvez o seu mundo interior também estivesse confuso. Era simultaneamente alegre e pessimista. Tornava-se melancólico enquanto ria, detinha-se no meio de uma conversa animada e então ficava em silêncio. "É tarde demais." Saberia a que esse "tarde demais" se referia?

— Demirtay — interrompi —, como não rejeitou minha resposta, deduzo que concorda que resolvi a adivinha.

— Para dizer a verdade, doutor, fiquei mais interessado na queda do avião do que na adivinha.

— Você sabia sobre esse acidente de avião?

— Sim, uma amiga da minha mãe estava nesse voo. Elas tinham combinado de se encontrar no dia seguinte. Minha mãe daria a ela um romance que acabara de ler. Quando soube do acidente, nem acreditou. Durante dias, esperou receber uma boa notícia.

— O que foi que sua mãe fez com o livro?

Demirtay baixou a cabeça e olhou para seus pés durante um tempo. Era evidente que sentia mais frio a cada dia que passava. Para onde quer que se virasse, seu corpo doía.

Seus movimentos ficavam cada vez mais lentos, a luz dos seus grandes olhos ia se apagando. Nada o ajudava, nem falar, nem ficar em silêncio.

— Não sei — respondeu, sem levantar a cabeça. — Deve ter ficado na estante. Nunca perguntei.

— Se eu estivesse no seu lugar, gostaria de saber que fim levou o livro.

— Doutor, não é o livro que me preocupa neste momento. São os passageiros. Pensei que todos a bordo do avião tivessem morrido, não sabia que havia uma sobrevivente.

Ele estava curioso sobre a mulher que sobrevivera ao acidente, mas não conseguia perguntar se essa parte da história era verdadeira. Aqui, as pessoas compreendiam conceitos, mas não sabiam muito bem a que se referiam. Pensavam que tinham visto a luz, a água e uma parede pela primeira vez. Cada som significava uma coisa diferente. Uma pessoa cuja mente transbordasse de perguntas olhava com desconfiança até para as próprias mãos. Ele não conseguia entender por que as histórias que ficavam abertas numa ponta estavam fechadas na outra. Não acontecia o mesmo com Istambul, vivendo como vivia, simultaneamente acima e debaixo da terra? Demirtay, que para descobrir isso tivera de suportar a dor, não conseguia verbalizar: "O que é a verdade?".

— Quem dera minha mãe soubesse disso — comentou. — O fato de uma pessoa ter sobrevivido a um acidente em que se julgava que todos haviam morrido teria dado a ela um fio de otimismo no qual se agarrar. Teria ajudado a lidar melhor com o seu sofrimento, melhor do que a quantidade de cigarros que fumava nas noites em que ficava às voltas com a dor. Ter me criado sozinha era um fardo suficientemente pesado para ela. Trabalhava numa empresa como copeira. Queria que eu estudasse e tivesse uma vida diferente da dela. Deitava-se depois de mim e, de manhã, saía de casa na mesma hora que eu. No ponto de ônibus, contemplava o *outdoor* que mudava todas as semanas; em alguns anúncios, via a sua estância balneária dos sonhos e, em outros, a bela casa que um dia seria nossa.

Falava empolgada sobre a vida que teríamos no futuro. Nos fins de semana, limpava casas em bairros distantes para juntar dinheiro. Todos tinham seus próprios bairros. Os ricos e os pobres, os imigrantes do leste e os do oeste, os de sotaque carregado e os de sotaque sutil, todos eles haviam se reunido em bairros diferentes. Quem ficava constrangido por ir dormir de barriga cheia, quando o vizinho passava fome, encontrava como solução mudar-se para outro bairro. Havia outras Istambul menores dentro de Istambul, os famintos e os saciados ficavam bem distantes uns dos outros. Enquanto o dia terminava num lado da cidade, o outro lado se preparava para começar a diversão. Enquanto um lado acordava para trabalhar, o outro acabara de se deitar. Todos viviam na sua própria Istambul, convivendo com seus iguais. A vista que captavam quando contemplavam o mar também era diferente. Enquanto minha mãe corria de um trabalho para outro, sonhando em deixar a nossa casa e o nosso bairro e em atualizar regularmente o televisor e a geladeira, acreditava que meu futuro seria diferente do seu. Ela não sabia que eu não acreditava nisso. Já contei essa história, doutor? Perguntaram à Cinderela por que tinha se apaixonado pelo príncipe. "Era o único destino que o conto me oferecia", respondeu ela. A vida no nosso bairro também não nos ofereceu outro destino. Todas as famílias sonhavam com a mesma coisa, mas todas se deparavam com o mesmo beco sem saída e ficavam encurraladas. Ninguém perguntava o porquê. Eu também não, até ler os livros que os rapazes mais velhos com quem costumávamos jogar futebol no terreno baldio me deram.

Demirtay inclinou-se para a frente e pegou a garrafa de plástico. Bebeu dois goles e continuou:

— Em Istambul, pão e liberdade são dois desejos que exigem que um seja escravo do outro. Ou se sacrifica a liberdade em troca de pão, ou se renuncia ao pão em prol da liberdade. É impossível conquistar os dois ao mesmo tempo. Os jovens do bairro queriam mudar esse destino; parados à sombra dos *outdoors* de luzes intensas, sonhavam com um novo futuro.

Enquanto eu lia os livros que tinham me dado, pensava: "Como é possível um novo futuro, se toda a cidade de Istambul está infestada de chagas?". As ruas transbordavam de automóveis e os terrenos estavam apinhados de edifícios. Gruas e plataformas de ferro substituíam árvores melancólicas. Assim como acontecia com os mendigos, cada vez mais os pássaros não conseguiam comida. Eu lia sem parar, tentava dar sentido a esta cidade a que minha mãe, meus professores e meus amigos eram tão apegados.

A voz de Demirtay, rouca quando ele acordara, havia se suavizado.

— Minha mãe não conseguia acompanhar o ritmo da cidade, andava exausta por trabalhar demais. Quando falava da sua infância, dizia que antigamente a vida não costumava mudar tão depressa. Naqueles tempos, contava ela, a inovação surgia gradualmente e se integrava aos poucos à nossa vida. A inovação costumava nos empolgar sem nos confundir. Sabíamos com o que nos depararíamos no dia seguinte. E hoje, as coisas ainda são assim? As novidades surgem e desaparecem com a mesma rapidez. São eliminadas da nossa vida sem nem sequer terem a possibilidade de se tornarem obsoletas. Não deixam vestígios, nem recordações. Antes mesmo de conseguirmos nos adaptar a uma inovação, ela já foi substituída por outra. Mas as pessoas têm limites. Caminhamos mais depressa do que tartarugas e corremos mais devagar do que lebres. Nossa mente e nossos sentimentos também têm limites. Andamos à frente da tradição, mas não conseguimos acompanhar a inovação. Essa discrepância cria tensão no equilíbrio e quebra a balança dentro de nós. O novo não é a continuação do velho, porque o velho não existe. Tudo se torna desperdício. A permanência é esquecida. Criar laços significa perder a credibilidade. Os corações, como pilhas de destroços, estão repletos de desperdício. Esse ritmo esgotou minha mãe. Ela se deitava à noite cheia de tristeza e preenchia seus dias com sonhos. Que alternativa ela tinha? Não sabia como vingar na vida sozinha, no caos de Istambul. A que outra coisa ela poderia se agarrar, senão aos sonhos?

Demirtay não gostava da solidão. Temia ficar sozinho na cela e gostava quando éramos numerosos. Tinha saudades das estações de trem, das balsas degradadas e das avenidas movimentadas, onde as pessoas caminhavam e esbarravam umas nas outras. A beleza da cidade encontrava-se nas suas multidões: todos os lugares estavam cheios de gente, barulho e luzes. A vida que era sossegada numa rua, noutra explodia de animação. O metal se fundia ao concreto, o aço se recobria de vidro. Os habitantes de Istambul se assemelhavam à sua cidade. Istambul nascera da terra, do fogo, da água e do ar. Era resistente como aço e frágil como vidro. Na cidade, as pessoas davam vida, com um sopro, à alquimia a que tantos aventureiros haviam dedicado sua vida no passado. Como não se contentavam com o que já existia, partiam em busca de inovações estonteantes. Uniam fogo e água, amor e ódio. Considerando a natureza repulsiva, acrescentavam o mal ao bem para mudá-la. Compravam mentiras com dinheiro, decoravam suas casas com flores de plástico, injetavam silicone na pele. Acordavam todas as manhãs com a esperança de ver um rosto mais atraente no espelho. Em Istambul, a alquimia começava pelas próprias pessoas.

A mãe de Demirtay era ao mesmo tempo forte e fraca, rápida e lenta, esperançosa e pessimista. Não sabia como carregar toda essa bagagem junta. Tentou acompanhar o ritmo do pôr do sol, dos anúncios e das buzinas. Tinha medo das recordações porque a lembravam de que os bons tempos pertenciam ao passado. A cidade estava devastada.

A vida era estéril. As pessoas, degeneradas. Cada novo dia era pior que o anterior. Tal como todas as pessoas mergulhadas na solidão, ela também gostava de romances com finais felizes. Nos romances, encontrava a integridade que não existia em casa, no trabalho e na rua. Atava assim as pontas conflituosas da sua alma. Um lado da sua alma era de aço, o outro, de vidro; um lado era lágrimas, o outro, raiva.

— Minha mãe acreditava nos livros — disse Demirtay. E nos fitou tentando descobrir se acreditávamos neles também. — Em algumas noites, quando ela se distraía lendo e se esquecia completamente de mim, ou quando fumava mais que o normal, eu me perguntava se havia uma nova ferida no seu coração. Eu não indagava e ela não me dizia. Ela era como uma criança esperneando debaixo da água, tentando chegar à tona para respirar. Não se afogava, mas também não era capaz de se manter na superfície. Censurava esta cidade construída com base em cálculos em vez de sonhos. Achava que Istambul se assemelhava à capa elegante de um livro. As decorações e os padrões que o ornavam por fora enganavam as pessoas e as distanciavam da verdade no seu interior. Por vezes, eu perguntava, infantilmente: "Mamãe, por que você trabalha tanto?". "Demirtay", dizia ela, "quero comprar uma casa para que, no futuro, você viva confortavelmente. Não posso te dar agora uma boa vida, mas luto para garantir que você seja feliz nos próximos anos. Não pense que o futuro está muito longe, porque, na verdade, basta dobrar a esquina. Quando ler sobre a vida das pessoas nos livros, entenderá melhor." Sempre que minha mãe falava assim, eu a escutava fielmente. Foi ela quem me ensinou a acreditar nos livros.

— Sua mãe sabe que você foi pego? — perguntei.

— Não. Não a vejo há meses. Não voltei ao meu bairro porque estavam à minha procura.

— Por quê, Demirtay? — insisti. — Podia ter se encontrado com ela depois do trabalho, na parte mais movimentada do bairro, sem que ninguém reparasse.

— Pensei nisso, doutor. Algumas vezes me senti tentado, mas sempre acabava mudando de ideia na última hora. Talvez eles a estivessem seguindo.

Meu filho costumava me ver em segredo. Às vezes, no meio de uma multidão; outras, se escondia numa esquina escura e tocava meu braço. Sincronizava seu passo e caminhava junto comigo. Ao escutar Demirtay, me senti afortunado. Quando pensava naquelas pessoas que estiveram muito tempo à espera dos filhos e das filhas, ou inclusive naquelas que receberam a notícia das suas mortes, percebia que pertencia à minoria feliz.

Encontrara meu filho e o internara no hospital. Eu o pusera em segurança.

— Demirtay — comecei —, tive um colega com quem trabalhei durante muitos anos. A filha dele, adolescente, saiu de casa e se uniu a um grupo de revolucionários. Um dia, ele soube que ela tinha sido morta a tiros e que seus amigos a enterraram em segredo. Conseguiu descobrir onde estava seu túmulo. Mandou fazer uma lápide de mármore, com um navio gravado na pedra. Era a imagem da capa do *Livro ilustrado de Istambul* que ele lera para ela quando menina. Todas as semanas ele ia falar com a filha que jazia debaixo da terra. Lia partes do *Livro ilustrado de Istambul*. Falava das cúpulas que cintilavam como estrelas, ruas que serpenteavam como rios, edifícios afilados como espadas. Um dia, os amigos da filha apareceram e o informaram do equívoco. "Aqui jaz outra amiga. Sua filha está num cemitério do outro lado do Bósforo", disseram. Meu colega não dormiu naquela noite. Nem na seguinte. Na terceira noite, foi se deitar junto do túmulo habitual. Acordou ao raiar do dia. Olhou para Vênus. Ouviu o vento nos ciprestes. Enterrou a mão e tirou um punhado de terra do túmulo. Cheirou a terra e a atirou no ar. Viu o vento espalhar a terra e soprá-la para longe. "Sou o dono desta tumba", disse para si mesmo, "me afeiçoei a ela e ela a mim." Caiu de joelhos e chorou. Estava convencido de que, se abandonasse aquela sepultura, não apenas sua filha, em outro túmulo, mas todos os outros mortos ficariam sem ninguém que cuidasse deles. Meu colega continuou a visitar a sepultura regularmente. Levava consigo o *Livro ilustrado de Istambul*, lia suas histórias e descrevia as imagens. Sabe o que me fez lembrar desse incidente? Acho que sua mãe fez o mesmo. Leu para o mar de Istambul, no local onde o avião despencou, o livro que pretendia oferecer à amiga e, no fim, quando acabou de ler, talvez ela o tenha atirado nas ondas.

— Doutor — disse Demirtay, com ar ansioso —, é a segunda vez que conta uma história triste. O que há com você? Antes, costumava nos aconselhar a não falarmos sobre a morte e o sofrimento aqui dentro.

Refleti e percebi que ele tinha razão.

— Não tinha me dado conta. Talvez isso signifique que, às vezes, perco o controle — respondi.

Demirtay tentava aquecer as mãos com o próprio bafo; toquei sua testa para ver se tinha febre. Medi seu pulso. Não havia carne debaixo da pele, só ossos. Tremia constantemente. A febre aumentara. Mandei que se recostasse. Ergui seus pés devagar e os pousei nos meus joelhos. A pele das solas era um amontoado de cortes e vergões vermelhos, rosados e brancos. Ele estava inerte. Aconcheguei os dedos dos seus pés nas palmas das minhas mãos, como se os envolvesse em algodão. Tentei aquecê-lo.

Ele caiu na gargalhada.

— O que foi? — perguntei.

— Cócegas.

— Ótimo, pelo menos consegue rir.

— Eu preciso rir?

— Sim, nós temos que rir. Senão, vamos arranjar encrenca com o Tio Küheylan por contar histórias tristes. Ele já está olhando bravo para nós.

— Nesse caso, vou contar uma piada.

Demirtay havia se lembrado de uma piada nova, ou seria uma das suas anedotas antigas?

— Qual? — perguntei.

— A do urso polar.

— Qual delas?

— A do urso polar bebê.

— Vai, conta.

Demirtay entregou seus pés às palmas das minhas mãos e começou:

— Nas terras do norte, o solo era de gelo, as montanhas eram de gelo e até o ar que respiravam era gelo. O urso polar bebê se aconchegou na mãe e se enfiou no seu pelo comprido e quente. "Mamãe", disse o urso polar bebê, "você é minha mãe verdadeira?" A mãe ursa ficou surpresa: "É claro que sou, querido", disse ela. "Está bem, então a sua mamãe também era uma ursa polar?" "Sim, a minha mamãe era uma ursa polar." "E o seu papai?" "Também era um urso polar." O bebê urso afastou-se da mãe e foi falar com o pai. Então, aconchegou-se no pelo quente dele. "Papai", disse o bebê urso, "você é meu papai verdadeiro?" "Sou", respondeu o pai. Repetiu as mesmas perguntas. "E o seu papai também era um urso polar?" "Sim." "E a sua mamãe também era uma ursa polar?" "Sim." Na verdade, é uma história longa, mas tentarei ser breve. Assim que o bebê urso ouviu as respostas que esperava, afastou-se, batendo com as patas no gelo, irritado, e ficou em pé. "Então, por que estou sempre com tanto frio?", gritou.

Rimos baixinho. Se não controlássemos nossa voz, ela poderia viajar por cima das paredes e alcançar o mundo na superfície.

— Por que é que estou sempre com tanto frio? — disse Demirtay, repetindo as próprias palavras. E, como uma criança que veio correndo de muito longe, continuou, ofegante: — Eu também estou sempre com muito frio. É como se tivesse blocos de gelo dentro da carne, em vez de ossos. Por que quem mais sofre com o frio nesta cela sou eu?

Aproveitando a deixa, respondi:

— Porque você é um urso polar bebê.

— Pelo visto, sou.

O som do portão de ferro se abrindo tirou o sorriso da nossa cara. Tentamos ouvir as vozes que transbordavam para o corredor.

No escuro, os vampiros que chupavam o sangue das jovens regressavam à sua caverna, e os lobos que devoravam criancinhas no bosque ultrapassavam o portão. Um cheiro insuportável invadiu nossas narinas. Foi como se tivéssemos caído dentro de um poço no deserto e esperássemos que uma cáfila, guiando-se pelas estrelas, viesse nos resgatar. Nosso sonho era que um dia de manhã abríssemos os olhos muito longe daqui, sobre dunas quentes onde não se ouvisse o portão de ferro. Estávamos impotentes, como um navio sacudido pelas ondas numa tempestade. Cada um de nós pensava que era o único tripulante sobrevivente de um barco que naufragara, mas temíamos ter o mesmo destino dos marinheiros mortos.

Esperamos, completamente imóveis. Escutamos os ruídos lá fora. Abriram e fecharam a porta de uma das celas no início do corredor. Depois, avançaram para o corredor do fundo. Bateram com força na porta de outra cela. Fizeram uma algazarra. Riram embriagados. Cantaram uma música cuja letra não conseguimos discernir. Voltaram muito animados. Aproximaram-se de nós, seus passos ecoavam nas paredes. Eram muitos. Seus grunhidos e seu fedor eram avassaladores. Pararam diante da nossa cela. Mas, em vez da nossa, abriram a porta da cela da frente. Atiraram Zinê Sevda para dentro. Ela foi coberta de palavrões e insultos. Bateram a porta. Saíram intempestivamente, rindo sem parar, como pacientes de um hospital psiquiátrico.

Demirtay levantou-se e se aproximou devagar da grade. Olhou para a cela em frente e, voltando-se para nós, disse:

— Zinê Sevda não está junto da grade.

— Acabaram de trazê-la. Ela precisa de uns minutos para conseguir se levantar.

Demirtay nem percebeu que estava descalço no concreto gelado.

— Vou esperar aqui — declarou.

Não seria a última vez que o faria.

Na cela, a vida se repetia. Enquanto a escuridão circulava lentamente sobre nós, nossas palavras descreviam a mesma pessoa, atravessavam a mesma cidade, agarravam-se à mesma esperança. Ainda assim, começávamos cada dia com entusiasmo e a esperança de que aquele fosse um dia diferente. Olhávamos fixamente uns para os outros, como se nos víssemos pela primeira vez. Quando nos demos conta de que nossos sonhos, bem como nosso sofrimento, se renovavam, caímos num silêncio momentâneo. Se a felicidade era limitada, seria possível a infelicidade não ter limites? Se o riso era limitado, seria possível o sofrimento não ter limites? Todos os dias inventávamos novos pretextos para rir e, quando percebemos que também o riso se renovava, tomamos consciência de que tínhamos alcançado um novo limiar.

Erguíamos a cabeça e olhávamos o teto. Tentávamos lembrar se a Istambul lá de cima também se renovava. As bancas do mercado, os pombos da mesquita e os gritos das crianças no final das aulas eram os mesmos de ambos os lados? O Bósforo corria da mesma maneira em todos os bairros? Todos os bebês nasciam com o mesmo choro, todos os velhos morriam exalando o mesmo derradeiro suspiro? Estávamos curiosos em relação à morte. A morte também se repetia, cada morte era igual a todas as outras?

— Zinê Sevda está junto à grade, chamando — anunciou Demirtay.

— Nós dois?

— Sim, quer falar com vocês.

Ajudei Tio Küheylan a se levantar. Demos dois passos em direção à porta. A luz do corredor nos fez fechar os olhos. Sorrimos para Zinê Sevda, tão maravilhados como se tivéssemos visto nossa própria filha.

"Tudo bem?", escreveu Tio Küheylan no ar.

"Sim", respondeu Zinê Sevda, e devolveu a pergunta. "Você está bem?"

"Sim, querida."

O olho esquerdo de Zinê Sevda estava fechado do inchaço, e os ferimentos no rosto haviam se multiplicado. O corte no lábio inferior aumentara. O pescoço estava negro de sujeira. O cabelo oleoso, colado ao crânio. Fitou-me, perscrutando minha cara como se contasse minhas feridas, uma a uma.

"Está bem, doutor?", perguntou ela.

"Estou", respondi, "mas você acabou de voltar do interrogatório, precisa dormir e descansar."

Sem esperar que eu acabasse de escrever, Zinê Sevda levantou o dedo e escreveu rapidamente: "Quando falam uns com os outros, partilham segredos?".

"Não", retorqui.

Tio Küheylan e Demirtay ratificaram a minha resposta, abanando a cabeça negativamente.

"Têm certeza?", insistiu Zinê Sevda.

"Por quê?"

Por que ela perguntava?

Quando não estávamos sendo torturados, passávamos o tempo dormindo, conversando ou tremendo de frio. Partilhávamos nossos sonhos e ali construíamos nosso próprio paraíso. Tal como Istambul guarda seus segredos, nós também escondíamos os nossos uns dos outros.

"Doutor", disse Zinê Sevda. O dedo dela se manteve suspenso no ar durante alguns momentos. Ela parecia hesitante em terminar a frase. "Os inquisidores conhecem o seu segredo."

O meu segredo?

Engoli em seco. Fechei os olhos atordoados com força e depois os abri.

"Como podem saber?", perguntei.

"Foi o senhor quem o revelou."

"Não, eu não abri a boca enquanto me torturavam."

"Não foi sob tortura, foi na cela. Eles puseram um deles na sua cela e o senhor contou."

"Que conversa é essa, minha querida?"

Que conversa era aquela?

Zinê Sevda escreveu com toda a paciência.

"Enquanto estava na sala de interrogatórios, desmaiei, mas a certa altura voltei a mim. Os inquisidores haviam me deixado junto à parede e conversavam. Ouvi o que diziam. Ontem, alguém que eles interrogavam conseguiu arrancar a venda e agarrou a arma de um dos carrascos. Começou a disparar ao acaso. Fugiu por corredores onde nunca tinha entrado, atirando para todos os lados. Não foi longe. Foi cercado e o abateram sem pensar duas vezes. Foram os tiros que ouvimos ontem."

Zinê Sevda fez uma pausa, para ver se eu a seguia.

"Eu estava vendada, doutor", disse ela. "Não consegui ver os rostos. Pensaram que eu estava inconsciente. Mexiam o chá e fumavam. Depois, começaram a falar do senhor. Um dos homens disse que havia falado com o senhor e ganhado a sua confiança. Revelou a informação que obtivera."

A informação que obtivera de mim?

"Que informação ele obteve de mim?"

"De que não é o verdadeiro Doutor..."

Afastei-me da grade. Recuei com passos de chumbo. Continuei até a parede no fundo da cela. Fiquei imóvel, como uma criança que quer gritar num sonho sem que o som saia da sua garganta.

— Eles sabem — murmurei para mim mesmo —, meu Deus, eles sabem.

Voltei para junto da porta com passos curtos.

"Mais uma coisa", disse Zinê Sevda. "Eles mencionaram o nome Mine Bade. Parece que o senhor não é o homem que ela ama. Mine Bade ama um outro médico."

Perdi as forças nas pernas. Caí no chão. Passei as mãos pela boca, pela testa, pelo cabelo. A camisa me apertava. Arranquei os botões, um a um. Tio Küheylan me agarrou pelos pulsos. Me encostou na parede. Quando me debati para me libertar, ele apertou meus pulsos com mais força.

O que estava acontecendo?

Dizem que há três coisas na vida que são irreversíveis. Quais seriam? Um segredo revelado seria uma delas? Quem me dera poder girar os relógios para trás. Não queria voltar ao mês passado, nem ao ano anterior; queria voltar aos primórdios da humanidade. Deve ter sido tão bom viver quando os seres humanos ainda não eram humanos, quando não existia a crueldade. Não havia preocupações. A existência não se baseava no sofrimento. As pessoas se contentavam em olhar e tocar. O número de nascimentos não era registrado, as mortes ocorriam pela ordem natural. E não havia a necessidade de segredos.

— Não somos informantes — disse Demirtay, segurando meu pulso. Sua voz era fraca. — Não podemos contar a ninguém seu segredo porque não sabemos qual é, certo, Tio Küheylan?

— Vocês... — eu disse.

— Não contamos nada a ninguém.

— O que poderiam contar? — redargui. — Me apanharam no lugar do meu filho. Ele é o verdadeiro doutor. Eu nunca contei isso a vocês. Fui a um encontro no seu lugar. Quando caí na armadinha da polícia, assumi sua identidade.

O encontro do meu filho era com Ali Braseiro. Foi num dos dias mais quentes da estação. Estava um sol lindo. Admirei, pela última vez, a Istambul da biblioteca de Ragıp Paşa. Me agachei no pátio. Escavei com as mãos um buraco na terra, mergulhei no subsolo, desci camada após camada e, vagando no escuro como uma minhoca, acabei chegando nesta cela. Me libertei da minha pele e, por baixo dela, cresceu uma nova. Na solidão, comi minha própria carne, quando tive sede, bebi meu próprio sangue. Havia uma música romântica que minha mulher costumava cantar. Escrevi a letra na parede com a unha. "Oh, botão de flor, abre", disse eu, "não pense que os prazeres do mundo são duradouros." Fechei os olhos. Falei para a escuridão. O juízo final aconteceria aqui. Todos os vivos estavam mortos, todos os mortos estavam vivos. Ouvi as súplicas. Um dia a porta se abriu. Ali Braseiro entrou. Vinha ferido. Trazia os bolsos cheios de luz. Quando sua dor aumentou, as gotas de luz se derramaram e derreteram. Ele tinha saudades dos amigos mortos, falou sobre Mine Bade, entristeceu-se com a minha situação difícil. Disse que Mine Bade me amava.

"Ela tem dois ferimentos no peito, doutor", disse ele. "Foi a bala que causou um deles, e o senhor o outro. O ferimento de bala vai sarar, mas e aquele que o senhor causou? Como é que Mine Bade pode mitigar a dor que sente no coração?" Enquanto Ali Braseiro falava, o teto se abriu e choveram estrelas sobre nós. Ao longe, eu ouvia a música que minha mulher costumava cantar. "Sou o rouxinol no seu jardim de alegria", dizia a letra, "e você, a rosa." Meu filho estava em liberdade, amava uma jovem e ela lhe confiara seu coração. Se encontrariam e, passado pouco tempo, os dois se recuperariam. Ali Braseiro também tinha que se recuperar e se livrar do peso de tanta tristeza. Devia se agarrar à luz que pingava dos seus bolsos. Eu queria ajudá-lo. Abri a mão e partilhei com ele parte do meu segredo. "Não se preocupe", eu disse, "aquela jovem não me ama, ama meu filho. Eles se encontrarão e se ajudarão. Não se preocupe, em breve estarão melhor."

— Mais nada? — perguntou Tio Küheylan.
— Como mais nada?
— É só isso que os inquisidores sabem?
— Sim.
— Então qual é o problema?
— Sabem que meu filho está em liberdade. Irão atrás dele.
— Sabem onde está?
— Não.

Ali dentro, eu não era eu mesmo. Era um pai que assumira a identidade do filho. Ali Braseiro também não era Ali Braseiro. Era um policial que fora alvejado no confronto da Floresta de Belgrado. Recebera tratamento, fingira uma expressão cansada e, depois, juntara-se a mim na cela. Contou-me segredos como se fossem seus, informações que soubera por meio dos dossiês e das pessoas detidas. Estava ferido, acreditei nele. Sofria, acreditei nele. Dei água a ele, compartilhei o pão. Assim que mencionou a jovem que meu filho amava, acreditei ainda mais nele. Pensei que aliviaria seu fardo. Quis mitigar sua dor. Contei a ele parte do meu segredo, mas não lhe disse onde meu filho estava.

— Tem certeza?

— Tenho. Não contei a ninguém o paradeiro do meu filho.

— É claro que não contou — disse Tio Küheylan, agarrando meus ombros. — Porque você não sabe.

— Exato, não sei — respondi.

— Não pode contar a eles o que não sabe, certo?

— Certo.

— Porque não sabe.

— Porque não sei.

— Do que tem medo então?

— Não consegui manter meu segredo, e se também não conseguir manter minha resistência...

Até aí, eu não percebera que era feliz na cela. Embora sofresse, embora gemesse e cuspisse sangue, estava feliz. Era autossuficiente. Adorava meu segredo. Talvez minhas veias sangrassem até secar, talvez eu exalasse ali meu último suspiro. Ninguém saberia o que eu carregava no coração. Enquanto meu corpo se tornava uma grande ferida, meu filho se recuperava no exterior. Mesmo que eu morresse, ele viveria.

As pessoas reconheciam a infelicidade, mas nem sempre estavam cientes da felicidade. Entendi isso neste instante.

Tio Küheylan levantou meu pescoço e me deu água.

— Acalme-se, vai ficar tudo bem — disse.

— Vai, não vai?

— Não se preocupe, doutor, daqui para a frente vai correr tudo bem.

— Posso morrer. Isso também seria bom.

Já era inverno. Anoitecia cedo. Flocos de neve leves como penas caíam sobre os telhados. As vitrines das lojas cintilavam na Istambul da superfície e as multidões animadas de Beyoğlu saíam às ruas. Aonde quer que se olhasse, havia cartazes de cinema, cheiro de comida, música. Um bonde que partira do infinito rumo ao infinito passou por entre a multidão. Na traseira do bonde, um rapaz ia de mãos dadas com a jovem que amava. Era meu filho. Segredou, no ouvido da jovem, qualquer coisa que não consegui ouvir, mas que fiquei desejoso de saber. Seu rosto era franco, sorria como quando era criança. De fora, chegou até ele a melodia da música romântica. Quando meu filho a ouviu, debruçou-se na janela do bonde e olhou para fora. "Oh, botão de flor, abre", dizia a canção, "abre e prolonga o prazer deste momento fugaz." Meu filho examinou as multidões como se procurasse alguém conhecido, analisou os rostos e, depois, segurou na mão da jovem com mais força. Um bonde vindo do infinito, deslizando como a luz por entre a multidão de Beyoğlu, transportava meu filho rumo a um novo infinito.

Nesse instante, o portão de ferro se abriu. Seu rangido ecoou pelo corredor.

— Posso morrer — repeti.

— Como, pode morrer? — interrogou Tio Küheylan.

— Se eu morrer, não sobrará ninguém que saiba onde meu filho está.

— Mas, doutor, o senhor também não sabe onde ele está!

— É tarde demais...

— Não mesmo!

— É tarde demais...

Tio Küheylan me fitou intensamente. Me deu uma bofetada na cara. Fez uma pausa. Então me deu mais uma bofetada.

9º dia
Contado pelo barbeiro Kamo

O POEMA DOS POEMAS

— Um passageiro sonolento, recém-saído do trem noturno, deparou-se com um homem magro, de boné, nas escadas que davam para o mar, à frente da estação de Haydarpaşa. O homem olhava para uma fotografia entre seus dedos ossudos e ora chorava, ora gargalhava. Quando chorava, baixava a cabeça, mas, quando ria, parecia um louco. O passageiro do trem pousou a pasta no chão e se sentou ao lado do homem. Chamou o vendedor de *simit*[17] e comprou um para ele e outro para o sujeito de boné. Contemplou as cúpulas enfileiradas com grinaldas de nuvens na margem oposta. Falou sobre o excelente tempo que fazia e o cheiro de Istambul, que variava de estação para estação. Leu os nomes dos barcos que passavam em rápida sucessão, atribuindo um significado a cada nome. Aquela era uma cidade

---
17 Espécie de pão doce redondo, coberto de sementes de gergelim, muito popular na Turquia.

onde a verdade parecia óbvia, mas não era. Escadas que conduziam ao mar, escadas que ligavam trens a barcos, escadas nas quais as pessoas se sentavam para ver fotografias carregavam muitas formas de verdade, e não apenas uma. Todos se agarravam a uma verdade diferente, em cada parte da cidade. O sol de um lado de Istambul era igual ao sol do outro? Não havia como saber.

O vento que soprava aqui era o mesmo que soprava do outro lado? Ninguém podia afirmar que sim. O passageiro do trem e o homem de boné disseram: "Vamos". Decidiram contemplar o sol e o vento da margem oposta. Apanharam a balsa no cais. Admiraram os palácios antigos, os quartéis e as torres, enquanto bebiam chá no convés da popa. Pensaram que Istambul, em vez de ser uma cidade que atraía a História para si, era na verdade uma cidade incapaz de se desvencilhar das entranhas da História. Era essa História que se vendia em postais coloridos. Quando saíram da balsa e cruzaram com ambulantes e cantores cegos, mudaram imediatamente de ideia. Concluíram que esses postais vendiam mentiras, e não História. Apanharam o trem na estação de Sirkeci e fizeram o trajeto todo até a última parada, passando por bairros habitados por velhos, tabernas para bebedores matinais e muros decrépitos. Contemplaram a Istambul onde não havia mais paradas, e a nova cor do céu. Observaram os cães na lixeira comendo pássaros mortos. Tinham bilhetes de volta. Apanharam o mesmo trem suburbano e a mesma balsa, atravessaram os trilhos e as ondas e, ao pôr do sol, regressaram às escadas da estação de Haydarpaşa com vista para o mar. Bandos de pássaros voavam em direção ao sol carmesim, planando diante de cúpulas e minaretes. Aceitando o cigarro que o passageiro do trem ofereceu, o homem de boné começou a falar, como se tivesse passado o dia à espera daquele instante. "Tudo aconteceu por volta desta hora", disse ele. "Um dia, no fim da tarde, minha mulher saiu de casa e nunca mais voltou. Disseram que fugiu, que se perdeu, que morreu, mas, para mim, daria tudo no mesmo. Publiquei anúncios, colei cartazes. Comecei a seguir a ronda da polícia e buscar em hospitais, mas, depois, passei a frequentar tabernas. Proferia o nome dela enquanto bebia. Dormia com prostitutas na tentativa de esquecê-la. Tal como um exilado na minha própria cidade, contava os dias, meses e estações. Veja, esta é uma fotografia da minha mulher. Eu a levo comigo para toda parte. Sua beleza se assemelha a beber água de uma xícara cravejada de esmeraldas que se enche continuamente com a mesma água. É infinita. Rivaliza com a beleza de Istambul. Quando sonho com nossos velhos tempos juntos, rio de alegria. Mas, quando penso no futuro, me dou conta de que nunca mais a verei. É assim que estou, caí num abismo. Rio do passado na fotografia, mas choro pelo futuro."

Reparando que eu mal conseguia falar quando proferi as últimas palavras, Tio Küheylan me ajudou a sentar direito. Me encostou à parede. Debruçou-se e pegou a garrafa, que ainda tinha alguns goles de água.

— Beba para aliviar sua garganta — disse.

— Tio Küheylan, eu também rio do passado, tal como o homem magro de boné — expliquei. — Mas não choro pelo futuro, eu desprezo o futuro.

— Kamo, seja livre para rir do que quiser e despreze o que tiver vontade. Só não se deixe vergar pela dor.

— Me lixo para a dor — retorqui, embora todo o meu corpo doesse. Cada pedaço de mim doía, dos dedos dos pés às virilhas, da coluna ao pescoço, das têmporas ao queixo. Quando respirava, sentia dilacerar minha caixa torácica, via luzes acendendo e apagando diante do único olho que conseguia abrir.

Com uma enorme dificuldade, bebi um gole da água e senti a garganta arder.

— Agora está na hora de comer — disse Tio Küheylan, me dando um pedaço de pão.

— Isso vai ser difícil — repliquei, olhando para o pão, que parecia duro como pedra.

— Não consegue mastigar?

— Meus dentes doem, minhas gengivas estão cortadas.

— Me dê, então, eu mastigo para você.

Tio Küheylan pegou o pão. Com uma dentada, arrancou uma ponta.

— Há quanto tempo está aqui sozinho? — perguntei, olhando pela cela como se examinasse uma grande praça.

— Pouco antes de você voltar, levaram o Médico e o estudante Demirtay, e me deixaram aqui sozinho.

— O estudante está aguentando firme? Ainda não enlouqueceu nem se rendeu?

— Não, Kamo, os dois estão resistindo à dor.

— Tio Küheylan, eu me pergunto quantas pessoas, nestas fileiras de celas, ainda são capazes de resistir. Enquanto me interrogavam, me mostraram tantos prisioneiros que traíram seus segredos, que estavam de joelhos... Coitados. Imploravam.

— Às vezes, as súplicas nas celas são tão ruidosas que me destroçam. Os que cedem também são nossos irmãos, Kamo. Não podemos fazer nada por eles, a não ser lamentar.

— Lamentar? Nem pensar! Sempre que me tiravam a venda, eu achava que me trariam o estudante. Para eu poder vê-lo com toda a sua infelicidade, chorando como os outros, implorando aos verdugos de olhos vermelhos...

— Pare de pensar nisso e coma seu pão.

Com o indicador e o polegar, Tio Küheylan pegou os pedacinhos de pão que mastigara e enfiou na minha boca bem aberta, como um passarinho.

Comecei a laboriosa tarefa de comer. Senti o pão com a língua. O coloquei na bochecha. Engoli saliva para lubrificar a garganta. Peguei o pão com a ponta da língua e o obriguei a escorregar garganta abaixo. Foi como comer espinhos. Queimou minha garganta ao descer.

— Mais um pouco... — incitou Tio Küheylan, me dando uma bolinha de pão amassado.

— Não, preciso descansar — eu disse.

— Está bem, recupere o fôlego.

— Quando foi que amarrou este pano no meu pulso? — perguntei, erguendo o braço esquerdo.

— Dói? Precisei apertar com força.

— Não é a atadura que me incomoda, é a ferida.

— Quando trouxeram você, seu pulso sangrava. Rasguei a manga da minha camisa e fiz uma atadura para o seu braço. Você estava semiconsciente, não se lembra de nada?

— A última coisa que lembro é de martelarem um prego em mim.

— Um prego?

— Martelaram um prego no meu pulso.

— No pulso?

— Sim.

— Malditos! É inacreditável. Que tipo de pessoas são essas?

— Pessoas? São as pessoas de verdade, Tio Küheylan. Ainda não percebeu? Quando Deus criou a natureza e a terra e o céu, o Diabo reivindicou para si as pessoas e as alimentou com frutos da árvore da sabedoria. Quando adquiriram conhecimento, elas fizeram o que nenhum outro ser vivo fora capaz de fazer, tornaram-se conscientes da sua existência. E, quanto mais consciência tinham da sua existência, mais a admiravam. Não amavam ninguém senão elas mesmas, nem sequer amavam a Deus. A única razão para se apegarem à divindade era o seu desejo de vida após a morte. Analisavam tudo em função da sua própria existência. Espezinharam a natureza e exterminaram seres vivos. Chegada a hora, também matariam Deus. Foi por isso que o mal levou vantagem no mundo. Eu disse isso aos carrascos. Bastardos dos diabos! Enfiaram agulhas no meu ouvido. Despejaram uma substância estranha dentro dele, fervendo. Tentaram perfurar meu cérebro. Fiz de tudo para não enlouquecer. Tentei me libertar das correntes. Bati com a cabeça na parede. Quando me mandaram suplicar, xinguei. Às vezes, gemia, outras vezes caía na gargalhada. "Vocês são pessoas", eu disse, "vocês são as pessoas de verdade." Saíram gritos horripilantes da minha boca que assustaram até a mim mesmo. Enfiaram minha cabeça na água. Mantiveram minha mente alerta para terem certeza de que eu sentia a dor na sua plenitude. Trabalharam como cirurgiões, artesãos, açougueiros. Penetraram meus vasos sanguíneos e desbloquearam os canais da dor. Fizeram o que deviam fazer para serem pessoas.

Tio Küheylan esperava com o pedaço de pão entre o indicador e o polegar.

— Tio Küheylan — continuei —, não me juntei aos revolucionários porque eles têm uma ideia errada das pessoas. Acreditam que são propensas ao bem, que podem ser salvas do mal. Pensam que o egoísmo e a crueldade só ocorrem em circunstâncias adversas. Não veem o inferno que as pessoas acalentam na alma, não têm noção de que elas disputam para transformar o mundo num inferno. Os revolucionários desperdiçam a vida procurando a verdade no lugar errado. Não se pode recuperar ou salvar as pessoas, a única saída é fugir delas.

Tio Küheylan me fitou com curiosidade e dó. Tal como todos, me rotulou como um excêntrico incurável. Me ouviu munido de paciência.

— Restará algum lugar no mundo fora do alcance das pessoas, Tio Küheylan? Deslocam-se em jipes de luxo, carros de polícia, ônibus fretados. Enchem bancos, escolas, espaços de culto. Invadem cidades e aldeias, montanhas e florestas. A Istambul que o senhor tanto ama também é delas. Mentem e agridem. E, como se não bastasse estar em toda parte, arranjam maneiras de se infiltrar dentro de nós. Usurpam nosso corpo. Mesmo que se consiga fugir das outras pessoas, como fugir de nós mesmos? Como nos salvar de nós mesmos? Em vez de refletir sobre essa questão, os revolucionários e os políticos, os professores e os pregadores falam sem parar, enganando-se e enganando a todos. É por isso que respeito os torturadores. Eles não sentem necessidade de mentir. Não escondem a verdade. Não hesitam em abraçar o mal. Eu disse a eles que eram as pessoas mais honradas que conhecia. Nesse momento, cortavam pedaços da minha pele, como se dissecassem um animal vivo num matadouro. "Eu sinceramente os respeito", insisti, "vocês são iguais por dentro e por fora. São exatamente o que parecem." As minhas palavras os deixaram furiosos, e eles se descontrolaram. Esmurraram as paredes e quebraram as janelas. Gritaram de dor. Bateram a porta. Me abandonaram, acorrentado à parede e vendado, e saíram da sala. Seria dia ou noite? Será que a vida, no mundo exterior, seguia em ritmo rápido ou lento? Talvez tivessem ido para uma sala ao lado, talvez tivessem pegado no telefone e ligado para dizer à esposa que sentiam saudades. "Estou tão cansado", disseram. "Tive mais um pesadelo", disseram. "Quero ficar bêbado e adormecer nos seus braços", disseram. As mulheres transbordaram de carinho. Eram boas esposas, como tinham sido treinadas para ser desde a infância. Em momentos como esses, elas falavam baixinho, apoiavam de corpo e alma o marido. Diziam ao homem amado que, quando ele chegasse em casa, o abraçariam, o cobririam de beijos, se aconchegariam nele e abririam as pernas para o receber. Prometiam ao seu homem um corpo quente de desejo. Não podiam fazer mais nada. Também não sabiam se era dia ou noite lá fora. Será que a vida seguia em ritmo rápido ou lento? Estariam as ruas apinhadas ou desertas? Meus inquisidores se calaram quando desligaram o telefone. Limparam o suor. Agacharam-se junto à parede e fumaram. Esperaram que o coração parasse de palpitar. Assim que a raiva amainou, abriram a porta da sala onde eu continuava amarrado e voltaram para junto de mim com o mesmíssimo número de passos. Falaram com calma. "Kamo", disseram, "precisa nos falar do passado." "Kamo", disseram, "precisa revelar os segredos do seu passado." Ergui a cabeça e, com o olhar fixo na escuridão debaixo da minha venda, respondi: "Estão prontos para ouvir o que se encontra para além do passado, quando nem Deus pode mudar esse passado e nos deixa sozinhos para confrontá-lo? Estão dispostos a ouvir mais do que isso? Bastardos do inferno! Filhos da puta!". Tiraram minhas correntes, desamarraram minha venda. Me obrigaram a sentar diante de um espelho. Me fizeram olhar para um rosto que parecia o de um cadáver. "Nós somos o futuro", disseram. "Olhe para o espelho, Kamo, você não tem futuro, somente um passado, e vai nos entregar esse passado", disseram.

Tio Küheylan, a cara que vi no espelho estava desfeita, imunda, destroçada. De um dos ouvidos saía sangue e do outro, pus. Um dos olhos estava aberto e o outro, fechado. As sobrancelhas tinham cortes. Os lábios estavam rachados. Saliva gotejava da boca. Não parecia um rosto humano. Conhecemos bem o vidro do espelho, Tio Küheylan. Conhecemos a madeira ou o metal de que a moldura é feita, seus ornamentos floridos ou reluzentes. Mas e o interior? Podemos conhecer o vazio das profundezas do espelho? Podemos conceber a magia contida nas suas camadas? O espelho era como o poço no qual eu costumava me debruçar e observar durante horas quando menino. Suas paredes interiores estavam à vista, mas um vórtice escuro girava no seu centro. Eu estava encurralado nesse vórtice. Minha respiração era difícil. A dor no peito me oprimia como uma rocha. Tossia incontrolavelmente. Tinha a sensação de que me arrancavam os pulmões. Não sabia o que fazer. Deveria estilhaçar o espelho ao meu lado, ou partir o pescoço de um dos inquisidores parados junto dele? Guinchei de prazer infantil e desatei a rir. Foi como se estivesse na sala de espelhos de uma feira popular. Ignorei a dor no meu peito. O riso tornou-se ruidoso, ressoava por toda a sala.

Para me silenciar, Tio Küheylan debruçou-se e deixou cair o pedaço de pão mastigado dentro do meu lábio inferior.

— Coma mais isto — disse. — Você precisa.

O cheiro pestilento de bolor invadiu minha cavidade nasal. Fiquei enjoado. Vomitei. Tirei o pão da boca.

— Não consigo. Não consigo engolir isso — confessei.
— Está bem, vamos fazer uma pausa.
— Depois, vi Zinê Sevda lá dentro.
— Zinê Sevda? Na sala de interrogatórios?

Eu sabia que Tio Küheylan se animaria ao ouvir o nome dela.

— Sim — confirmei. — Quando peguei o espelho e bati com ele na cara de um dos inquisidores, todos eles me atacaram. Despejaram sua raiva sobre mim. Atiraram pela janela todas as suas técnicas de tortura cuidadosamente concebidas e me espancaram até eu perder os sentidos. Não faço ideia de quanto tempo se passou. Me encharcaram com água fria. Quando voltei a mim, tremia no concreto. Sentia o corpo pesado. Um véu de fumaça turvava meu único olho intacto, o mundo parecia nublado. Só conseguia distinguir sombras. Uma mesa. Uma cadeira. Várias pessoas em pé. Uma parede comprida. À minha frente, ao fundo da parede, duas colunas grossas. Um corpo suspenso entre elas. Para discernir de quem era aquele corpo, teria que me aproximar ou me livrar da fumaça. Esfreguei o olho e limpei o sangue à sua volta. Ergui a cabeça do chão e olhei novamente em frente. Uma mulher estava suspensa por um cabo de aço entre as duas colunas. Os braços abertos tinham sido amarrados ao cabo enquanto o resto do corpo pendia. Mal conseguia mexer a cabeça. Estava nua. Os seios sangravam. O sangue dos cortes nos ombros escorria barriga abaixo, pelas virilhas e pelas pernas, deixando um rastro vermelho. Era evidente que os interrogadores tentavam me subjugar apelando à minha compaixão ao torturarem, mais uma vez, uma pessoa diante dos meus olhos. Pensaram que eu cederia à compaixão. Esfreguei novamente o olho. Estiquei o pescoço para ver melhor. Percebi que a pessoa dependurada como uma santa crucificada era Zinê Sevda. Era leve. Como uma delicada folha numa árvore outonal, ela estava muito longe da terra, mas próxima do céu. As cordas que amarravam os braços não a impediam de cair, mas a impediam de ascender ao céu. Seria a mesma jovem magra que se ajoelhara diante da nossa cela, dias antes, ignorando todos os inquisidores reunidos no corredor? Seria aquela mulher suspensa no ar a mesma Zinê Sevda que permanecera imóvel enquanto lhe davam pontapés e a espancavam? Ela me reconheceu. Levantou um pouco mais a cabeça. Seu olho incólume se dilatou. O contorno do lábio tremeu. Tentou sorrir. Logo, faltaram forças e sua cabeça voltou a cair sobre o peito. Eu não conseguia despregar os olhos dela. A sua nudez e a minha não me embaraçavam. Sabia que os carrascos tentavam se apoderar primeiro das nossas emoções e depois do nosso corpo. Pus as mãos no chão e, concentrando toda a minha força nos braços, endireitei-me. Fiquei de joelhos. Limpei o suor da testa e as manchas de sangue que me cobriam da face até o pescoço. Fiquei ereto como uma estátua. Imóvel. O corredor estava em silêncio. O único som que se ouvia era o do sangue que escorria ao longo do corpo de Zinê Sevda e pingava dos seus dedos dos pés para o chão. Esperei ali, de joelhos, da mesma maneira que uma estátua espera ao sol, à chuva ou na neve. Os inquisidores grunhiram. Soltaram palavrões, irritados. Perceberam que eu encarnava o mesmo gesto de solidariedade de Zinê Sevda, quando se ajoelhara no corredor alguns dias antes. Debruçaram-se sobre mim. Me arrastaram pelos cabelos até a parede do fundo. Puseram meus ombros e meu braço numa tábua. Pegaram um prego comprido e fino que reluzia como uma lâmpada e o encostaram no meu pulso esquerdo. Martelaram com força. Tive a sensação de que martelavam meu cérebro, e não o pulso. Gemi. Saltaram lágrimas do meu olho aberto e até do fechado. "Eu os admiro", disse aos algozes. "Fazem o que mais ninguém consegue fazer: que o interior se reflita no exterior exatamente como é. Antes de esmagarem a alma dos prisioneiros, esmagam a sua como se fosse uma romã e a espalham ao redor." Tiraram as mãos de cima de mim. Recuaram e se entreolharam. Não tinham alternativa senão continuar. Pegaram mais um prego na caixa e o encostaram no meu outro pulso. Ergueram o martelo no ar. Nesse momento, eu quase não conseguia respirar, fechei o olho. Apaguei. A última pergunta que passou pela minha mente antes de desmaiar foi: "Eles suspenderam Zinê Sevda no ar à minha frente para me obrigar a falar, ou me crucificavam e me espetavam pregos reluzentes no pulso na presença dela como uma artimanha para que ela se rendesse?".

    Tio Küheylan tocou meu pulso incólume, envolvendo-o com os dedos. Beijou-o como se beijasse pão. Levou-o à testa. Fechou os olhos. Aguardou, com o meu pulso encostado à testa. Gemeu com a humildade das raras pessoas que sabem o que é o sofrimento. Não precisava ter feito isso. Eu conseguia lidar com meu próprio sofrimento, ele devia se preocupar apenas com o dele. Tentei soltar o pulso, mas ele não deixou. Tentei outra vez. Ele o agarrou com as suas mãos enormes, mantendo-o encostado à testa até eu tossir. Quando percebeu que eu não parava de tossir, levantou a cabeça. Pousou meu pulso no chão, com tanto cuidado como se fosse um pardalzinho. Segurou meus ombros. Amparou meu corpo, que caíra, inerte, para um lado, e voltou a me encostar na parede. Pegou um pedaço de tecido que estava no chão e limpou o sangue que pingava da minha boca. Creio que era a outra manga da sua camisa. Limpou minha testa e o pescoço. Verteu as últimas gotas de água no pano e molhou meus lábios.

Enquanto minha cabeça rodava, a batida em minha jugular não era o som do coração, mas do tempo. Do tempo que regressara do passado, se espatifara contra o paredão do futuro e me abandonara ali, ao meu destino. Eu não conseguia acompanhar seu passo. Enchia e depois vazava. Girava entre um instante e o infinito. O tempo tomara minha mulher Mahizer, e a levara para longe de mim, gravando o nome dela na minha jugular, para que eu o sentisse a cada respiração. O tempo queria que, por um lado, eu risse do passado e, por outro, chorasse pelo futuro.

No dia em que Tio Küheylan nos contou que havia um mundo no céu onde estávamos refletidos e cada um de nós tinha um duplo, ergui a cabeça e, na escuridão, vi uma

Istambul chuvosa, apinhada e movimentada. Ouvi as vozes dos ambulantes, o rugido dos motores dos carros que exalavam fumaça pelo escapamento no trânsito intenso e os sinos marcando o final do dia de trabalho. Istambul, que se estendia de uma ponta à outra do céu, engolia homens e mulheres, digeria-os e, no fim, os vomitava. Em toda parte, sentia-se o fedor de carne podre. Todos se encaravam como desconhecidos, ninguém falava com ninguém. Porque as pessoas são como as cidades onde vivem, acordavam sentindo-se alegres num dia e, no outro, preocupadas. Trabalhavam da manhã à noite e do anoitecer ao amanhecer. Tinham aceitado a morte e estavam preparadas para tudo, exceto para enfrentar a verdade no seu coração. Corriam pelas ruas como um riacho lamacento, reunindo-se nas praças quando se cansavam. Eu também tinha um duplo entre essas pessoas. O meu duplo, que caminhava sozinho na multidão, usava uma echarpe no pescoço. Era um reflexo de mim, como uma imagem invertida num espelho. Eu era homem, ela era mulher. Eu estava perturbado, ela estava serena. Eu era feio, ela era bonita. Eu era mau, ela, boa. Eu era o barbeiro Kamo, ela era minha esposa Mahizer. Quando ficamos lado a lado, ocupamos a mesma sombra. Lemos poemas que nos ligaram um ao outro. Graças a esses poemas, inventamos nossa própria linguagem dentro das outras linguagens. Nos comunicávamos nessa linguagem que ninguém compreendia, gracejávamos, fazíamos amor. Até dormindo, queríamos sonhar com um poema e começar o dia seguinte com ele. Mas o tempo não permitiu que nossa linguagem fincasse raízes e criasse laços com a terra. O tempo, esse filho da puta.

Quando Mahizer me abandonou e saiu de casa, no princípio não era ela quem eu procurava, mas sim o poema dos poemas.

A linguagem que aprendi com a minha mãe não era suficiente. Crescera com a linguagem da minha mãe, decorara nomes, conhecia objetos e pessoas pelos seus nomes. Parti do princípio de que a informação da linguagem era a informação da verdade e me preparei para uma existência como a de todas as outras pessoas. Falava com poucas palavras e me mantinha em silêncio com a mesma quantidade de palavras na minha cabeça. Não fora eu quem criara a linguagem; minha mãe me dera à luz dentro dela. Sempre pensara que não seria capaz de sair dessa linguagem, até o dia em que, ao folhear uns cadernos que estavam na gaveta da minha mãe, encontrei uma série de poemas manuscritos. Os poemas escritos a tinta desbotada eram do meu pai. Foi a primeira vez que vi sua assinatura e caligrafia. Embora usasse, nos seus poemas, palavras que eu conhecia, meu pai mudava os sons, dando às letras um novo sentido. Inventava significados que nunca ninguém imaginara. Tal como Lokman Hekim,[18] que procurava o elixir da imortalidade, ele buscava a linguagem pura da existência. Baixava as estrelas do céu e as substituía pelas estrelas da poesia. Jurava

---

[18] Médico e farmacêutico místico que viveu por volta de 1100 a.C. e acreditava ter descoberto a cura para todas as doenças e o elixir da imortalidade.

que tanto a poesia quanto o amor tinham mamado no seio da morte. Entreabria a cortina e, com a mão, limpava a janela embaçada que se abria para a verdade. Tal como os animais que são caçados um a um, ele pertencia a uma espécie de poeta em vias de extinção. Morreu antes de eu nascer, mas me deixou uma herança inestimável. Com seus poemas, me salvou das areias movediças do desejo. O desejo era o novo deus da vida. À semelhança de Deus, tentava chegar a todos os lugares e controlar todas as coisas. Não tinha limites. Enquanto Deus, era falso. O desejo era a repetição dessa falsidade. Quando acrescentávamos a ele a falsidade das pessoas, a vida se tornava insuportável. Quem, senão os poetas, poderia quebrar esse círculo vicioso? Quem, senão os poetas, falava a linguagem da morte e prometia às pessoas o infinito da verdade em vez da imensidão do desejo?

Visitei uma biblioteca atrás da outra na esperança de encontrar o poema mais belo de todos para colocá-lo aos pés de Mahizer. Analisei antologias. Consultei fileiras de revistas especializadas e livros nas salas de leitura. Quando chegou a hora dos poemas infantis, atravessei para o lado asiático, num dia ensolarado de outono, e entrei no pátio da biblioteca infantil de Çinili.

Tal como os poemas líricos do meu pai, o pequeno pátio da biblioteca vibrava com o canto de pássaros. A sombra da hera evocava uma sensação de sonolência serena. Havia um banco de madeira com a tinta descascada, no local onde a relva e o muro lateral se encontravam. Atravessei o pavimento e a relva. Sentei-me no banco e esperei que as gotas de suor, que tinham se formado enquanto subia as colinas serpenteantes do cais de Üsküdar até ali, secassem. Para lá do muro, o silêncio. Tudo estava deserto. No instante em que meus olhos se fechavam, a porta do pátio se abriu e entrou uma menina. Vestia uniforme escolar e carregava uma mochila. Olhou primeiro para os degraus que levavam à biblioteca, no piso de cima, e depois para mim. Não sabia se conseguia me ver com seus óculos grossos. Veio sentar-se ao meu lado.

"Você é pai de quem?", perguntou.

"Não sou pai de ninguém", respondi.

"Então quem você veio buscar?"

"Não vim buscar ninguém."

"Ah, é o novo bibliotecário?"

"Não. O que aconteceu ao antigo bibliotecário, se aposentou?"

"Ela morreu."

Hesitei, sem saber o que fazer.

"Era velha?", perguntei.

"Mais velha do que a minha mãe. Na noite em que a bibliotecária morreu, um ladrão assaltou a biblioteca. Quando viu que não tinha nada aqui além de livros, roubou o relógio de parede. Ficamos sem relógio."

"Quando a nova bibliotecária chegar, vai comprar um relógio e pendurar na parede."

"O antigo relógio estava dez minutos adiantado. Já estávamos acostumados com ele."

"Podem adiantar o novo."

"Esqueçam o mundo lá fora", dizia a bibliotecária, "esqueçam o tempo lá fora."

"E conseguiam esquecer?"

"Às vezes."

Queria saber como conseguiam. Seriam as paredes de pedra seculares, os livros ilustrados, o chilrear dos pássaros ou a bibliotecária que os fazia esquecer o tempo?

"Meu nome é Kamo, e o seu?", perguntei.

"Kıvanç."

"Kıvanç, até onde consegue ver com esses óculos?"

"Você é igual às outras crianças, Kamo *Ağbi*", retorquiu ela. "Está zombando dos meus óculos."

"Não, não estou. Estava só pensando se consegue ver as estrelas no céu, à noite."

"Não, não consigo. O céu está tão longe que é só uma bruma. Vejo as estrelas nos livros ilustrados. Procuro o norte nos mapas de estrelas e consigo sempre encontrar a Estrela Polar entre todas as outras."

"Quando eu tinha a sua idade, me interessava mais pelo sul do que pelo norte. Sabe por quê? Porque o sul me fazia pensar em descer. Havia um poço no jardim da nossa casa e passei a infância brincando perto dele. Quando dizia a palavra *sul*, pensava no fundo do poço, nas profundezas da terra."

"Mas a biblioteca fica no piso de cima. Temos que subir dez degraus para chegar na sala de leitura."

"Cresci e também já me habituei a lugares altos. Gosta de contar?"

"Gosto. Conto degraus, linhas, janelas. E me lembro de tudo."

"Kıvanç, quem é que abre a biblioteca? Quem é que a supervisiona?"

"A funcionária do *hamam* ao lado abre e fecha a biblioteca. Ela nos deixa sossegados. Estudamos. Desde que a bibliotecária morreu, não fizemos nenhuma besteira."

"Muito bem. Vou estudar com você por alguns dias."

"Esta biblioteca é para crianças, Kamo *Ağbi*. O que vai estudar?"

"Estou pesquisando. Quero olhar os livros de poesia. O que faz por aqui, dever de casa?"

"Venho para cá todos os dias, depois das aulas. Espero minha mãe sair do trabalho para vir me buscar. Estudo até ela chegar."

Kıvanç desceu do banco. Pôs a mochila nas costas e se dirigiu aos degraus. Eu a segui e subi as escadas. Havia várias crianças estudando na sala da biblioteca, com os livros e cadernos abertos. As paredes eram forradas de estantes. Tudo era arrumado e organizado. As mesas estavam limpas. Tirando as manchas de infiltrações na cúpula, devido à chuva, não havia manchas em nenhum lugar. Kıvanç sentou-se a uma mesa junto da janela. Fez sinal para que me sentasse na cadeira ao seu lado. Olhei para as estantes. Ignorando os livros de Ciências, de História e de Geografia, localizei os de poesia. Escolhi uma pilha.

Sentei-me na cadeira que Kıvanç indicara. Tirei papel e caneta do bolso e os coloquei ao lado dos livros de poesia.

Reparei na marca redonda na parede em frente, deixada pelo relógio roubado. O prego enferrujado permanecia espetado ali, acima da marca, destituído de objetivo.

Nesse dia, tive o duplo prazer de ler poemas de velhos poetas saudosos da minha infância e de estudar com crianças. Assimilei o silêncio. Virei as páginas uma a uma. Fui de livro em livro. Fiz anotações breves nas páginas diante de mim, até que Kıvanç, que olhava pela janela, arrumou suas coisas. Foi só nesse momento que notei que já era noite. Segui a menina escada abaixo. A vi abraçar a mãe, que entrara pelo portão do pátio.

"Kamo *Ağbi*", disse ela, "apresento a você minha mãe."

Ao ver o papel e a caneta em minhas mãos, a mãe pensou que eu fosse professor. "Prazer em conhecê-lo, *hoca*", cumprimentou, estendendo a mão.

"O prazer é meu", respondi. Apertei sua mão. "Tem uma filha muito inteligente. Kıvanç é a criança mais aplicada desta biblioteca."

"Obrigada."

Mãe e filha se foram, de mãos dadas. Ao longe, ouvi a mãe dizer a Kıvanç: "Tenho uma surpresa para você".

Acendi um cigarro. Dando uma tragada, soprei a fumaça no ar. Saí da biblioteca com uma sensação de contentamento que não sentia havia muito tempo. A rua estava deserta. Havia luzes acesas na Mesquita de Çinili, à esquerda, e no *hamam* Çinili, à direita. Os dias eram cada vez mais curtos, anoitecia cedo. As cores do entardecer envolveram rapidamente as casas. O vento de outono soprava, para o céu, a roupa pendurada nos balcões. Kıvanç, que caminhava ao lado da mãe como uma gata satisfeita, levantou o olhar para as varandas. Tentava ver tudo o que podia com seus óculos grossos. Quando virou a cabeça para ver o fundo da rua, decidiu fazer um jogo durante o resto do caminho. Soltou a mão da mãe e começou a correr. Parecia uma cena de um quadro que eu tinha visto em algum lugar, anos antes, e de que nunca me esquecera. Uma luz amarela incidia nas paredes pretas e brancas e na calçada. Os ramos das árvores despidas alongavam-se. Havia pássaros empoleirados nos fios elétricos, como ornamentos. Para lá das árvores e dos pássaros, uma mulher esperava junto a um poste apagado. A mulher desceu da calçada e estendeu os braços para Kıvanç, que correu para eles. Ficaram abraçadas durante muito tempo e, a seguir, deram o braço e giraram como a roda de um moinho. Suas saias ondulavam. Devia ser aquela a surpresa a que sua mãe se referira. Transformando-se em três sombras, desapareceram juntas no fundo da rua.

Assim que a rua ficou novamente vazia, quando restavam apenas as árvores e os pássaros, voltei a mim. Achei que a mulher que lançara os braços ao redor de Kıvanç parecia Mahizer. Estava longe, o poste apagado, e, por vezes, no escuro, eu confundia outras mulheres com a minha. Embora não tivesse certeza, joguei fora o cigarro e corri atrás delas. A cada esquina, olhava para as ruas laterais, tentando descobrir onde haviam virado. Espreitei todas as janelas dos apartamentos que tinham as luzes acesas até chegar à rua principal. Assim que me vi diante do trânsito nos dois sentidos e em meio a uma multidão, percebi que as tinha perdido. Voltei, perscrutando as mesmas ruas e janelas. Nessa noite, percorri aquela rua várias vezes, de um lado para o outro. Sentia frio e cansaço. Quando vi Kıvanç no pátio da biblioteca, na tarde seguinte, não consegui esconder a exaustão estampada no meu rosto.

Estava sentado no banco. Ela entrou pelo portão do pátio, com o cabelo trançado, e sentou-se ao meu lado. Conversou comigo como se fôssemos colegas de turma desde o terceiro ano.

"Por que essa cara tão cansada?", perguntou.

"Trabalhei a noite toda", respondi.

"Eu também tenho que trabalhar, tenho muito dever de casa hoje."

"Quer ajuda?"

"Sério?"

"Claro, se quiser."

"Sim, por favor."

"Combinado."

"Se eu fizer todo o dever de casa, à noite vou ao cinema."

"Que bom, vai com sua mãe?"

"Yasemin *Abla* vai me levar. Hoje, minha mãe faz o turno da noite."

"Quem é Yasemin *Abla*? Alguém da família?"

"Não, é uma amiga da minha mãe. Chegou ontem e vai ficar com a gente esta noite."

"Era essa a surpresa que sua mãe comentou ontem?"

"Sim, de vez em quando Yasemin *Abla* vem passar algum tempo comigo."

"O que fazem juntas? Brincam de casinha?"

"Brincamos de casinha, esconde-esconde, fingimos que temos gatos."

"E, depois, dormem juntinhas..."

"Abraçadas uma na outra."

"Veja, também tenho uma surpresa para você."

Tirei um tablete de chocolate do bolso e coloquei na mãozinha de Kıvanç. Seus olhos verdes se dilataram, as lentes transparentes dos óculos grossos ficaram verdes.

Nesse dia, não li nenhum poema, passei a tarde fazendo os deveres de casa com Kıvanç. Comi uns pedaços de chocolate que ela compartilhou comigo. Eu a ajudei a escrever uma história no caderno e a desenhar uma montanha, um cordeiro e uma árvore. Dei pistas para que conseguisse responder a um teste com dez perguntas. Pouco antes de acabarmos os deveres, percebi que a luz do dia que entrava pela janela começava a diminuir. Pedi licença e me levantei. Fui embora um pouco mais cedo do que na véspera. Disse adeus às crianças com um sorriso, cujos olhares fixos já me eram familiares. Todas elas se encontravam sentadas de frente para o relógio. Mesmo ausente, dependiam dele.

Tal como elas, eu me orientava pelo tempo indicado no relógio inexistente, descia os dez degraus com um tique-taque nos ouvidos. Saí pelo portão do pátio, que estava entreaberto. Atravessei a rua com passos largos e entrei no pátio da mesquita em frente. Sentei-me num banco ao lado de velhos decrépitos e esperei pelo cair da noite.

    Do portão do pátio, observei várias mulheres e crianças na rua; quando avistei Kıvanç, saltando alegremente lá fora, me levantei. Eu a segui, escondido nas sombras. Sabia que ela correria pela mesma rua e iria para o mesmo ponto pouco iluminado onde Yasemin *Abla* a esperara na véspera. Mantive uma boa distância. Estava suficientemente perto para vê-las com facilidade, mas longe o suficiente para que não reparassem em mim. Quando Kıvanç avançou um pouco mais, a mulher junto do poste apagado desceu da calçada e a abraçou com vigor. Vestia o mesmo casaco do dia anterior. Era Mahizer, minha mulher, em todo o seu esplendor. Estava ali, com seus lábios cor-de-rosa e olhos grandes. Me encostei numa parede e as observei. Se abraçaram durante muito tempo, com força, aconchegando-se e sentindo o calor uma da outra.

    Eu sabia que Mahizer se tornara revolucionária depois de me abandonar, que vivia em esconderijos secretos e mudava constantemente de nome. Portanto, seu nome mais recente era Yasemin. Que desperdício. Como uma flor se abre sem ter noção da própria beleza, e uma folha cai sem consciência da morte, Mahizer, minha mulher, vivia sem estar ciente de si mesma. Não sabia que se tornava uma fada quando dormia, que lançava incenso mágico sobre os lençóis. Ela não sabia, mas eu, sim. Como desconhecia isso, eu mantinha, para ela, a imagem da sua beleza viva na minha mente. Se tivesse me confrontado com a pergunta "O que é a beleza?" enquanto fazia os trabalhos de casa na biblioteca, nesse dia, teria desenhado Mahizer e escrito: "Uma beleza ou um amor inalcançável é como saber o que é a água e ter que viver sem ela". Essa era a minha situação. Sabia o que era a água, mas estava privado dela. Conseguia ver Mahizer, mas vivia sem ela. Amaldiçoava o tempo, Istambul e as pessoas, odiava todos.

Deixando as ruas estreitas para trás, chegamos a uma rua principal; elas caminhando à frente e eu, atrás. Apanhamos dois táxis, um seguindo o outro, e nos dirigimos para a rua Bahariye. Ali, cada um de nós comeu uma torrada, e depois fomos assistir a um filme do qual nem o cartaz eu tinha visto. Elas se sentaram à frente, eu ocupei um lugar na última fila, junto à porta. Tentei me lembrar da última vez em que Mahizer e eu tínhamos ido juntos ao cinema. Durante o filme, olhava ora para elas, ora para a tela. Enquanto se concentravam na história, eu me perdia em sonhos com os velhos tempos. Quando saímos, o tempo arrefecera. O vento cortante mais parecia uma geada de inverno do que uma brisa outonal. Caminhamos na multidão. Compramos castanhas assadas dos ambulantes. Olhamos para as vitrines das lojas. Apanhamos dois táxis separadamente e voltamos para nossa rua. Elas pararam na frente de um edifício de porta verde, eu saltei na esquina seguinte. Escondido junto a uma parede, na sombra, esperei pelo homem de gabardina cinzenta que seguira Mahizer durante horas.

Um homem baixo espiara Mahizer e Kıvanç desde que elas tinham se encontrado. Levantara as lapelas da gabardina cinzenta para ficar com um ar misterioso, como os detetives nos filmes estrangeiros. Ele também tinha apanhado um táxi, entrado no cinema e visto as vitrines das lojas. Muito ocupado fumando cigarro atrás de cigarro e observando a área, não se deu conta de que eu o seguia. No final do serão, deu meia-volta na mesma rua. Quando saiu do táxi, acendeu mais um cigarro. Dirigiu-se à porta verde do prédio. Abrandou e espreitou lá dentro. Anotou rápido qualquer coisa num papel que tirou do bolso. Missão cumprida, levantou outra vez as lapelas e atravessou a rua. Entrou num terreno baldio atrás de um muro baixo. O terreno estava escuro. Eu o segui e vi que esperava junto a uma árvore, rodeado pela escuridão. Aproximei-me e pedi fogo. Tirou o isqueiro do bolso. Quando, depois de várias tentativas, conseguiu finalmente acender o isqueiro, aproximou-o do meu rosto. Assim que viu minhas feições, sua mão livre voou para a cintura. Mas fui rápido demais para ele, sacando uma faca e apontando para seu pescoço. Golpeei seus joelhos e o obriguei a se ajoelhar. Confisquei a arma metida no cinto.

"Quem é você?", perguntei. "Quem está espionando? Quem é a mulher que está tentando apanhar?" Quando o homem se recuperou do choque inicial, disse: "Sou o Estado", declarou, num tom que irradiava confiança, "se não me deixar ir, vai se arrepender". Dei um murro na sua cara, que o fez cair de costas. Apoiei um joelho no peito dele.

"É um filho do demônio, um bastardo do Estado!", gritei. Ainda insatisfeito, desferi mais um murro. Ele grunhiu indistintamente algo que podia ser uma praga ou uma súplica. Seu corpo franzino se contorcia para os lados. Quanto mais eu fazia pressão com o joelho, mais ele tentava libertar seu peito. Gemeu de dor quando as costelas se partiram. Senti seu hálito repugnante no meu rosto. "Sabe o que você é?", perguntei. "Vou te dizer uma coisa que não vai conseguir entender. A minha mulher Mahizer é a verdade; você, que tenta destruí-la, é uma sombra. A sombra da verdade é inútil. Mas qualquer coisa que liberta a verdade da inutilidade e a recria é um belo poema. Eu persigo esse belo poema. E você? Você é o inimigo da verdade."

Depois dessa noite, comecei a cantar a canção das facas afiadas com mais frequência; em uma semana, salvei minha esposa de três sombras diferentes. Mahizer, minha mulher, era ingênua. Pensava que conhecia o mundo e que podia mudá-lo, mas não percebia minha presença a poucos passos de distância. Vagava pelas ruas de Istambul sem fazer ideia do que estava à espreita. Andava de um lado para o outro entre as duas margens do Bósforo. Esperava em pontos de ônibus, sentava-se em cafés, passeava em bibliotecas. Sempre que a pessoa com quem ia se encontrar não aparecia, ia embora com ar ansioso. Alojava-se em casas úmidas com telhados cobertos de musgo, nas áreas degradadas de Üsküdar, Laleli, Hisarüstü. Dormia tarde e acordava cedo. Cuidava das plantas e das crianças das casas onde dormia. Quando, num final de tarde, foi à rua que abrigava a biblioteca infantil de Çinili e voltou a abraçar Kıvanç, senti o mesmo prazer que elas.

Mahizer passou essa noite na casa de Kıvanç e não saiu no dia seguinte. Ela parecia cansada e indisposta nos últimos dias, seu rosto estava mais magro. Precisava se cuidar e descansar. Fiquei contente por ela passar pelo menos um dia em casa. Decidi ir à biblioteca e ler poesia enquanto ela repousava. Comprei uma barra de chocolate na loja da esquina. Lentamente, subi a rua da qual eu agora fazia parte. Esperei por Kıvanç no pátio da biblioteca. Pouco depois, ela abriu o portão e irrompeu pelo pátio, exibindo seu largo sorriso.

"Onde foi que se meteu nos últimos dias? Já estava preocupada com você!", exclamou.

"Fui visitar outras bibliotecas", expliquei.

"Yasemin *Abla* também estava preocupada."

"Yasemin *Abla*? Com quem?"

"Com quem você acha? Com você, é claro!"

"Ela me conhece? Quero dizer, ela sabe que venho aqui?"

"Claro que sabe. Eu contei."

"Quando?"

"Quando fomos ao cinema, na semana passada. Naquela noite, falei de você. Contei que me ajudou a fazer os deveres de casa."

"Então ela sabe há uma semana..."

"Sim."

"E o que ela disse?"

"Disse que te conhece, que te ama."

"Ela disse que me ama? Tem certeza?"

"Absoluta."

"O que mais ela disse?"

"Ontem à noite, escreveu uma carta para você e colocou na minha mochila, para eu te entregar. Toma, é esta aqui."

Peguei o envelope fechado. Examinei um lado e depois o outro. Sem saber o que fazer, nervoso, corri os dedos pelo envelope por vários minutos. Enquanto todo tipo de possibilidades, boas e más, passavam pela minha cabeça, reparei que Kıvanç me observava com um sorriso jocoso. Sorri de volta. Acariciei seu cabelo.

"Você é a menina mais bonita desta biblioteca", eu disse.

"Hoje, tenho que escrever um poema como dever de casa, me ajuda?"

"Preciso ir daqui a pouco, acha que hoje consegue fazer seus deveres sozinha?"

"Sim."

"Então vá lá para cima e comece a escrever seu poema."

"Está bem, Kamo Ağbi."

"Que as musas te inspirem, Kıvanç."

"Obrigada. Mas... não se esqueceu de nada?"

"De quê?"

"Tem alguma surpresa para mim, hoje?"

"Ah, tinha esquecido. Comprei isto para você."

"Chocolate! Obrigada, Kamo Ağbi. Adoro surpresas de chocolate."

Enquanto observava Kıvanç subir os degraus e entrar na sala de leitura, percebi que minhas mãos, que seguravam a carta, estavam suadas.

Abri o envelope. Olhei para a folha preenchida na frente e no verso pela caligrafia de Mahizer, letras redondas como pérolas. Falava de amor, dor, feridas, memória. Alinhava palavras familiares, uma após a outra, criando um redemoinho dentro de cada uma. Escrevia pesar, lágrimas, raiva, separação, lágrimas, pesar, esquecer, perdoar, destino, morte, solidão, destino, pesar, lágrimas e esquecer, uma e outra vez, repetindo o que já dissera frases antes. Usava perto para longe, vida para morte, união para separação e vice-versa. Em outro tempo e em outro lugar, eu sabia o que essas palavras significavam, mas agora não conseguia compreender o que Mahizer dizia. Sua linguagem não se assemelhava em nada à da minha mãe, nem à do meu pai. Tornava o significado insignificante. Como um bando de pássaros levantando voo em pânico, suas palavras estavam todas misturadas. A asa de cada uma se quebrava ao bater na asa da palavra vizinha. Destruia tudo o que fizera de nós aquilo que fomos no passado e, com isso, quaisquer possibilidades de abrir uma porta para o futuro. "Quero ser esquecida", dizia ela. "Nesta cidade enorme, me sinto como se estivesse aprisionada num único cômodo. Embora eu o ame, nosso passado é nosso destino, Kamo, não podemos escapar do nosso passado", dizia ela.

Que raio de delírio era aquele? Ela punha a palavra amor no mesmo nível das outras palavras, com o mesmo peso. Gemi com as pontadas de dor em minha consciência. Ai, essa velha consciência eterna! Enquanto relia a carta, me perguntei: "Depois de tanto sofrimento, eu ainda teria algum poder sobre o tempo? Conseguiria conquistar meu destino cego e surdo?". Estava destroçado. Estava sozinho.

Meu sono era atormentado por pesadelos. Ai, meu coração derrotado! Ai, essa velha consciência eterna! Quem aguentaria tamanho horror? Quem conseguiria resistir à crueldade da vida durante tanto tempo? Mahizer me pedia o direito de ser esquecida quando eu necessitava do direito de não a esquecer. Não conseguia tirar por um único momento seu rosto da mente. Caso contrário, não seria eu. Ficaria sem alma. Eu me tornaria um morto rejeitado pela sepultura. Ai, essa velha consciência eterna que enterra suas setas envenenadas na minha alma! Se eu conseguisse me libertar de Mahizer, tudo o que restaria de mim seria um cadáver. Um cadáver roído por vermes.

Mahizer compilara todos os poemas que costumávamos ler um para o outro e os espalhara na carta. Era como uma criança órfã. Gemia de angústia. Dizia que estava encurralada num quarto e me pedia para abrir a porta e a salvar. "Abra a porta!", dizia. "Abra e me liberte! Siga seu caminho e eu seguirei o meu!" Ela se debatia. Batia na porta com seus punhos pequenos. *Pou! Pou!* "Abra a porta!" Ela dizia que eu tinha a chave que a salvaria, mas eu não sabia o que fazer.

Me esqueci de onde estava. Ouvi o ladrar distante de cães se aproximando gradualmente. Discerni uivos na escuridão e reconheci o som distinto do cão branco. Tinha frio. Meu peito doía. Dentro da minha cabeça ecoavam vozes. *Pou! Pou!*

— Abra a porta! Guarda! Abra a porta!

Involuntariamente, percebi aos poucos que a voz que saía de algum lugar muito profundo era do Tio Küheylan.

— Abra a porta! Meu amigo está morrendo! Ajudem! *Pou! Pou!*

Entreabri meu olho bom e perscrutei a escuridão. Vi que Tio Küheylan estava parado, muito ereto, esmurrando a porta da cela. Não conseguia chamá-lo. Não conseguia mexer um dedo. Meus pulmões chiavam quando tentava respirar. Gemi.

Tio Küheylan se aproximou e debruçou-se sobre mim.

— Está vivo — disse ele —, meu barbeiro maravilhoso, está vivo!

Endireitou meu pescoço, que pendia, inerte. Pegou o pano que estava no chão e molhou meus lábios. Limpou minha testa. Enquanto afagava meu cabelo, dizia palavras cheias de otimismo. Disse que, um dia, sairíamos dali e, juntos, exploraríamos Istambul. Belos sonhos estavam reservados quer aos amantes destroçados, quer aos moribundos. Quando me deu a mão, Tio Küheylan percebeu que eu estava perto do fim. Compreendeu que o tempo que eu desperdiçara na superfície também se esgotava agora.

Ouvi o ruído da tranca de ferro. A porta da cela se abriu. O corpanzil do guarda apareceu contra a luz.

— Por que está gritando tanto, idiota?! — rosnou.

— Meu amigo está muito mal, precisa de ajuda — explicou Tio Küheylan, falando com mais brandura.

— Por mim, pode morrer. Assim ficará livre, e nós também.

— Pelo menos dê a ele um pouco de água, um analgésico...

— Quem vai precisar de um analgésico logo, logo é você, imbecil. Você foi chamado na sala de interrogatórios. Anda, levanta!

Vi a sombra do cão branco ao lado dos pés enormes do guarda. Ele veio do corredor e entrou graciosamente. Ficou sob a luz, como mármore puro. Tinha o pescoço largo, as orelhas espetadas. Seu pelo deslizava até a cauda, como um cobertor quente. Seus olhos de lobo me penetraram como nos velhos tempos.

Ignorando a existência do cão branco, o guarda agarrou Tio Küheylan pelo colarinho e o arrastou para fora. Trancou a porta da cela comigo do lado de dentro e nos deixou sozinhos.

Minhas forças se esgotaram. Meu olho se fechou. Eu queria mergulhar de mansinho num sono sem fim.

O cão branco se aproximou lentamente; pela sua respiração senti que se deitou ao meu lado, companheiro. Encostou o corpo quente no meu. Enrolou a longa cauda nas minhas pernas. Nossa respiração estava sincronizada, nosso peito subia e descia em uníssono. Esperou até eu estar quente. Se tivéssemos tempo, ele teria ficado ali deitado, assim, durante horas. Mas não havia tempo. Levantou a cabeça. Aproximou-se ainda mais. Lambeu minha cara. Passou a língua cor-de-rosa e úmida ao longo do meu corpo, como se acariciasse sua cria. Do meu olho à minha orelha, do meu peito ao meu pulso, uma a uma, curou todas as minhas feridas. Aliviou minha dor. Neste mundo atroz, quando uma pessoa fecha os olhos, devia, pelo menos, conseguir respirar sem dor. Caso contrário, para que serve a vida? O cão branco mudou a posição do seu corpo pesado e se apoiou com mais força no meu ombro. Com a língua esguia, lambeu também todos os medos que se haviam acumulado desde a minha infância. Ele me tranquilizou, me aliviou de todos os fardos. Me senti leve. Senti que flutuava em águas quentes e serenas. Se ao menos a vida fosse tão bondosa como o cão branco. Se ao menos a vida tivesse me mostrado outro caminho quando me perdi.

10º dia
Contado por Tio Küheylan

O RISO AMARELO

— "Mande três maçãs, mas dê uma dentada numa delas antes de me enviar." Quando o velho cartógrafo do navio tirou do pequeno baú as cartas da sua amada, há muito falecida, repetiu a frase que acabara de encontrar: "Mande três maçãs, mas dê uma dentada numa delas antes de me enviar". Já contei essa história, doutor? Sério? Pois desta vez vou contar uma versão diferente. Então ouça. O velho cartógrafo dedicara sua vida a navegar pelos mares do mundo, com as duas fortunas que tinha herdado da sua amada: uma, a solidão, e a outra, o pequeno baú com as cartas. Em cada continente, desenhou novos mapas, em cada ilha acrescentou novos nomes aos mapas. Na sua última viagem, que realizou já grisalho, pretendia se despedir do mar e passar os anos que lhe restavam em terra. Por mais que respeitasse os marinheiros que entregavam as almas às ondas, sonhava ser enterrado ao lado da sua amada dos tempos de juventude. Confidenciou esse seu desejo ao navegador com quem compartilhava a cabine. Este, por sua vez, não dava a mínima se seria enterrado no mar ou na terra, o que ele queria era morrer na hora certa. "Eu me guio por este relógio", disse, tirando um relógio do bolso e acariciando sua tampa. As incrustações de rubis na tampa escondiam um código que ele nunca fora capaz de decifrar. Ou, se não era um código, ele queria acreditar que sim, que existia ali um segredo. Era uma noite estrelada. Quando uma onda bateu com violência na parte lateral do navio, ouviram qualquer coisa se partir do lado de fora. O velho cartógrafo e o navegador deixaram o camarote correndo e subiram os degraus que levavam ao convés. Quando viram o céu cravejado de estrelas cintilantes, ficaram parados, contemplando com uma expressão de crianças fascinadas com o firmamento, e não de velhos que haviam passado a vida inteira no mar. Observaram a Via Láctea deslizar em câmera lenta. O velho cartógrafo apontou para um ponto onde as estrelas descreviam uma curva, como um rio. "Veja", disse ele ao navegador, "não parecem os padrões do seu relógio?" Ele tirou o relógio do bolso e os dois compararam as duas imagens. Viram que os rubis vermelhos da tampa cintilavam e que eram um reflexo exato das estrelas que giravam na curva do céu. "Estão certos", continuou o velho cartógrafo, "a hora e os movimentos do seu relógio estão certos." As nuvens se avolumaram rapidamente, o céu ficou encoberto. As velas uivaram, os cabos silvaram como chicotes. O navio que rumava para o alto-mar foi sacudido pelo vento como uma folha. Quando caiu uma tempestade e um redemoinho se formou, foi maltratado, por todos os lados. Os homens se assustaram. Seguindo as instruções que o comandante berrava em meio aos gritos de pânico, debateram-se para controlar o leme e ajustar as velas. Correram de um lado para o outro, afrouxando e apertando cabos. A chuva se manteve diluviana durante três dias, inabalável; as nuvens não se dispersavam. As ondas os atiravam para lá e para cá, e os arrastavam pelo oceano, talvez para um mar nunca antes navegado. Quando, ao fim do terceiro dia, o mar acalmou, o vento abrandou e as estrelas reapareceram no céu, entenderam que a tempestade havia passado. Tentaram discernir onde se encontravam. Procuraram desesperadamente um pedaço de terra seca onde pudessem remendar as velas rasgadas e repor a água potável que vazara dos barris partidos. O comandante examinou, um a um, os mapas que tinha à sua frente. Por fim, constatou que as formas inscritas num antigo mapa correspondiam à posição das estrelas. Pondo o indicador no mar, num canto do mapa, disse: "Estamos aqui", e acrescentou: "E aqui há uma ilha, a um dia de viagem, aonde podemos ir". O velho cartógrafo e o navegador, parados ao lado do comandante, se entreolharam. Tinham dúvidas acerca da ilha azul-celeste que o comandante indicava. "Comandante", disseram, "é melhor não nos desviarmos tanto da rota, parece uma daquelas ilhas falsas desenhadas por cartógrafos apaixonados." Antigamente, alguns cartógrafos desenhavam uma ilha, numa parte em branco do mapa, e davam a ela o nome da mulher que amavam. Assim, deixariam no mundo uma marca do seu amor. O que não faltava no mar eram histórias de desilusão, de navios que velejaram rumo a ilhas falsas assinaladas em mapas. Embora o velho cartógrafo e o navegador aparentassem duvidar da existência da ilha, não disseram mais nada. Eles sabiam que fora o velho cartógrafo quem pusera aquela ilha no mapa quando era jovem. Não podiam confessar abertamente, pois temiam a ira do comandante, tinham medo de que os atirasse ao mar, amarrados e amordaçados. Os dois amigos se recolheram no seu camarote e passaram a noite conversando. "A primeira vez que vi a jovem por quem me apaixonei foi no mercado da minha aldeia", contou o velho cartógrafo. "Eu era adolescente. Escrevi cartas para ela. Eu lia e relia as cartas que ela me enviava em segredo, com medo de que os imprestáveis dos seus irmãos descobrissem. Quando parti para minha primeira viagem marítima, prometi que traria um presente que ela nunca se esqueceria. Meu objetivo era ganhar algum dinheiro com a pesca da baleia e, no regresso, levar minha amada para um lugar bem distante. Minha amada era linda, esguia, delicada. Ela adoeceu quando eu estava longe, ficou acamada, ardendo em febre durante dias. A morte acabou por derrotar seu corpo, que era frágil como vidro. Quando regressei da minha viagem, fui visitar seu túmulo. Cavei para mim uma sepultura ao lado. Durante várias noites, trabalhei no mapa que tinha comigo. Desenhei uma ilha muito bonita num canto deserto, pintei a ilha de azul e dei a ela o nome da minha amada. Enquanto o mundo continuasse a girar, eu procuraria essa ilha inexistente que atendia pelo nome do meu amor. Zarpei com esse sonho no coração." Expondo o peito às ondas, o navio branco em que estavam deslizou pelo mar sem a ajuda das velas, rumando para a zona deserta assinalada no mapa. Ao amanhecer, o velho cartógrafo e o navegador adormeceram. Mergulharam na terra dos sonhos. Quando, ao final do dia, chegaram às águas onde ele desenhara a falsa ilha, acordaram com os gritos do vigia: "Terra à vista!". Terra à vista? Como era possível? O velho cartógrafo não podia acreditar no que ouvia. Correu para o convés. Avistou, envolta em bruma, uma cidade azul-celeste que se erguia resplandecente com suas muralhas, cúpulas e torres. "Istambul", disse ele, murmurando o nome da sua amada morta, "minha querida Istambul!" Contemplou com espanto e admiração a ilha que, um dia, ele desenhara com o próprio punho num mapa e que se tornara realidade. Seus joelhos cederam, desmoronou no chão. O navegador segurou seus braços, o velho cartógrafo devolveu um sorriso débil, mas contente, indicando que estava saciado da vida. "Será real o que vejo?", questionou-se. "O que vislumbro diante de mim é a ilha inexistente que ofereci à minha amada Istambul?" As gaivotas planavam em direção ao navio sob uma brisa suave. O velho cartógrafo morreu naquele instante e, segundo a tradição dos marinheiros, seu corpo foi confiado à imensidão das águas. Com o passar dos anos, os habitantes de Istambul, convencidos de que sua cidade era verdadeira e o navio envolto em brumas, uma ilusão, contaram inúmeras histórias sobre o comandante, o cartógrafo e o navegador do navio branco.

Eu estava sozinho na cela, mas falei imaginando o Médico sentado à minha frente.

Ofereci ao Médico o cigarro que enrolara penosamente com meus dedos esmagados. Saquei os fósforos e acendi primeiro seu cigarro e depois o meu.

— Os habitantes de Istambul pensavam que eram de verdade, não sabiam que viviam no mapa do navio branco — disse. Dei uma longa tragada no cigarro e soprei a fumaça para o ar.

— O que me diz, doutor? Que tal desenhar uma ilha num mapa e, depois, arranjar trabalho num baleeiro e zarpar rumo ao mar sem fim?

Minha ilha secreta também fora, desde a infância, Istambul. Na noite de inverno em que meu pai contou a história do velho cartógrafo, tirei meu mapa da mochila e desenhei nele uma ilha, e sonhei sonhos felizes com ela e a amei profundamente. Foi uma época em que senti que as pessoas preferiam ver a compreender. O mundo mudava em toda parte. As pessoas se esqueceram de como amar sem ver. Não tinham uma ilha que preenchesse seus sonhos, não sabiam o que procuravam. Não conseguiam conceber como eu podia ter amado a cidade a distância durante tantos anos; por terem apagado da memória a ideia de conquista, não eram capazes de me compreender. Toda conquista estava ligada a um sonho e avançava ao longo do seu próprio caminho. Os caminhos de Jesus e de Alexandre Magno eram diferentes. Enquanto Alexandre queria conquistar a cidade, Jesus queria conquistar seus habitantes. Meu sonho era conquistar a cidade e os habitantes, e salvar os dois ao mesmo tempo. Istambul precisava disso.

Todos falavam da beleza de Istambul, mas ninguém conseguia ser feliz ali. A incerteza, o egoísmo e a violência obscureciam a beleza da cidade. Ela era a manifestação da beleza e da integridade que as pessoas procuravam no mundo. Há muito tempo Deus se tornara insuficiente para isso. Na cidade, as pessoas se esforçavam para criar uma natureza e queriam viver dentro dela. Deus não tinha feito a mesma coisa? Não tinha Ele criado a terra, o céu e as pessoas, para descobrir Seu próprio significado? Eras se passaram. As coisas mudaram. O caos começou a escorraçar Deus. Se era preciso um "dentro" para que Ele fosse colocado para fora, as pessoas o estavam criando na cidade. As pessoas que espalhavam sua própria natureza estavam construindo, sem saber, uma nova era. A melancolia também nasceu ali. Não era a melancolia das pessoas, mas sim a de Deus, que não conseguia se adaptar aos novos tempos. Aquilo que Ele temera desde a Torre de Babel estava acontecendo.

Os membros de uma tribo do outro lado do oceano cortavam o rosto dos filhos e os desfiguravam para que não fossem raptados pelo inimigo e vendidos como escravos. Assim, as crianças permaneceriam livres. Na sua língua, feiura e liberdade significavam a mesma coisa, assim como beleza e escravidão eram proferidas pela mesma palavra. Os habitantes de Istambul também viviam com medo de perder sua cidade e fizeram de tudo para destruir sua beleza. Na superfície e debaixo da terra, mergulhados em sofrimento, agarravam-se ao mal. Chamavam de liberdade a desfiguração da cidade. Não conseguiam perceber que o objetivo supremo do mal era destruir a beleza. Mas Istambul o pressentia. Ela se posicionou contra a tolice das pessoas. Esta grande cidade resistiu, completamente sozinha, em defesa da sua beleza.

O bem era moralista. A justiça, calculista. A beleza, por sua vez, era infinita. Estava numa palavra, num rosto, nas inscrições de uma parede molhada pela chuva. Estava nos devaneios de alguém, mesmo na ausência de uma imagem, e num significado desconhecido. Desde que as pessoas, cansadas de descobrirem a natureza selvagem, começaram a criar a sua própria natureza na cidade, passaram a dedicar sua vida ao vidro, ao aço, à eletricidade. Adquiriram um gosto pela criação. Olharam para o espelho e disseram para si mesmas: "Não sou explorador da natureza, sou criador da cidade". Eliminaram o conflito entre o ser humano e a natureza, e uniram o espiritual e o material. Reuniram todos os tempos e lugares num só. Quando contemplavam a cidade, viam não apenas o passado, mas também o futuro. Depois, cansaram de correr de um lado para o outro. Tornaram-se pessimistas. Perderam a esperança. Foram arrastadas pela feiura na beleza, pela pobreza na riqueza. Ficaram exaustas. Conseguiriam ver que a beleza na cidade se encontrava à beira da morte? Nesse caso, teriam que dedicar, mais uma vez, sua vida a essa beleza. Conseguiriam perceber que a vida na cidade perdera todo o seu valor? Teriam que torná-la novamente digna. Estaria a paixão acabando, não havia mais segredos? Precisavam envolver a cidade em paixão e, em vez de abatê-la, conquistá-la novamente.

Contei tudo isso ao Médico, olhando para a parede vazia diante de mim. Levei aos lábios o cigarro imaginário. Dei uma tragada. Quando a cinza caiu no chão, apesar de todas as minhas precauções, suspirei. Tentei apanhá-la com as pontas dos dedos. A cinza se desintegrou em pontinhos ínfimos. Fiquei irritado outra vez.

Minha irritação começou quando regressei do interrogatório e vi que o barbeiro Kamo não estava na cela. Quando perguntei ao guarda o que acontecera, em vez de responder ele bateu com a porta na minha cara. O Médico e o estudante Demirtay também não estavam. Não os via há dois dias. Me perguntei se teriam ficado na cela enquanto eu era interrogado. Teriam descansado e dormido um pouco? Não havia sinal deles. A garrafa de água vazia continuava no mesmo lugar. Alisei as paredes e a porta com as mãos, mas não senti qualquer mancha de sangue recente. A cela em frente também estava vazia. Deitei-me no chão e lancei um botão por baixo da porta, mas Zinê Sevda não respondeu e, embora eu tenha ficado à sua espera na porta da cela por vários minutos, apoiado em minha única perna boa, ela não apareceu na grade.

Ouvi um estrondo ao longe. O disparo, que veio do lado de lá das paredes, do corredor e do portão de ferro, parecia de uma Browning. Quando ouvi o mesmo estrondo uma segunda vez, percebi que meu palpite estava certo. Mudei de posição. Consegui me levantar apoiado nas paredes. Arrastei a perna ferida como se fosse um saco cheio de pedregulhos e manquei até a porta. Me agarrei às barras da grade. Olhei para fora, na esperança de ver alguma coisa. O corredor estava vazio. Não havia sinais de sombras ondulantes na luz branca, nem de uma respiração. De onde vieram os tiros? Ou, mais precisamente, de quem?

Havia duas possibilidades. Seria o responsável pelos tiros o Médico, que dissera "a morte também me convém"? Ou o astuto Demirtay, o irritado Kamo, a obstinada Zinê Sevda? Se um deles tivesse a oportunidade de agarrar uma arma e, pelos corredores, desencadear um confronto, até onde teria conseguido ir? Como teria se orientado naquele labirinto?

Havia uma hipótese melhor: a Istambul da superfície não se esquecera de nós. Outros haviam se juntado ao grupo de jovens revolucionários sobreviventes do conflito na Floresta de Belgrado. Tinham jurado acabar com nosso sofrimento, salvar quem sofria. Vinham no nosso auxílio. O jovem filho do Médico e Mine Bade estavam entre eles.

O tiroteio começou novamente. Uma explosão atrás da outra. Disparos de Beretta, Walther e Smith & Wesson se misturaram com os da Browning. Seus ecos soavam no corredor. Distingui cada arma da mesma maneira que distinguia o grito de um animal selvagem no monte Haymana, onde vivi toda minha vida. Me agachei. Fiquei inquieto ao me lembrar dos ferimentos que cada bala é capaz de infligir num corpo humano.

Fiquei preocupado com meus amigos. Qual seria sua condição? Estariam vivos ou mortos? Talvez as duas coisas juntas. Enquanto eu não pudesse vê-los, meus amigos estavam vivos e mortos. Respiravam e, ao mesmo tempo, jaziam sem vida no chão. As paredes entre nós tornavam viáveis todas as possibilidades. O mesmo se aplicava aos que combatiam para chegar até nós. Aqueles que saltaram adiante, armados até os dentes, eram tanto os que vinham nos salvar quanto os que queriam nos matar. Eu não sabia de mais nada. E, enquanto não soubesse, todas as possibilidades eram igualmente factíveis. O mesmo se dava com nossa cela subterrânea, quando vista a partir do mundo na superfície. Enquanto os habitantes de Istambul que ouviram dizer que sofríamos aqui dentro andavam tristes e desesperados, imaginavam duas probabilidades para o nosso caso: podíamos estar vivos ou mortos. Talvez ainda respirássemos, ou talvez estivéssemos no chão, sem vida.

Me coloquei na pele das pessoas da superfície. Por um instante, olhei para mim mesmo através dos olhos delas e não soube o que pensar. Eu me sentia vivo e morto ao mesmo tempo, como se pudesse ser as duas coisas simultaneamente.

Enquanto estava absorto em pensamentos, atraído como uma mariposa pela luz branca do corredor, os tiros cessaram. O silêncio era absoluto. Não se ouvia um ruído na cela, como antes. Continuei à espera, como se pudesse surgir alguém, a qualquer instante, do fundo do corredor. Segurei nas barras da grade para me manter em pé mais alguns minutos. A luz me ofuscou e fechei os olhos. Ouvi batidas na porta de uma cela, no corredor atrás do nosso. "Guarda!", gritou uma voz. Alguém numa cela atrás da nossa precisava de ajuda. "Guarda!" Fiquei ouvindo o que se passava no corredor. Esperei pelos passos do guarda. O guarda se levantaria da cadeira, deixaria sua sala e seus passos pesados ressoariam no concreto. Iria até o corredor de trás e pararia diante da porta da cela. Destrancaria, abriria a porta e começaria a xingar. Mas o guarda não se moveu. Não se levantou da cadeira, seus passos não ressoaram no concreto. Deixou sem resposta a voz da cela dos fundos. O corredor, novamente silencioso, parecia ter caído num poço sem fundo. Eu estava cansado demais para esperar. Me encostei na parede. Colocando o peso na perna boa, escorreguei devagarinho. Sentei-me no chão. Abri as pernas e inspirei fundo.

 Foi só nesse momento que percebi que meu nariz sangrava. Apanhei o pano do chão e me limpei.

 Não tinha sono. Sentia fome e a boca seca, por falta de água.

 Concluí que conversar com o Médico era melhor do que passar o tempo olhando para a parede vazia. Fingi que tirava a cigarreira do bolso. Enquanto enrolava um cigarro com meus dedos feridos, resolvi ir até sua casa e conversar com ele. Imaginei que estávamos sentados no seu lugar preferido, a varanda com vista para o Bósforo. Ofereci a ele um cigarro generosamente recheado. Depois, enrolei um para mim. Peguei o isqueiro de cima da mesa e acendi os dois cigarros. Dei uma tragada e, depois de segurar a fumaça por um momento, lancei-a para um céu azul, que é um fenômeno muito raro em Istambul no início do inverno. Afastei do pensamento o tiroteio que acabara de ouvir. Escutei as buzinas dos automóveis, as sirenes das balsas e os gritos das gaivotas que chegavam lá de baixo.

Dispostas sobre a toalha de renda, na varanda, havia porções de *ezme*, queijo e picles. A rúcula estava fresca. O iogurte, cremoso. Os rabanetes, banhados em suco de limão e as azeitonas, salpicadas de pimenta. O pão estava cortado em fatias fininhas, algumas delas torradas. O jarro tinha água pela metade. O *rakı* turvo, servido em copos altos e delicados, com gelo, estava fresco e agradável. Na mesa, a cigarreira, o isqueiro e o cinzeiro estavam alinhados. Pelos bordados, era evidente que a toalha de renda branca pertencia à família há muito tempo.

Estava calor. O Médico parecia descontraído e alegre. Uma gravação crepitante de uma antiga canção turca chegava até nós do interior do apartamento. A cantora era a mulher do Médico, que morrera muitos anos antes, mas nunca abandonara aquela casa. "És o senhor do meu coração", cantava ela, com sua voz potente, "que é teu e de mais ninguém. Embora minha vida tenha chegado ao fim e meus cabelos estejam grisalhos, tu és tudo para mim, a alegria, a vida", entoava ela. A letra da canção gotejava da varanda como água e escorria pelas calhas em direção à terra. Não havia nada no apartamento, nem no jardim lá embaixo, nem na rua, que não evocasse essa saudade. Os ambulantes gritavam no mesmo tom de voz. As hélices da balsa e as rodas dos carros giravam com o mesmo zumbido. Os telhados alinhados desciam como degraus até o mar lá embaixo. As ondas inchadas subiam e baixavam ao ritmo da música. Um a um, os comandantes fizeram soar as sirenes, como se pudessem ver o *rakı* que bebíamos e ouvir nossa música.

 O Médico ergueu o copo, primeiro na minha direção e depois para o mar em frente. Sorriu quando viu que eu o imitava. Bebeu um gole do *rakı*.

 — Fico muito contente que tenha vindo, Tio Küheylan — disse ele.

 — Eu também — respondi.

 — Conseguiu ver o suficiente de Istambul?

 — Uma longa vida, e mais dez dias, estou satisfeito.

 — Que bom saber disso.

 — Posso morrer em paz, doutor. Estou muito tranquilo.

 — Para que falar de morte? Melhor pensar em coisas boas. Melhor formular o desejo de sempre colocarmos esta mesa e bebermos *rakı* em todas as estações, enquanto contemplamos Istambul.

 — Um brinde aos bons tempos.

 — Aos bons tempos...

 Tilintamos os copos.

 Olhamos para as espreguiçadeiras vazias no terraço do último andar do prédio em frente, para os varais de roupa, para as telhas. Não havia névoa, o céu estava limpo. Tirando um farrapo de nuvem na colina de Çamlıca, em toda a volta só se via azul-celeste. Avistavam-se até as casas e os arvoredos da ilha de Kınalı. Faltava cerca de uma hora para o sol se pôr, à direita, pintando o céu de um laranja flamejante.

— Daqui a pouco vai anoitecer e tudo ficará envolto num cobertor mágico — comentei.

— Mágico? Que magia resta em Istambul?

— Doutor, apliquei à magia o que me disse, no outro dia, sobre a esperança. A magia é melhor do que o que temos.

— Esperança ou magia, não importa a qual delas recorremos, nenhuma é suficiente para salvar a beleza de Istambul. Não digo isso a qualquer pessoa, Tio Küheylan, digo somente ao senhor. As pessoas se cansam, querem sair daqui.

— Doutor, as pessoas desistem deste lugar porque não é adequado para se viver. Mas o que devíamos analisar é se vale a pena criar Istambul, e não se vale a pena viver nela.

— Que parte de Istambul será criada? A sua beleza destruída?

— A mera recriação da sua beleza justifica, por si só, uma conquista.

— Conquista... Continua com essa ideia fixa?

— Claro.

— Mesmo depois de tudo o que viu nos últimos dez dias...

— Agora estou mais determinado do que nunca.

— Creio que isso merece um brinde.

— Façamos um brinde a tudo o que nos vier à cabeça hoje.

Nos recostamos alegremente nas cadeiras.

Vislumbramos um xale vermelho pairando por sobre os telhados, à nossa direita. O xale, apanhado pelo vento, dirigia-se para o mar. Algumas vezes ondulava, outras distendia-se. Planava como um pássaro de asas abertas. Não parecia disposto a pousar num telhado, parecia mais decidido a alcançar o mar. Absortos no vermelho cativante do xale, pensamos em lugares longínquos.

— Tio Küheylan, muitas vezes fico confuso. É como se o conhecesse desde sempre e não há dez dias apenas. O senhor tem a mesma impressão?

— Também sinto que conversamos e exploramos juntos os cantos e recantos de Istambul há anos e que, quanto mais falamos, mais temos a dizer um ao outro.

— Acho que estamos ficando velhos...

— Já sou velho, doutor, pense em você.

— Mas sua mente é muito aguçada, o senhor está mais em forma do que eu.

— É verdade que não me esqueci das coisas que aprendi. Por exemplo, o livro de que me falou ficou gravado no meu cérebro, penso nele há dias.

— Qual?

— O *Decameron*.

— Decorou o título.

— Sim, não me esquecerei mais.

— Também não esquecerá as histórias engraçadas que ele contém.

— O fato de todas as histórias que nos contou desse livro serem engraçadas, doutor, me lembra uma coisa que meu pai me disse. Ao voltar de uma das suas viagens a Istambul, ele contou que tinha ficado nas celas subterrâneas e descreveu uma ilha de que um marinheiro, com quem partilhara a cela, tinha ouvido falar. Segundo a tradição dessa ilha, quando alguém morria, as pessoas se reuniam na casa do defunto, choravam e se lamentavam até de madrugada; depois, voltavam para casa. Após os ritos fúnebres, assim que os familiares ficavam sozinhos na casa enlutada, começavam a falar, a gargalhar e a contar histórias engraçadas sobre o falecido. A cada história, desatavam a rir e, a certa altura, corriam lágrimas pelo seu rosto. Chamavam isso de riso amarelo. Eles acreditavam que o amarelo era a cor certa para o riso que faz as pessoas se esquecerem da morte. O que me diz, doutor? Acha que é a necessidade de riso amarelo que faz as damas e os cavalheiros nobres do *Decameron* contarem histórias engraçadas, quando sentem o hálito da morte no seu pescoço?

— Talvez — respondeu o Médico, mas calou-se. Então se levantou para atender ao telefone que tocava na sala de estar.

O riso também era melhor do que o que tínhamos. Era uma das lições que a vida nos ensinara. Sozinho na varanda, apliquei essa expressão à comida diante de mim: queijo e picles eram algo melhor do que o que tínhamos. Enquanto o *rakı* era melhor do que tudo, sem exceção. Ri sozinho. Bebi um gole. Pousei o copo na mesa e mordisquei um pepino em conserva. "Que maravilha é viver em Istambul", disse. Contemplei os barquinhos de pesca balançando sobre as ondas como caixas de fósforos, no ponto onde as águas do Corno de Ouro se fundem com a corrente do Bósforo. Enquanto o céu por trás dos minaretes e dos prédios altos a oeste adquiria diferentes tons de vermelho, me dei conta de que a névoa súbita que aparecera do lado da ilha se dirigia a nós e, em breve, estaria sobre os barcos de pesca. Mergulhei uma torrada no *ezme*.

Quando o Médico voltou para a mesa, bebemos mais *rakı* e enchemos novamente os copos.

— Era meu filho — disse ele — avisando que hoje não vem para casa.

— O nosso jovem médico? Que pena. Queria muito conhecê-lo.

— Ele também quer conhecê-lo, Tio Küheylan. Mandou seus cumprimentos.

— Muito agradecido.

— Jovens. Fazem sempre o que bem entendem. É impossível compreendê-los. Parece que ele tem um assunto muito importante para tratar.

— A namorada está bem? Mine Bade...

— Está. Ainda não a conheci. Tinham ficado de vir esta noite e eu finalmente a conheceria.

— Pelo visto, não era para ser, doutor. Quem sabe na próxima vez...

— Na próxima vez?

O Médico se calou, como se estivesse meio embriagado. Fixou os olhos no mar para além dos telhados. Segurou o copo com as duas mãos. Entrelaçou os dedos. Curvou-se para a frente. Encolheu os ombros. Observou a corrente do Bósforo, dócil naquele instante. Inclinou a cabeça para o lado, para ouvir melhor a voz da sua mulher cantando dentro de casa. Fechou os olhos. Murmurou a letra da música em coro com ela. Inclinou a cabeça até encostar no ombro. Sua voz esmoreceu, afundou-se no silêncio. Inspirou fundo. Esperou. Quando comecei a pensar que ele estava com sono, endireitou-se e abriu os olhos para me fitar com tristeza. Me examinou, primeiro de perto, e depois de longe, como se duvidasse da minha existência. Bebeu um trago de *rakı*.

— Sente-se bem, doutor? — perguntei.

— Queria conhecer a jovem que meu filho ama. Quem me dera Mine Bade ter vindo hoje.

— Se virmos uma estrela cadente essa noite, faremos um pedido por eles.

— Creio que veremos nevoeiro, e não estrelas, Tio Küheylan. Daqui a pouco, sua Istambul mágica será coberta por um manto de neblina.

Ouvimos várias explosões, uma atrás da outra.

Não conseguimos saber de onde vinham. A princípio, olhamos para as casas em frente, depois nos inclinamos sobre a balaustrada da varanda e observamos a rua, três pisos abaixo. Tudo parecia normal: o trânsito intenso do entardecer, as crianças correndo e os postes que se acendiam, um a um. Não havia mais ninguém debruçado nas varandas nem nas janelas. Os terraços e as cortinas permaneciam iguais.

— Foram tiros? — perguntou o Médico.
— Acho que não — eu disse, para ele não se inquietar.
— Não se preocupe com o que se passa lá fora, vamos desfrutar do nosso *rakı*.

Emborquei meio copo. Eu queria me embebedar de uma vez. Olhei para as janelas distantes, iluminadas pelos raios do poente de Istambul, como se as visse pela primeira vez.

— Tio Küheylan — começou o Médico —, seu pai disse que existe um mundo no céu igual ao nosso. Falei disso com meu filho, no outro dia. Ele achou graça, mas, como sempre, teve que pensar exatamente o oposto do que eu pensava. Disse que temos que procurar o mundo que é igual ao nosso debaixo da terra e não lá em cima. "O subsolo não fica longe", disse ele, "fica bem perto de nós. Lá, as pessoas sofrem e se atormentam em busca de uma escapatória. Estão cansadas e fracas. Erguem a cabeça, como se olhassem para o céu. Fantasiam conosco e chamam por nós. Cada um de nós tem um duplo que vive no subterrâneo. Se prestarmos atenção, conseguiremos ouvir. Se olharmos para baixo, conseguiremos vê-los."

— Talvez o duplo do meu pai em Istambul seja o seu filho. Uma versão renascida. O que me diz, doutor?

Desatamos a rir ao mesmo tempo. Nos recostamos nas cadeiras. Meu pai estava morto, o filho dele, vivo. A cor do nosso riso amarelava na linha que separa a vida da morte, fluía em direção ao mar de Istambul como um rio. Filas de luzes brilhavam para onde quer que olhássemos. Enquanto o Palácio de Topkapı e a Torre da Donzela se iluminavam, o Quartel de Selimiye e a estação de Haydarpaşa estavam aprisionados no nevoeiro. Os navios abrandaram, as balsas fizeram soar suas sirenes durante mais tempo. Os barcos de pesca regressaram à terra. Dia e noite, realidade e ilusão, se confundiam. Tudo ocultava dentro de si o seu oposto. Enquanto a noite cobria a cor do dia, a ilusão anunciava uma nova realidade. A cidade que se espreguiçava como um corpo nu envolvia-se numa manta sedosa e macia, bordada com fios de prata. Mas, se uma aldeia simboliza a infância de alguém e uma cidade a sua idade adulta, os habitantes de Istambul ainda viviam no purgatório, como adolescentes conturbados. Não conseguiam assumir a expressão adequada à beleza. Vagavam nervosos durante o dia e se deitavam ansiosos à noite. Esqueciam-se de que querer uma cidade bonita era como querer uma vida bonita.

O Médico, que abanava as mãos enquanto ria, quase derrubou o jarro de água. Conseguiu apanhá-lo por um triz antes que caísse da beira da mesa. Começou a rir novamente, limpando a mão molhada. Acompanhando o riso amarelo, tudo à nossa volta se tingiu gradualmente de amarelo. A água no jarro e o pão no cesto ficaram amarelos. Um vento amarelo envolveu as cadeiras no terraço em frente. As gaivotas voando do mar rumo à costa entregaram suas asas ao vazio amarelo. Enquanto os navios no porto de Istambul descarregavam suas mercadorias amarelas, os pilares da Ponte do Bósforo se iluminaram com um fulgor amarelo.

Como sempre, recordar era duradouro, viver era breve. A memória do Médico transbordava de recordações pontuadas por sombras amarelas. Cada parte da cidade o transportava a um tempo distinto, cada gole de *rakı* lhe trazia uma lembrança diferente. A cor do *rakı* com gelo também se tornou amarela.

Quando ouvimos bater à porta, nos entreolhamos.

— Ele finalmente chegou — disse o Médico.

Pousou o copo na mesa. Levantou-se sem pressa e foi abrir a porta.

Fiquei escutando as vozes.

— Demirtay — disse o Médico —, onde foi que se meteu?

— Não havia peixe bom por aqui, tive que fazer o caminho todo até Kumpakı para conseguir — disse o estudante Demirtay.

— Que mal tinha o peixe daqui?

— Não prometi que traria o melhor peixe de Istambul?

— Só chegou agora, já são seis horas.

— Seis? Seu relógio está errado, doutor. O meu diz que são dez para as seis.

— Pare de brincadeira, moleque. Leve as sacolas para a cozinha.

— Também trouxe salada.

— Seu castigo por chegar atrasado é preparar a salada, enquanto eu frito o peixe.

— Com todo prazer. Tio Küheylan ainda não chegou?
— Acha que todos são como você?
— Ele já chegou? Onde está?
— Na varanda.

Demirtay correu entusiasmado para a varanda. Sem me dar a oportunidade de me levantar, lançou seus braços em volta do meu pescoço. Enterrou a cabeça no meu ombro. Senti seu coração batendo. Pensei em como a vida se adequava tão bem aos jovens. Não deixe a morte levá-lo... Não queria que ninguém arrancasse Demirtay dos meus braços. Esperei que seu coração voltasse ao ritmo normal.

Peguei suas mãos e as aconcheguei nas minhas.

— Está com uma cara boa — comentei. — Engordou um pouco. Está deixando o cabelo crescer?
— Sim, quero ficar com uma juba até os ombros, como o senhor.
— Quando isso acontecer, vamos tirar uma foto juntos.
— Adoraria. Não temos nenhuma foto nossa.
— Está com as mãos geladas, Demirtay.
— Como sempre.
— Entre e vá buscar blusa. Depois venha se sentar conosco na varanda e beber *rakı*. Não quero que pegue friagem.
— Vou colocar não uma blusa, mas duas.
— Boa ideia.

Assim que o sol se pôs, a varanda começou a ficar gelada, a temperatura baixou muito. Se eu não estivesse usando um colete de lã, também sentiria frio.

— Tio Küheylan, trago fofocas recém-saídas do forno. Quando formos jantar, contarei quem foi o cantor que vendia peixe quando jovem e agora largou a música para voltar a vender peixe com sua namorada de infância. Ouvi os peixeiros comentarem em que palácio está escondido o mapa do tesouro enterrado debaixo do estádio de İnönü. E descobri quem trapaceou nas últimas corridas de cavalos. Tudo será revelado.

— Ouvirei com prazer. Mas, agora, é melhor ajudar o doutor, senão ele vai infernizar você de novo.

— Vou agora.

Demirtay foi até a sala, mas, segundos depois de desaparecer, voltou para a varanda.

— Tio Küheylan — disse ele —, já ia me esquecendo.

— O que foi?

— Quando nos sentarmos para jantar, além de todas as fofocas, vou dar a resposta da adivinha.

— Qual adivinha?

— A adivinha sobre Jean *Bey* e Filiz *Hanım*, que ocupou os jornais durante dias e deixou os passageiros da balsa intrigados. Filiz *Hanım* era mulher, filha e irmã de Jean *Bey*. Ouvimos isso. Mas, segundo as notícias mais recentes, Filiz *Hanım* também era tia de Jean *Bey*. Está lembrado?

— É claro que sim.

— Já descobri como isso é possível.

— Sério?

— Vai ficar espantado quando eu contar.

— Estou louco para saber.

— Mas quero um prêmio.

— Que prêmio?

— Já que estou sendo castigado por ter me atrasado, também devia receber um prêmio por resolver a adivinha. Não acha?

— Faz sentido. Acho que sim. Vamos ver o que diz o doutor.

— Eu o convenço na cozinha.

— Boa sorte, vai precisar!

O estudante Demirtay entrou. Fiquei sozinho na varanda. Comtemplei, absorto, Istambul, que reproduzia sofrimento e mágoa todos os dias, mas, ao mesmo tempo, criava esperanças e sonhos. Tal como as almas atormentadas que subiam à Ponte do Bósforo para se suicidar e admiravam a vista uma última vez, ou como os amantes que passeavam de mãos dadas e olhavam a cidade, estupefatos, como se nunca a tivessem visto, observei o Palácio de Dolmabahçe, o Palácio de Sepetçiler e a Ponte de Gálata. Perscrutei os bairros de *gecekondular* nas colinas miseráveis do lado Asiático, prestes a serem envoltas por um nevoeiro branco. Istambul era uma cidade com um milhão de celas e cada cela era, por si só, uma Istambul inteira. Uma parte constituía o todo e o todo, uma parte. O perto era longe e o longe, perto. Tudo era estéril e fértil.

Nesta cidade, todo o sofrimento físico vinha acompanhado de sofrimento emocional. A multidão e a solidão eram igualmente opressivas. A dor do amor infeliz rivalizava com a pobreza. As dificuldades da vida avançavam no mesmo ritmo da velhice. As doenças contagiosas e os medos epidêmicos andavam de braços dados. As crianças cresciam pensando que tinham cabos de fibra ótica debaixo da pele em vez de veias, e aumentava o número de idosos que levavam calculadoras nos bolsos em vez de espelhos. Os números substituíam as letras na sua língua. Diziam que o amor se transformara em dinheiro, mas, por mais que sacassem as calculadoras e apertassem as teclas, não conseguiam entender por que o dinheiro nunca se transformava em amor. Os números não eram suficientes.

Ouvi o Médico gritar lá de dentro.

— Tio Küheylan! Um minuto e já vamos. Não ficará sozinho por muito mais tempo. Seja paciente.

— Se demorarem, acabo com o *rakı* — respondi.

Voltei a encher o copo vazio. Acrescentei água e gelo. Ali, na cidade dos meus sonhos, na companhia das pessoas que eu amava, numa varanda com vista para o Bósforo, beberiquei meu *rakı*.

Meu pai costumava dizer que Istambul engendrava uma cidade diferente a cada estação, que dava à luz outras cidades no escuro, na neve e no nevoeiro. Num dia quente de verão, ele viu, certa vez, um grupo de estudantes sentados em fila, pintando na margem de Tophane. Todos os alunos observavam a Torre da Donzela, as gaivotas e o mar diante de si e aplicavam tinta na tela, mas não havia duas pinturas iguais. Numa, o mar era azul, e em outra, amarelo. Numa, a Torre da Donzela era recente, enquanto em outra era antiga. Numa, as gaivotas abriam as asas, em outra morriam em massa. As telas não representavam a mesma cidade, mas sim diferentes cidades, separadas por eras diversas e grandes distâncias. Eram luminosas ou escuras, alegres ou melancólicas. Mas a cidade que meu pai via era distinta de todas elas. "Foi só nesse momento que compreendi", dissera meu pai, "que o que fazia de uma cidade uma cidade era o olhar da pessoa." Aqueles que a fitavam com maus olhos tornavam a cidade maligna, aqueles que a contemplavam com amor a embelezavam. A mudança e a beleza da cidade dependiam da capacidade de as pessoas mudarem e se tornarem mais belas. Olhei para a Istambul que meu pai deixara anos antes.

Desaparecera de vista. O corpo da Torre da Donzela estava imerso na névoa. O mar se tornara branco como o *rakı* no meu copo. As balsas e os barcos de pesca tinham acostado para descansar. Entre as vagas do nevoeiro via-se apenas uma gaivota de asas vermelhas. A gaivota abrira as asas e planava no mar em direção à terra. Entregara-se ao vazio. Apropriando-se do céu inteiro, descia sobre os telhados. Quando se aproximou um pouco mais, percebi que não era uma gaivota, mas sim o xale vermelho. O xale vermelho surgiu do nevoeiro por um instante, e desapareceu logo a seguir. Será que abusei do *rakı*? Quantos copos tinha bebido? Ri sozinho.

Ouvi uma voz gritar:

— Doutor! Doutor!

Era familiar e vinha de baixo.

Botei a cabeça por cima da balaustrada da varanda. Vi o barbeiro Kamo à espera na calçada, na entrada do prédio.
— Kamo!
— Tio Küheylan! Que bom vê-lo.
Acenei para ele.
— Suba — eu disse.
— Mais tarde — respondeu.
— Por que mais tarde?
— Vou a Beyoğlu encontrar com Mahizer, minha mulher.
— Traga-a também.
— Sim, viremos os dois. Ela também quer conhecê-lo.
— Não demore, o jantar está quase pronto.
— O pirralho do estudante já chegou?
— Já.
— E Zinê Sevda?
— Está para chegar.
— É melhor eu ir, para não deixar Mahizer esperando.
— Ande, vá depressa e voltem rápido.
Kamo enfiou as mãos nos bolsos do casaco grosso e se afastou com passo apressado.
Quando ele estava quase na esquina, chamei:
— Kamo!
Ele se deteve e olhou para trás. Parecia uma sombra no nevoeiro. No ponto onde a existência e a inexistência se cruzam, ele estava entre o ritmo lento do coração e a velocidade acelerada do tempo.
— Senti saudades de você — eu disse.
Ele sorriu. Abriu os dois braços e abraçou o ar. Me deu

um forte abraço a distância. Depois, virando rapidamente as costas, deu longas passadas e desapareceu na neblina.

Ergui o copo.

— À sua saúde, Istambul — brindei —, à sua saúde.

Quando pousei o copo na mesa, reparei que meu nariz sangrava. Com o lenço, limpei o sangue que escorria para o lábio. Enquanto verificava se tinha sujado a roupa, me lembrei de um dia quente de verão, na adolescência. Estava numa encosta do monte Haymana e, com meu cavalo exausto pelo calor, passei por uma mansão. Conduzi o animal para junto de uma jovem que pegava água da fonte diante da casa. Ela tinha tranças no cabelo, uma fita na testa com liras douradas dependuradas e os dedos pintados com hena. Era óbvio que se casara recentemente. Ela me trouxe uma tigela com água. Bebi, ávido, libertando meu cansaço na água fresca. O cavalo também se saciou no bebedouro. Virando as costas para o sol, parti. Subi a colina. Ao passar por uma pereira-brava, reparei que tinha sangue na camisa. Meu nariz sangrava e o sangue pingara na camisa branca. Nesse instante, percebi que me apaixonara pela moça. O sangue era um sinal de amor ou de morte. Eu estava numa idade ainda distante da morte, mas próxima do amor.

Tirei uma seda da cigarreira. Pus o papel entre os dedos e depositei uma generosa linha de tabaco. Enrolei-o. Molhei a beira do papel com a língua e o selei. Sequei o pedaço úmido com a chama do isqueiro. Inalei tão profundamente que foi como se quisesse fumar o cigarro inteiro numa só tragada. Expirei a fumaça pelo nariz. A fumaça ajudaria a estancar a hemorragia, coagularia o sangue que, logo, recomeçava a pingar. Recostei-me. Fiquei ouvindo a música turca que chegava da sala, mas, dali a pouco, a melodia foi abafada pelo som de tiros vindo do exterior.

Uma vez mais, ressoaram disparos de Browning, Beretta, Walther e Smith & Wesson. Por um lado, eu queria apagar o barulho, mas, por outro, me dava esperanças. À medida que o som de cada tiro se tornava um pouco mais forte, eu quis saber o que se aproximava. Seria a vida ou a morte? Ergui a cabeça. Olhei para o pássaro do tempo planando na escuridão profunda. Ele abrira suas asas largas, preenchendo todo o espaço. Abandonara seu corpo, esgotado pelos ventos do passado, ao vazio do momento presente. Uma das asas estava tingida de sofrimento, a outra de beleza. Se me levantasse e esticasse a mão, conseguiria tocá-lo? Se me pusesse nas pontas dos pés e esticasse os dedos, tocaria nas penas negras do pássaro do tempo?

Quando os tiros ficaram muito próximos, parando bem na entrada do portão de ferro, desejei que meu cigarro generosamente enrolado permanecesse entre meus dedos para sempre. Não queria vida, morte ou sofrimento, só queria sentir o aroma do tabaco nas narinas. Queria pensar na renda da toalha de mesa, na cor do pão torrado, no cheiro do *rakı* gelado. Queria sonhar com o xale vermelho voando só por voar na brisa marítima, afundar meus pés descalços em tapetes felpudos. Queria comer queijo e picles. Queria pôr a música no máximo, para todos ouvirem, e me sentar na varanda acenando para os navios. Não fiz nada disso. O portão de ferro começou a ranger no momento em que cessaram os tiros. O ruído, como uma serra enferrujada, encheu o corredor.

Esperei sem me mexer. Levei a mão ao pescoço, que me doía, e o afaguei. Virei a cabeça para a direita e para a esquerda. Examinei minhas unhas compridas. Penteei para trás o cabelo desgrenhado. Limpei as manchas de sangue da testa. Endireitei o colarinho rasgado da camisa e puxei os ombros para trás. Toquei na parede, deslizando os dedos ao longo do concreto irregular. Senti um vento frio se espalhar dos dedos até meu braço e daí para o corpo todo. O ar cheirava a umidade e a algas. Minha garganta ardia, meus ouvidos zumbiam. Dentro da minha cabeça um redemoinho girava. Quando o pássaro do tempo planou com suas asas largas na escuridão, o som do portão de ferro invadiu o vazio.

Ergui a cabeça, olhei uma última vez para o nevoeiro em frente.

O nevoeiro amarelo era lindo.

O nevoeiro que envolvia o tempo em Istambul, hospedando tanto a vida quanto a morte, era muito bonito.

*O inferno não é o lugar onde sofremos,
é o lugar onde ninguém nos ouve sofrer.*

MANSUR AL-HALLAJ

Título original
Istanbul Istanbul
© 2015 by Burhan Sönmez
Publicação acordada com a Kalem Agency através da Ilídio Matos Agência Literária Ltda.

Editora Laura Di Pietro
Coordenação editorial Juliana Farias
Adaptação linguística da tradução portuguesa Ricardo Giassetti
Preparação de texto Rafaela Cera
Revisão Juliana Bitelli
Capa e projeto gráfico Marcelo Pereira | Tecnopop
Diagramação Valquíria Palma

Este livro atende às normas do Novo Acordo Ortográfico em vigor desde janeiro de 2009.

Dados internacionais de Catalogação na Publicação (CIP)

S698i

Sönmez, Burhan, 1965-
   Istambul Istambul / Burhan Sönmez ; tradução: Tânia Ganho. - Rio de Janeiro : Tabla, 2021.
   320 p ; 21 cm.

   Tradução de: Istanbul Istanbul.

   ISBN 978-65-86824-11-7

   1. Ficção turca. 2. Istambul (Turquia) - Ficção. I. Ganho, Tânia, 1973- II. Título.

                                           CDD 894.353

Roberta Maria de O. V. da Costa — Bibliotecária CRB-7 5587

[2021]
Todos os direitos desta edição reservados à
Editora Roça Nova Ltda
+55 21 997860747
editora@editoratabla.com.br
www.editoratabla.com.br

ESTE LIVRO FOI COMPOSTO EM WARNOCK, FONTE CRIADA
POR ROBERT SLIMBACK EM 2000, E IMPRESSO EM PAPEL PÓLEN SOFT 80G/M²
PELA GRÁFICA VOZES EM ABRIL DE 2021.